KB035409

당시대관

唐詩大觀

6권

陳起煥 편역

明文堂

白居易(백거이)
〈清 宮殿藏本(청 궁전장본)〉

洛陽市 白居易 墓(낙양시 백거이 묘)

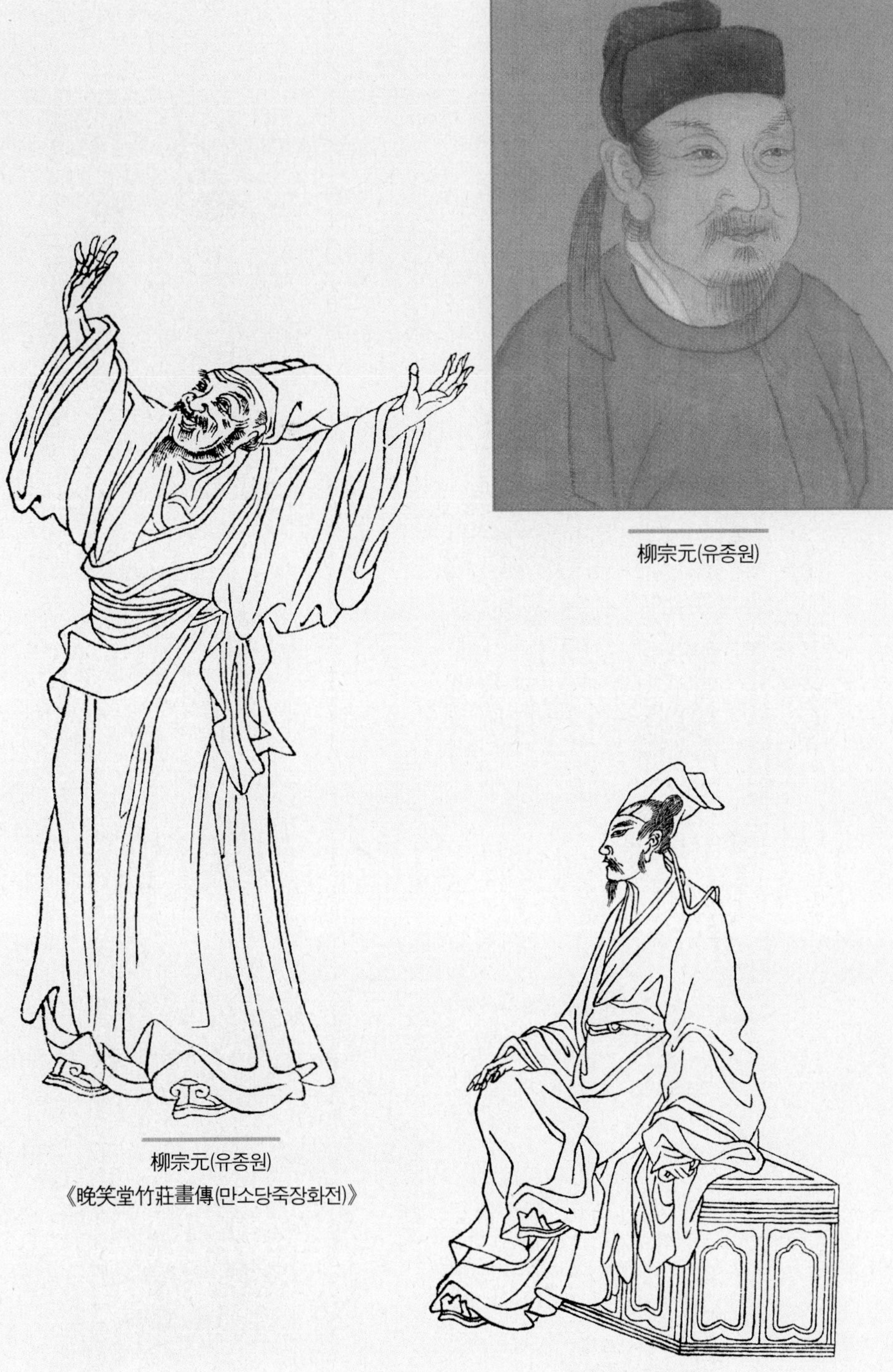

柳宗元(유종원)

柳宗元(유종원)
《晩笑堂竹莊畫傳(만소당죽장화전)》

元稹(원진)

李賀(이하)

溫庭筠(온정균)

당시대관

唐詩大觀

[6권]

陳起煥 편역

차례

제4부 晩唐(만당)의 詩

001
白居易(백거이)

中唐의 대표 시인 白居易〔백거이, 772－846, 字는 樂天. 號 香山居士, 醉吟先生(취음선생)〕. 백거이의 祖籍은 山西 太原으로 胡族의 후예라고 한다. 今 河南省의 省都인 鄭州市 관할 新鄭市에서 출생하였다. 백거이가 활동하던 시기는 安史의 난 이후 사회 풍조가 바뀌어 낮은 계층 출신도 고관으로 승진할 수 있는 기회가 열려진 시대였다. 때문에 백거이가 중앙정부의 고관까지 승진할 수 있었다.

백거이는 德宗 貞元 16년(800)에 진사과에 급제한 뒤 한림학사, 左拾遺(좌습유) 등을 역임하였다. 백거이는 牛李당쟁에 휘말리지는 않았지만, 한때 忠州刺史(今 重慶市 忠縣)로 좌천되었다가 복귀하여 형부상서 등을 역임하고 75세에 죽었다.

백거이는 新樂府 운동을 주창하면서 문학은 실생활과 유리될 수 없다고 주장하였다. 그는 문학의 사회적 작용을 중시하여 예술을 위한 문학이 아니라 인간과 사회를 위한 문학을 해야 한다고 주장하였다. 곧 '문장은 시대에 맞게 지어야 하고(文章合爲時而著), 시가는 실제를 위해 창작되어야 한다(歌詩合爲事而作)' 라면서 실질을 떠나 미사여구나 늘어놓는 문학에 반대하였다.

그는 특히 長詩에 능했으며, 中唐을 대표하는 시인으로 그의 시 3,000여 수가 전한다고 하니 多作의 작가임에는 틀림이 없다.

백거이의 시는 諷諭詩(풍유시), 閑寂詩(한적시), 그리고 感想詩 등으로 대별할 수 있다. 백거이의 〈秦中吟〉 10수와 〈新樂府〉 50수는 풍유시의 대표작으로 당시 백성들의 어려운 생활을 사실대로 묘사하였다.

〈長恨歌〉와 〈琵琶行(비파행)〉은 感傷詩에 속한다. 그의 시 作品은 平易(평이)하면서도 人情에 가까워 어린이나 노파, 步卒 등 누구나 다 읽고 감상할 수 있다고 하였다.

〈醉吟先生傳(취음선생전)〉은 그의 자서전이라 할 수 있고, 그의 가장 유명한 산문은 〈與元九書〉인데 그와 元稹(원진, 元九)과의 우정을 알 수 있다. 거기에 나오는 '達則兼濟天下, 窮則獨善其身' 은 그의 인생철학이라 할 수 있다.

白居易와 문학적 동지인 元稹을 나란 '元白' 이라 칭하며, 劉禹錫(유우석)과도 唱和한 시가 매우 많은데 사람들은 '白劉' 라 병칭한다.

낙양 근교에 우리나라 관광객이 많이 찾는 龍門 석굴이 있고, 그 앞의 하천을 하나 건너면 香山인데 그 향산에 白居易의 묘와 초당이 있다.

夜雪(야설)

已訝衾枕冷，復見窗户明.
夜深知雪重，時聞折竹聲.

눈 내리는 밤

이부자리가 냉랭해 의아했는데,
다시 훤하게 밝은 창이 보였다.
밤 깊어 눈이 무겁게 쌓였는지,
대나무 부러지는 소리가 가끔 들렸다.

| 詩意 | 눈 내리는 밤의 정경이다. 보통 소리 없이 내리는 눈이라고 생각하지만, 싸락눈이 아니라도 소리 없이 내리는 눈을 부지런한 농부는 感知한다. 눈이 내리면서 창밖이 훤해진 것 같다는 느낌은 예리한 관찰이다. 눈의 무게에 대나무가 부러지는 쩍쩍 소리를 필자도 들어보았다. 시인은 그날 밤 생각이 참 많았을 것이다. 《全唐詩》 433권 수록.

對局(대국)

山僧對棋坐，局上竹陰清.
映竹無人見，時聞下子聲.

대국

산속 스님과 바둑판에 마주 앉으니,
판위에 대나무 그늘이 시원하다.
대가 어른거려 사람은 안 보이고,
때로 바둑알 놓는 소리만 들린다.

| 詩意 | 백거이는 당의 시인 중에서 관운도 비교적 평탄했으며 장수했다. 개인적으로 時運이나 詩的 재능은 타고났다고 보아야 한다. 시인으로서 유명한 정도를 따지자면 이백이나 두보, 그리고 왕유와 같은 수준에서 백거이를 꼽아야 할 것이다. 무엇보다도 그의 시가 평범하면서도 읽기 쉽기에 누구나 즐겨 감상할 수 있다는 점도 백거이의 特長으로 꼭 기억해야 한다.

問劉十九(문유십구)

綠螘新醅酒, 紅泥小火爐.
晚來天欲雪, 能飮一杯無?

유씨 열아홉째에게

개미가 뜨는 새로 담근 술에,
진흙의 붉고 작은 화로도 있네!
저녁이 되면 눈이 내릴 날인데,
한잔 마시려 아니 오겠는가?

| 詩意 | 이 시는 친우를 술자리에 초청하는 시이다. 술꾼은 비오는 날이나 눈이 내리는 날이면 으레 술 생각이 나게 되어 있다. 劉十九라는 벗은 백거이가 江州(今 江西省 북부 九江市)에 좌천되었을 때 자주 어울렸다. 같은 시기에 쓴 〈劉十九同宿〉이라는 시를 보면 함께 놀고 마신 사이였다.

綠螘(녹의, 개미 의)는 맑은 술 위에 동동 뜨는 밥알이다. 겨울이라서 방안에 붉은 진흙으로 만든 작은 화로를 준비해서 술을 데운다. 겨울에는 술을 적당히 데워서 마셔야 취기도 빨리 오른다.

이 시는 元和 12년(817) 백거이가 江州에서 지은 시라고 알려졌다. 당시 그가 강주에 좌천되었을 때 나이 46세였으니 붓을 잡으면 시가 쏟아지는 경지에 이르렀을 것이다. 이 시는 쉽게 써 내려갔지만 묘미를 다 갖추었기에 거의 삼매경에 이르렀다는 느낌이 온다.

微雨夜行(미우야행)

漠漠秋雲起, 稍稍夜寒生.
但覺衣裳濕, 無點亦無聲.

가랑비 속 밤길 가기

끝없는 구름이 가을 하늘을 덮고,
조금 조금씩 밤의 한기가 내린다.
옷이 젖는 줄은 그냥 알겠지만,
빗방울도 빗소리도 없다.

| 詩意 | 섬세하고 예민한 감각이다. 사실 그대로지만 그것을 느끼고 표현하는 것이 어렵다. 가을 밤비는 여름비와 다르다. 소리도 없이 티도 안내게 오지만 먼저 한기가 엄습해온다. 그 한기를 느끼는 것이 자연이다.

商山路有感(상산로유감)

萬里路長在，六年身始歸.
所經多舊館，大半主人非.

商山路의 감회

변함없이 만 리 길 그대로지만,
육 년 만인 이번에 다시 걷는다.
가는 길에 옛 客館이 많지만,
절반 가까이 주인이 바뀌었다.

| 詩意 | 商山은 陝西省(섬서성) 商縣에 있는 산이다. 秦漢 교체기에 은자 4人이 여기에 은거했고 그들을 商山四皓(상산사호)라 하였는데, 漢 高祖가 불러도 응하지 않았으나 張良의 계책대로 태자(惠帝)가 이들을 초치하여 함께 고조를 만난다. 이로써 태자의 지위는 보전된다.

백거이는 이 상산 아랫길을 다시 지나면서 불과 6년 동안에 옛 주인이 많이 바뀌었다며 인생의 無常함을 말하고 있다.

백거이의 같은 제목 오언율시는 아래와 같다.

〈商山路有感〉

憶昨徵還日，三人歸路同.
此生都是夢，前事旋成空.
杓直泉埋玉，虞平燭過風.
唯殘樂天在，頭白向江東.　《全唐詩》443권.

南浦別(남포별)

南浦凄凄別，西風嫋嫋秋.
一看腸一斷，好去莫回頭.

남포에서의 이별

몹시 서운하게 남포에서 헤어지나니,
서풍이 가볍게 불어오는 가을이로다.
얼굴을 볼 때마다 창자가 끊어지는 듯,
가면서 고개 돌려 되돌아 보지 마오.

| 詩意 | 떠나가는 사람 얼굴을 볼 때마다 창자가 끊어지는 듯하다니 그리도 정이 깊은 사람인가? 앞을 보고 떠난 다음에는 되돌아보지 말라는 당부 아닌 당부는 '죽어도 아니 눈물 흘리오리다.' 와 같은 뜻일 것이다. 嫋는 예쁠 요. 嫋嫋(요뇨)는 바람에 산들거리며 흔들리는 모양.

池上(지상)

小娃撑小艇，偸采白蓮回.
不解藏踪迹，浮萍一道開.

연못

젊은 아가씨가 작은 배를 타고,
몰래 하얀 연꽃을 꺾어 돌아왔다.
지난 자취 감출 방법을 몰랐는지,
부평초 사이에 한 줄 길이 생겼다.

| 詩意 | 撑은 버틸 탱. 배를 저어 나아가다. 농촌의 젊은 아가씨의 천진한 모습이 떠오른다. 붓으로 그려낼 수 없는 그 청초하고 순진한 모습을 詩로 그려내었다.

池畔(지반) 二首 (其一)

結構池西廊，疏理池東樹.
此意人不知，欲爲待月處.

연못가 (1 / 2)

연못 서쪽으로 행랑채를 짓고,
연못 동쪽에는 나무를 가꾼다.
사람들은 나의 이런 뜻을 모르나니,
여기는 내가 달을 맞이하는 곳이다.

| 詩意 | 여유 있는 생활이고, 운치를 즐길만한 시인이다. 연못 서쪽 행랑채에서 술을 마시면서 연못 동편 듬성듬성 심어 잘 가꾼 나무 사이로 떠오르는 달을 맞이할 설계를 꾸몄다.

竹枝詞(죽지사) 四首 (其一)

瞿唐峽口水煙低，白帝城頭月向西.
唱到竹枝聲咽處，寒猿暗鳥一時啼.

죽지사 (1 / 4)

瞿唐峽(구당협) 어귀에 물안개 낮게 깔렸고,
白帝城(백제성) 꼭대기 달은 서쪽에 기울었다.
죽지사 노랫소리 메아리로 들리면서,
짝없는 원숭이, 이름 모를 새가 함께 우짖는다.

竹枝詞(죽지사) 四首 (其二)

竹枝苦怨怨何人，夜靜山空歇又聞.
蠻兒巴女齊聲唱，愁殺江樓病使君.

죽지사 (2 / 4)

죽지사의 깊은 원망은 누굴 향한 원한인가?
고요한 밤 조용한 산에 그쳤다가 또 들린다.
만이의 사내와 巴땅 처녀가 함께 노래하니,
강가 누각의 병든 나그네는 客愁로 몸졌다.

| 詩意 | 시골 마을의 처녀와 총각은 밤에도 잠이 없다. 모여서 노래하며 사랑을 꿈꾸고 찾는다. 그들 노래는 때로는 애절하니 나그네로서는 부쩍 향수에 시달린다. 관리로 객지를 떠도는 객인의 설움도 마찬가지이다. 죽지사 民歌의 애절한 가락이 들릴 것 같다.

《全唐詩》 441권 수록.

對酒(대주) 五首 (其二)

蝸牛角上爭何事，石火光中寄此身.
隨富隨貧且歡樂，不開口笑是癡人.

술을 마주하고 (2 / 5)

달팽이 뿔 위에서 무엇을 다투겠는가?
부싯돌 불꽃 튈 사이가 이 몸이 사는 것!
부자로 또는 없는 대로 일단은 즐겨야지,
입 벌려 웃지도 못한다면 바보랍니다.

| 詩意 | 달팽이 양쪽 뿔 위에 있는 두 나라가 전쟁을 했다는 우화는 《莊子》에 나온다. 石火光中이란 부싯돌을 부딪쳐 불꽃이 튀는 순간인데, 이는 白駒過隙(백구과극)보다 더 짧은 시간이다.

對酒(대주) 五首 (其四)

百歲無多時壯健，一春能幾日晴明.
相逢且莫推辭醉，聽唱陽關第四聲.

술을 마주하고 (4 / 5)

백세 인생에 건장한 시절 많지 않나니,
봄날 한철에 맑은 날 며칠이나 되는가?
서로 만났으니 술 한 잔을 사양치 마오,
陽關曲의 넷째 구절을 따라 부릅시다.

| 詩意 | 시인들은 대개 술을 좋아하였다. 우선 이백과 두보에 대한 언급은 그만두고서라도 도연명도 술을 좋아하였지만 경제적으로 여유가 없어 좋은 술을 마시지 못하고 그것도 농부나 나무하는 사람들과 논두렁이나 나무 그늘 아래서 마셨다.

그러나 백거이는 벼슬자리도 괜찮았고 家産도 있어 집에서 담근 좋은 술을 어린 歌妓나 노비들의 시중을 받으며 상류 계층인 裴度(배도)나 劉禹錫(유우석), 元稹(원진) 등과 어울려 마셨다.

위 시에서 陽關第四聲이란, 왕유의 〈送元二使安西 / 一名 渭城曲〉 중 '勸君更進一杯酒' 구절을 말한다. 〈渭城曲〉은 〈陽關三疊(양관삼첩)〉이라고도 부른다. 그런데 이 노래를 부르는 방식은 '渭城朝雨浥輕塵 – 客舍靑靑柳色新 – 客舍靑靑柳色新 – 勸君更進一杯酒 – 勸君更進一杯酒 – 西出陽關無故人 – 西出陽關無故人'이다. 따라서 第四聲은 '그대에게 다시 술 한 잔을 권하니(勸君更

盡一杯酒)' 라는 뜻이다.

王維의 詩를 다시 인용하면 다음과 같다.

〈送元二使安西〉- 王維

渭城朝雨浥輕塵, 客舍青青柳色新.
勸君更盡一杯酒, 西出陽關無故人.

〈安西에 출장 가는 元二를 전송하다〉

渭城의 아침 비는 흙먼지를 적셨고,
객사의 푸른 버들 새잎이 싱그럽다.
그대께 권하니 다시 한 잔 더 비우시길,
서쪽 陽關으로 가면 아는 이 없으리오.

同李十一醉憶元九(동이십일취억원구)

花時同醉破春愁，醉折花枝當酒籌.
忽憶故人天際去，計程今日到涼州.

李十一과 함께 취하여 元九를 생각하다

꽃이 피면 같이 취해 봄날 걱정을 털었고,
취해 꽃가지를 꺾어 술잔을 세곤 했었다.
홀연 하늘 끝까지 가는 친우를 생각하니,
일정을 따지면 오늘쯤 涼州에 갔으리라.

| 詩意 | 李氏 형제 서열 11번째는 李建이란 사람으로 알려졌고, 元九는 백거이의 절친인 元稹(원진)이다. 이 시는 元和 8년(809), 원진은 四川 땅으로 폄직되었고, 백거이는 장안에서 좌습유로 근무할 때 지은 시이다. 涼州는 지금의 陜西省 漢中 지역으로 四川으로 가려면 꼭 지나가야 하는 곳이다.

《全唐詩》 437권 수록.

舟中讀元九詩(주중독원구시)

把君詩卷燈前讀，詩盡燈殘天未明.
眼痛滅燈猶闇坐，逆風吹浪打船聲.

배에서 元九의 시를 읽다

친구 詩卷을 들고 등불 앞에서 읽는데,
시는 끝이고 희미한 등불에 날은 아직 어둡다.
눈이 아파 등불 끄고 어둠 속에 앉아 있는데,
역풍에 파도 일어 배를 치는 소리가 들리네.

| 詩意 | 백거이와 원진은 서로 주고받은 시가 많았다. 두 사람 다 서로를 소중히 여겼기에 우정이 계속되었을 것이다.

白居易와 문학적 동지인 元稹을 나란히 '元白'이라 칭하며, 劉禹錫(유우석)과 唱和한 시가 매우 많아서 사람들은 '白劉'라 병칭한다.

後宮詞(후궁사) 二首 (其一)

淚濕羅巾夢不成, 夜深前殿按歌聲.
紅顏未老恩先斷, 斜倚熏籠坐到明.

후궁의 노래 (1)

눈물이 비단 수건을 적셔 잠못 이루는데,
밤 깊어 앞 궁전엔 손뼉 치며 노래 부른다.
고운 얼굴 늙기도 전에 은총 먼저 끊어지니,
향내 바구니에 기대어 날 밝도록 앉아 있다.

| 註釋 | ㅇ 〈後宮詞〉 - 〈후궁의 노래〉. 宮怨을 소재로 한 시.

ㅇ 紅顏未老恩先斷 - 紅顏(홍안)은 붉은 얼굴. 젊은 얼굴.

ㅇ 斜倚熏籠坐到明 - 斜倚(사의)는 비스듬히 기대다. 熏籠(훈농)은 훈향을 넣어둔 대바구니. 향 바구니.

後宮詞(후궁사) 二首 (其二)

雨露由來一點恩, 爭能徧布及千門.
三千宮女胭脂面, 幾箇春來無淚痕.

후궁의 노래 (2)

한 점의 은택은 이슬 되어 내리고,
온 궁안 모두가 서로 잘 보이려 다툰다.
삼천 궁녀의 연지 바른 얼굴에,
봄날 눈물 자국이 없는 이 몇이던가?

| 詩意 | 임금의 총애를 받지 못하는 宮人이 밤새 다른 궁전에서 들려오는 노랫소리를 들으며 비단 수건을 눈물로 적시며 뜬눈으로 밤을 지새우고 있다.

1, 2구는 격렬한 대비를 이루고 있다. 後宮과 前殿은 '夢不成'과 '按歌聲'의 차이가 있다. 자신이 총애를 받던 날은 이제 추억으로 남았을 뿐, 밤이 새도록 앉아 기다리는 아침에는 怨만 남아 있으리라. 怨辭(원사)는 하나도 없지만 구절마다 怨이 넘친다.

그리고 한 가지 염두에 두어야 할 것은 元稹의 五絶 〈行宮〉이다. '白頭宮女在, 閑坐說玄宗' 하는 궁인과 〈後宮詞〉의 궁인은 마찬가지이다. 이처럼 원진과 백거이는 취향도 관점도 비슷했기에 '元白'으로 불리었다.

楊柳枝(양류지) 二首 (其一)

一樹春風萬萬枝, 嫩於金色軟於絲.
永豐西角荒園裏, 盡日無人屬阿誰.

양류지 (1 / 2)

춘풍에 흔들리는 한 버들 수만 가지,
연한 노란색에 실보다도 부드러워라.
永豐의 서쪽 모퉁이 황량한 뜰 안에,
종일 아무도 없는데 누구 의지하나?

| 詩意 | 당 宣宗 재위 중(847 – 860)에 궁중에서 가기들이 이 시를 노래로 부르자, 선종이 누구의 시이며 영풍이 어디냐고 물었다. 옆에서 '백거이의 시이며 영풍은 洛陽의 마을 이름' 이라고 말하자, 선종은 낙양에 가서 그 버드나무 가지를 꺾어다 심으라고 분부했다고 한다.

隣女(인녀)

娉婷十五勝天仙，白日姮娥旱地蓮.
何處閑教鸚鵡語，碧紗窓下繡牀前.

이웃 아가씨

곱고 고운 열다섯, 하늘 선녀보다 예쁘니,
대낮의 항아이며 마른 땅의 연꽃이다.
어디서 한가히 앵무새에게 말을 가르칠까?
푸른 비단 느린 창가, 수놓은 침상 앞이리니!

| 詩意 | 娉은 예쁜 모양 빙. 장가들 빙. 娉婷(빙정)은 아름다운 모양. 미인. 열다섯 살? 아가씨라고 해야 할지? 아니면 女人이라고 옮겨야 할지 확실치는 않지만, 그 미모를 달 속의 미인과 연꽃에 비유하였다.

3, 4句는 주인공의 놀이와 거처를 묘사하여 에로틱한 분위기를 연상시켜 준다. 여인에게서 섹시한 정서나 감정이 느껴져야만 진정한 미인이라는 농담은 아마 사실일 것이다.

暮江吟(모강음)

一道殘陽鋪水中，半江瑟瑟半江紅.
可憐九月初三夜，露似眞珠月似弓.

저녁의 강을 노래하다

한 줄 석양이 강물에 비쳐 드니,
반쪽 강물은 짙푸르고 반쪽은 붉다.
아까운 구월 초삼일 밤에,
이슬은 진주 같고 달은 활과 비슷하다.

| 詩意 | 이 시는 원화 11년(816)에서 13년 사이에 백거이가 江州(지금의 江西省 북단 九江市) 司馬로 재직할 때 지은 시로 알려졌다.

시인이 자연을 보는 안목이 놀랍고, 시인이 그려낸 깊은 가을 강변의 청신한 풍경이 새롭기만 하다.

넘어가는 석양을 받아 반은 더 푸르고, 반은 붉게 물든 강물이 눈앞에 선하다. 그리고 초저녁에 일찍 맺히는 이슬, 이미 서쪽 하늘에 모습을 드러내 하얗게 걸린 초승달 – 시인은 마치 속세를 떠난 듯 자연을 관조하고 있다.

浦中夜泊(포중야박)

暗上江堤還獨立，水風霜氣夜棱棱.
回看深浦停舟處，蘆荻花中一點燈.

포구에서 밤을 보내다

컴컴한 강둑에 그냥 홀로 서있으니,
강바람과 서리에 밤기운이 싸늘하다.
오목한 포구에 머문 배를 돌아보니,
갈대꽃 무리에 등불 하나 밝았다.

| 詩意 | 江州로 좌천되어 내려가는 길에 지었다고 알려졌다. 포구에는 어디는 갈대가 자라고, 가을이면 꽃인지 이삭인지 모르는 꽃술이 자라 나와 바람에 흔들린다.

그런 갈대밭에 묻힌 배에 켜놓은 등불 – 蘆荻花中一點燈은 담백하면서도 많은 여운을 남겨주는 구절이다.

《全唐詩》 438권 수록.

大林寺桃花(대림사도화)

人間四月芳菲盡，山寺桃花始盛開.
長恨春歸無覓處，不知轉入此中來.

대림사의 복숭아꽃

인간 세상 사월에 꽃이 다 졌는데,
산속 절간 도화는 이제 한창 피었네.
봄이 간곳 찾지 못해 늘 안타깝더니,
여기 슬쩍 숨어 있는 줄 몰랐었네.

| 詩意 | 芳菲(방비)는 향기로운 꽃과 풀. 봄꽃. 사람들이 사는 평지와 산속 절의 風光이 이리 다른 줄을 시인도 몰랐기에 놀라움이 담겨 있는 시이다.

백거이가 원화 12년(817) 46세로 江州司馬로 근무할 때 廬山(여산)에 있는 上大林寺에서 지은 시로 알려졌는데, 노년에 가까워도 풍부한 감정을 지닌 시인의 마음을 느낄 수 있는 시이다.

香山寺(향산사) 二絶 (其一)

空山寂靜老夫閑，伴鳥隨雲往復還.
家醞滿瓶書滿架，半移生計入香山.

향산사 (1 / 2)

인적 없는 산속에 노인네는 한가롭고,
짝지은 새들은 구름처럼 이리저리 난다.
집에는 담근 술이, 서가엔 책이 가득하고,
반백 나이에 생계를 꾸려 향산에 이사했다.

香山寺(향산사) 二絶 (其二)

愛風岩上攀松蓋，戀月潭邊坐石棱.
且共雲泉結緣境，他生當作此山僧.

향산사 (1 / 2)

盤松은 愛風岩 위를 지붕처럼 덮었고,
모가 난 암반은 戀月潭 옆에 자리 잡았다.
자연 山水에 인연 따라 몸을 맡겼으니,
나의 여생이야 이곳 山僧이 되어야 한다오.

| 詩意 | 이는 백거이가 唐 文宗 大和 7년(833), 나이 62 때 지은 시로 알려졌다. 백거이는 龍門 석굴 앞 香山에 은거하며 불교에 심취했었다. 시에서는 백거이 은거지의 정경과 한적한 정서를 묘사하였다.

《全唐詩》 454권 수록.

游趙村杏花(유조촌행화)

趙村紅杏每年開，十五年來看幾回.
七十三人難再到，今春來是別花來.

趙村의 살구꽃을 보다

趙村의 붉은 살구꽃 매년 피는데,
십오 년간 몇 번이나 보았던가?
일흔세 살 내가 다시 오기 어려워,
올봄 꽃과 이별하려고 여기 왔네.

| 詩意 | 趙村은 낙양성 동쪽의 마을 이름이다. 백거이는 829년에 낙양에서 太子賓客이라는 관직에 근무한 이래로 73세인 844년까지 주로 낙양에서 생활하였다. 백거이는 2년 뒤 846년에 죽었다.

《全唐詩》 460권 수록.

白居易가 읊었기에 趙村의 살구꽃은 여전히 우리 마음속에 살아있다.

白雲泉(백운천)

天平山上白雲泉，雲自無心水自閑.
何必奔沖山下去，更添波浪向人間.

백운천

天平山 중턱 白雲泉에,
구름도 무심하고 샘물 절로 한가롭다.
왜 굳이 달려 부딪치며 산 아래로 흘러가,
인간 세상에 풍파를 더 보태려 하는가?

| 詩意 | 천평산은 蘇州城 서남쪽에 있는 '吳中名山'으로 붉은 단풍, 맑은 물, 기암괴석으로 유명하다. 그 산 중턱의 백운천은 '吳中第一水'로 그 명성이 자자하다. 백거이는 소주자사로 근무하면서 여기를 찾아 시를 지었다.

《全唐詩》462권 수록.

시의 뜻은 분명하다. 여기서 이렇듯 한가하게 지낼 수 있는데, 계곡물은 '왜 인간 속세에 흘러가 풍파를 일으키는데 일조를 하느냐?'는 뜻이다. 이와 같은 뜻의 시가 하나 더 있다.

山中五絶句(산중오절구) - 澗中魚(간중어)

海水桑田欲變時，風濤翻覆沸天池.
鯨呑蛟鬪波成血，深澗游魚樂不知.

山中에서 지은 五絶句 - 냇물의 물고기

바다와 뽕밭이 바뀌려는 때에,
바람과 파도에 뒤집히고 天池가 끓는다.
고래와 교룡이 서로 싸워 피바다가 되지만,
깊은 골에 노는 고기의 즐거움을 모르리라.

| 詩意 | 백거이가 관직에 있는 동안에 牛李黨爭(牛僧孺 - 李德裕, 808 - 846년 지속. 우당의 승리)은 격화일로를 걸었다. 백거이는 그 당쟁의 와중에서 벗어나 심신을 보전할 수 있었던 것은 그의 지혜일 것이다.

《全唐詩》 458권 수록.

王昭君(왕소군) 二首 (其二)

漢使卻回憑寄語, 黃金何日贖蛾眉.
君王若問妾顏色, 莫道不如宮裏時.

왕소군 (2 / 2)

漢의 사자가 돌아갈 때 부탁 말하기를,
언제쯤이나 황금으로 나를 풀어주겠소?
황제가 만약 나의 형색을 물으시거든,
漢宮에 있을 때와 같지 않다고 말하지 마오.

| 詩意 | 왕소군에게 유일한 희망은 황제의 부름이었다. 그러나 초췌한 형색이라면 황제가 황금을 보내 贖身(속신)하고 불러주겠는가? 그러니 내 형색이 이전보다 못하다고 말하지 말라고 신신당부했을 것이다. 여인에게 미모는 운명이며, 기본자산이다.

花非花(화비화)

花非花，霧非霧.
夜半來，天明去.
來如春夢幾多時，去似朝雲無覓處.

꽃 아닌 꽃

꽃이나 꽃이 아니고,
안개지만 안개가 아니다.
한밤에 왔다가는,
날 밝으며 떠나간다.
봄 꿈처럼 잠깐 왔다가는,
사라진 아침 구름처럼 떠나간다.

| 詩意 | 굳이 분류하자면, 歌行體 雜言詩이다. 宋代에 크게 성행한 대중가요라 할 수 있는 詞(사)의 형식을 갖췄다.

시의 내용은 수수께끼 같다. 꽃처럼 곱고 사랑스럽지만 꽃이 아니라면? 꽃에 비유할 수 있는 여인인가? 안개와도 비유되며, 잠깐 왔다가 흔적도 없이 사라진다면 抽象(추상)할 수 있는 것? 예를 들면 青春이나 애정인가?

백거이가 어떤 幻影(환영)에 빠져 朦朧(몽롱)한 감상을 즐긴 시인가?

이 시에 대하여 무엇을 형상화했느냐고 작자에게 물을 수 없고, 작자가 아닌 독자로서 그 해답을 추정할 수 없다.

'이 질문의 정답은 이것이다' 라고 말하는 사람이 있다면, 그는 아마도 고등학교에서 수능시험을 지도하는 국어선생일 것이다.

굳이 정답을 캐내어서 5가지 답안 중 하나를 골라 마킹해야 하는가? 그런 일이 가능하고 또 시 감상을 그렇게 해야만 하는가?

시인은 느낌이 온 그대로 썼고, 독자는 독자 나름대로 읽고 느끼면 된다.

賦得古原草送別(부득고원초송별)

離離原上草，一歲一枯榮.
野火燒不盡，春風吹又生.
遠芳侵古道，晴翠接荒城.
又送王孫去，萋萋滿別情.

詩題 '古原草'로 송별하다

무성하게 자란 벌판의 풀,
해마다 한 번씩 죽었다가 자라난다.
들불에 타도 아니 없어지고,
春風이 불면 다시 살아난다.
멀리 뻗은 방초는 옛길을 덮었고,
햇살 받은 푸른빛 荒城에 닿았다.
이제 떠나는 그대를 보내나니,
우거진 풀에 이별의 정이 가득하다.

| 註釋 | ○ 〈賦得古原草送別〉 – 〈詩題 古原草로 송별하다〉. '賦得'은 '詩題를 얻다.' 이전 사람의 詩題나 詩句를 나의 詩 제목으로 삼을 경우 '賦得'이란 말을 붙였다. 제목이 〈春草〉로 된 판본도 있다.

○ 離離原上草 – 離離(이리)는 풀이 무성한 모양. 분명한 모양〔歷歷(역력)〕.

○ 一歲一枯榮 – 一枯榮은 한번 죽었다가 한번 번성하다. 枯는 초목이 마를 고.

○ 野火燒不盡 – 野火에 燒해도 不盡하다. 燒不盡은 타 없어지지 않는다. 아무리 어떤 시대에도 小人은 있게 마련이다. 그렇다 하여 들풀의 강인한 생명력처럼 소인이 결코 사라지지 않는다는 식의 해석, 小人을 풀에 비유했다고 비평은 지나친 비약일 것이다.

○ 春風吹又生 – 春風이 불어오면 또 살아난다. 자연의 이치를 설명한 단순한 구절에 哲理까지 들어 있어 모든 사람이 인용하고 또 활용하는 구절이다.

○ 遠芳侵古道 – 遠芳(원방)은 멀리까지 이어진 풀밭. 侵古道(침고도)는 옛길을 덮다.

○ 晴翠接荒城 – 翠는 푸를 취. 晴翠(청취)는 햇빛이 비춰 더욱 윤기가 나는 풀, 또는 '맑은 하늘' 로 풀이한 책도 있다.

○ 又送王孫去 – 王孫은 귀공자. 백거이의 友人.

○ 萋萋滿別情 – 萋는 풀 무성할 처. 萋萋는 풀이 무성한 모양. 滿別情(만별정) – 이별의 정이 가득하다. 詠物詩는 맨 마지막에 작가의 본뜻을 드러내는데, 이 詩 역시 그러하다.

| 詩意 | 이 시는 白居易가 16세에 지었다고 하는데 믿을 수 있겠는가? 믿기지 않겠지만 사실이다. 이 시는 실제로 이러한 이별을 겪은 시인의 경험이 아니라 순수한 창작이다. 그러니 더 놀라울 수 밖에 없다.

백거이가 16세 때 과거에 응시하러 長安에 와서 이 시를 가지고 당시 장안의 名士로 著作郞이며, 시인인 顧況(고황, 725 – 814?)을 만나려 했다. 고황은 白居易의 명함을 보고서 "장안은 쌀값이(白) 너무 비싸 살기가(居) 쉽지 않다(弗易)."라고 말했다.

그러나 앞의 4句를 읽고서는 "이런 재주를 가졌으면, 쉽게 살기가 어렵지 않지!(有才如此, 居易不難!)"이라며 감탄했다고 한다.

'一歲一枯榮' 은 비단 풀만이 아니라 인간에게도 해당되는 天理가 아니겠는가? 인생의 榮華와 몰락은 말라죽는 풀보다 더 비극적이다. 그리고 3, 4구에 표현된 '春風吹又生' – 野草의 완강한 생명력은 千古傳誦(천고전송)의 名句이다.

특히 혁명이나 큰 거사를 선동할 때 이 구절은 어느 표현보다도 더 선동적이며 모든 사람들에게 자신감을 불어 넣어준다.

5, 6句의 古道와 荒城은 이별의 아픔을 드러내기 위한 배경 그림으로 등장했고, 8句의 萋萋는 首聯의 '離離' 를 받으면서 '무성한 풀' 을 바라보며 슬픔을 연상하는 극적인 반전을 이룬다.

「野火燒不盡, 春風吹又生」 – 들풀의 강인한 생명력을 표현한 이 구절이 오늘날까지 혁명가들에게 가장 좋은 말로 膾炙(회자)될 줄은 아마 백거이도 몰랐을 것이다.

중국에서는 농민들의 봉기(起義), 군대의 반란, 종교적 소요, 왕조 전복을 위한 易姓革命(역성혁명) 등이 계속되었다. 그때마다 농민이나 다수의 군중을 선동할만한 글귀나 명문장이 필요했다. 이는 최근 현대사에서 국민당과 공산당의 혁명투쟁에서도 마찬가지였다.

'작은 불티 하나가 넓은 들판을 태울 수 있다.(星星之火, 可以

燎原.)' 는 말은 작은 실수가 큰 화근을 초래하거나 미세한 세력이 엄청나게 커지다는 뜻으로 주로 혁명과 같은 상황을 표현할 때 사용하는 말이다.(星星은 부싯돌을 서로 부딪쳤을 때 튀는 불씨를 말한다.)

또 燎原烈火(요원열화)는 '불타는 넓은 들판의 뜨거운 불길' 이란 뜻으로, '맹렬한 기세' 를 의미한다. 그리고 '人多力量大, 柴多火焰高.(사람이 많으면 역량이 크고, 땔감이 많으면 화염도 높다.)' 면서 여러 사람의 적극적 참여를 유도한다.

그리고 '小石頭能打破大缸(작은 돌멩이가 큰 항아리를 깨뜨리고)', '一石激起千層浪(돌 하나가 천 겹의 물결을 일으킨다).' 이라며 선동하기도 한다. 어느 정도 분위가 무르익으면 '山雨欲來風滿樓(산속에 비가 오려 하니 누각에 바람이 가득하다. 唐 詩人 許渾의 詩句)' 라는 말로 큰 사건이 터지기 전의 긴장 상황을 표현한다.

冬初酒熟(동초주숙) (其二)

酒熟無來客，因成獨酌謠.
人間老黃綺，地上散松喬.
忽忽醒還醉，悠悠暮復朝.
殘年多少在，盡付此中銷.

초겨울에 익은 술

술이 익었어도 찾아온 이 없어,
그냥 혼자라도 마시며 노래한다.
商山의 夏黃公과 綺里季이고,
지상의 赤松子며 王子喬이다.
나도 모르게 깨었다가 또 취하고,
여유속에 저녁부터 아침까지 마신다.
남은 여생이 얼마나 되겠는가?
모두 술잔 속에 녹여 보내리라.

| 詩意 | 백거이의 또 다른 별호는 醉吟先生(취음선생)이다. 어지러운 세상, 내 마음대로 안 되는 세상에 힘껏 부딪치고 애쓰느니 그냥 취한 채로 사는 것이 훨씬 운치가 있을 것이다. 백거이의 모습은 이백처럼 浩蕩飄逸(호탕표일)하지 않고, 또 두보처럼 沈思鬱寂(침사울적)하지도 않다. 관직 생활은 비교적 평탄했고 경제적으로 여유도 있었다. 거기에 그의 뛰어난 재능이 빛을 발했으니 복 받은 사람이었다.

風雨晩泊(풍우만박)

苦竹林邊蘆葦叢，停舟一望思無窮.
青苔撲地連春雨，白浪掀天盡日風.
忽忽百年行欲半，茫茫萬事坐成空.
此生飄蕩何時定，一縷鴻毛天地中.

비바람 치는 날 늦게 일박하며

무성한 대밭 곁, 갈대가 빽빽한 곳에,
배가 멈추면서 둘러보니 끝없는 시름.
푸른 이끼가 덮인 땅에 봄비는 계속되고,
하얀 파도가 높이 치고 바람이 종일 분다.
어느 새 인생의 반백 년이 지나가는데,
망망한 세상사 이룬 것이 하나도 없어라.
떠도는 내 설움 언제쯤 안정되겠는가?
天地에 떠도는 가벼운 하나의 깃털이다.

| 詩意 | 一作 〈風雨夜泊〉. 이 작품은 元和 13년(818) – 백거이 48세 때로 알려졌다. 인생의 漂浪(표랑) – 자신의 뜻과는 전혀 상관없이 떠도는 인생이다. 50을 바라보면 중늙은이 했다. 그런데 이룬 것이 없다니 서글픔이 몰려왔을 것이다. 더군다나 비가 내리는 밤이다. 자신의 인생이 鴻毛(홍모) 같다고 느껴졌을 때, 얼마나 서글플까? 虛脫(허탈)이란 말은 이런 때 써야 한다. 《全唐詩》 440권 수록.

錢唐湖春行(전당호춘행)

孤山寺北賈亭西, 水面初平雲脚低.
幾處早鶯爭暖樹, 誰家新燕啄春泥.
亂花漸欲迷人眼, 淺草才能沒馬蹄.
最愛湖東行不足, 綠楊陰裏白沙堤.

봄에 전당호를 유람하다

孤山寺의 북쪽으로, 賈亭의 서쪽에,
물이 찬 수면은 평평하고 낮은 구름 깔렸다.
앵무새는 양지쪽 나무 곳곳에 둥지를 틀었고,
어느 집에 깃든 제비는 진흙을 물어 나른다.
어지러이 핀 꽃은 이제 눈에 익숙해졌고,
땅에 깔린 풀들은 말발굽을 덮었다.
동쪽 호수 경치가 제일 좋아 떠날 수 없는데,
흰 모래 둑은 푸른 버들 그늘 아래 누웠다.

| 詩意 | 백거이는 穆宗 長慶 3년(823)에 杭州刺史가 되었다. 항주는 예로부터 風景이 秀麗하고 경제적으로 부유한 지역으로 가히 인간세계의 천당으로(人間天堂) 불릴만하여 '天上天堂, 地下蘇杭' 이라는 속언이 생겼다. 항주의 전당호에는 백거이가 축조한 제방(白堤)이 지금도 남아있다.

《全唐詩》 443권에 수록.

自河南經亂(자하남경란), ~

時難年荒世業空, 弟兄羈旅各西東.
田園寥落干戈後, 骨肉流离道路中.
弔影分爲千里雁, 辭根散作九秋蓬.
共看明月應垂泪, 一夜鄉心五處同.

河南에서 난리를 겪고서~

난리와 흉년에 물려온 자산이 비었고,
형제는 형편에 따라 東西로 흩어졌다.
농장은 전란이 끝난 뒤라 황폐해졌고,
골육은 길에서 떠돌다가 헤어졌다.
외로운 그림자 천리 기러기처럼 나뉘었고,
뿌리를 떠나서 가을 쑥대처럼 뿌려졌다.
다 같이 밝은 달 보며 으레 눈물지리니,
이 밤에 고향 생각은 형제가 같으리라.

| 註釋 | ㅇ 〈自河南經亂 ~〉 – 〈하남에서 난리를 겪고서~〉 원제목은 〈自河南經亂, 關內阻饑, 兄弟離散, 各在一處. 因望月有感, 聊書所懷寄上, 浮梁大兄, 於潛七兄, 烏江十五兄, 兼示符離, 及下邽弟妹.〉이다. 이 뜻은 '河南에서 난리를 당한데다가 關內에서 흉년이 들어 兄弟들이 흩어져 갖자 다른 곳에 살고 있다. 望月하며 감회가 있어 그냥 느낀 바를 써두었다가 浮梁(부량)의 大兄과 於

潛(어잠)의 七兄, 그리고 烏江(오강)의 十五兄에게 보내면서 符離(부리)와 下邽(하규)의 동생과 누이에게도 보여주었다.'

– 河南經亂 – 德宗 貞元 15년(799)에, 지금의 河南省, 開封市에 주둔하던 宣武節度使 董晉(동진)이 죽자, 그 부장들이 조정에 반기를 들었고 이어 하남성 汝南의 절도사 吳少誠도 반란을 일으켰다. 이 당시 절도사들은 모두 중앙권력으로부터 거의 독립 상태를 유지하고 있었다.

阻는 험할 조. 막히다. 饑는 주릴 기. 기근. 여기서 형제란 친형제만을 의미하지 않는다. 사촌까지는 으레 한집에서 할아버지를 모시고 사는 것이 당연한 것처럼 여겨지던 시대였다.

浮梁(부량), 於潛(어잠), 烏江(오강), 符離(부리), 下邽(하규)는 모두 지명. 符離(부리)는 지금의 安徽省 북부 宿州市로 백거이는 부친을 따라 이곳에서 살았었다. 下邽(하규)는 지금의 陝西省 渭南市로 백거이의 祖籍地이다.

○ 時難年荒世業空 – 時難(시난)은 시절이 어렵다. 전란 기간. 年荒은 큰 흉년이 들다. 世業은 조상 전래의 家産.

○ 弟兄羈旅各西東 – 羈는 굴레 기. 일을 하는 소에게는 코뚜레와 연결한 고삐. 羈旅(기여)는 형편에 따라 할 수 없이 외지에 머물다(作客在外).

○ 田園寥落干戈後 – 寥는 쓸쓸할 료(요). 寥落(요락)은 零落(영락)하다. 干戈(간과)는 방패와 창. 무기. 전쟁.

○ 弔影分爲千里雁 – 弔影(조영)은 그림자를 위로하다. 외롭게. 千里雁은 천리를 날아가는 기러기, 형제와 떨어진 기러기. 무리 지어 날아가는 기러기는 곧잘 형제에 비유된다.

○ 辭根散作九秋蓬 – 辭는 말씀 사. 사양하다. 그만두다. 辭根은 뿌리에서 떨어지다. 형제는 본래 한 뿌리에서 나온 가지이다(本是同根生). 散作(산작)은 흩어지다. 九秋蓬(구추봉) – 90일간 가을의 쑥대, 가을에 흩날리는 쑥의 마른 솜, 바람에 쉽게 흩어진다.

○ 共看明月應垂淚 – 垂淚(수루)는 눈물을 흘리다.

○ 一夜鄕心五處同 – 五處는 위의 제목에 나온 5개 지명.

| 詩意 | 큰형에서부터 十五兄까지, 그리고 동생이나 여동생까지 생각나는 형제가 많고, 그들 또한 나를 생각할 것이라 믿으니 정말 가족공동체라 할 수 있다. 백거이는 아주 담담한 필체로 형제가 흩어지고 서로 그리는 정을 묘사하였다. 다만 제목을 왜 이리 길게 지었을까는 한번 생각해 보아야 한다. 8구의 五處를 제목으로 미리 설명했다고 볼 수 있다.

唐 玄宗은 태자로 있을 때, 긴 베개와 큰 이불〔長枕大衾(장침대금)〕을 만들어 여러 형제가 함께 베고 덮었다는 이야기가 있는데, 이는 형제간에 우애가 좋다는 뜻으로 해석할 수 있다.

그리고 형제가 화목하면 가문이 번창한다(兄弟和睦家必昌)고 하였다. 형제는 수족과 같아(兄弟如手足)고 떨어질 수 없지만, 처자는 의복과 같다는(妻子如衣服) 말도 있다.

이렇듯 형제간의 우애를 강조한 중국인들도 '금전을 나누는 데는 아버지와 아들도 없고(金錢分上無父子), 이해가 걸린 문제라면 형제도 없다(利害面前無兄弟).' 라는 속담이 있는 것을 보면 세상사가 그리 간단하지 않다는 것을 알 수 있다.

東林寺白蓮(동림사백련)

東林北塘水，湛湛見底清.
中生白芙蓉，菡萏三百莖.
白日發光彩，清飆散芳馨.
洩香銀囊破，瀉露玉盤傾.
我慚塵垢眼，見此瓊瑤英.
乃知紅蓮華，虛得清淨名.
夏萼敷未歇，秋房結纔成.
夜深衆僧寢，獨起繞池行.
欲收一顆子，寄向長安城.
但恐出山去，人間種不生.

동림사의 백련

東林寺 북쪽 연못의 물은,
맑디 맑아 바닥이 보인다.
못 가운데 하얀 부용이 자라는데,
꽃봉오리가 3백 개쯤 된다.
한낮에 광채를 발하고,
서늘한 바람에 향기를 뿜는다.
은 주머니가 터진 듯 향을 내고,
옥 쟁반이 기운 듯 이슬을 굴린다.

세속 때에 찌는 내 눈이 부끄럽지만,
그래도 이 귀한 꽃봉오리를 바라본다.
그래서 알겠나니 붉은 연꽃이,
청정한 명성을 공연히 얻었음을!
여름날 꽃을 피우고서도 그치지 않고,
가을에 연밥을 맺어야 생을 마친다.
밤 깊어 스님 모두 잠들었을 때,
홀로 나와 연못을 둘레를 거닌다.
다만 산에서 내려 보내기 두려운 까닭은,
속세에 심으면 싹이 안 틀지도 모른다.

| 詩意 | 연꽃은 부처님의 꽃이다. 北宋 周敦頤(주돈이, 1017－1073, 字는 茂叔, 號 濂溪)의 〈愛蓮說〉이 아니더라도, 진흙 속에 자라지만 더렵혀지지 않고, 깨끗하면서도 요염하지 않으며, 크게 번식하지 않으면서도 멀리까지 향을 뿜기에 君子와 같은 연꽃이다. 불가에서의 연꽃은 成道나 成佛의 상징으로 통한다.

동림사는 廬山(여산, 今 江西省 북단 九江市 남교의 산)에 있는 절이라는 주석이 있다. 이 시는 백거이의 〈潯陽三題(심양삼제)〉의 한 수로, 815－818년 강주사마로 근무할 때 지은 오언고시이다. 〈심양삼제〉란 백거이의 〈東林寺白蓮〉, 〈廬山桂〉, 〈湓浦竹(분포죽)〉을 말한다.

《全唐詩》 424권 수록.

感情(감정)

中庭曬服玩，忽見故鄉履.
昔贈我者誰，東鄰嬋娟子.
因思贈時語，特用結終始，
永願如履綦，雙行復雙止.
自吾謫江郡，漂蕩三千里.
爲感長情人，提攜同到此.
今朝一惆悵，反覆看未已.
人隻履猶雙，何曾得相似.
可嗟復可惜，錦表繡爲裏.
況經梅雨來，色黯花草死.

느낌이 있는 정

뜰 안에서 의복과 가구를 볕에 말리는데,
고향에서 신었던 신발을 찾아내었다.
그 옛날 누군가가 나에게 주었는데,
이웃 동편에 살던 어여쁜 아가씨였다.
그녀가 내게 주며 하던 말 생각하니,
'특별히 다 닳아 없어질 때까지,
그리고 영원히 신발 끈처럼,
함께 걷고 함께 벗기를 바라옵니다.'

내가 이곳 江州에 좌천된 뒤로,
정처 없이 떠돌기 삼천리.
그래도 그녀의 정을 느끼며,
이를 지녀 여기까지 왔도다.
오늘 아침 너무나 서글픈 마음에,
보고 또 보고 그칠 수 없었다.
사람은 혼자라도 신발은 짝이 있나니,
언제가 이처럼 한마음이었던가?
아! 서글픈 헌 신발이여,
겉은 비단에 안은 수를 놓았도다.
허나 장마철인 지금,
검어진 색상에 꽃 繡도 희미하구나!

| 註釋 | ○ 曬는 햇볕 쬘 쇄. 햇볕을 쬐어 말리다. 嬋은 고울 선, 娟은 고울 연. 嬋娟(선연)은 예쁘고 아름다운 모양. 履는 신발 리. 신다. 밟다. 綦는 연두색 비단 기. 梅雨(매우)는 매실이 익을 무렵 시작되는 장마.

| 詩意 | 《全唐詩》 433권 수록.

꽃무늬 繡(수)를 놓은 비단 신발을 만들어 준 정성 – 애정이 아니라면 어찌 설명할 수 있겠는가? 그 정을 간직한 시인은 낭만을 아는 사람이다.

여성의 발(足)은 때로는 여성 性을 뜻한다. 그래서 옛날에는 한 사코 여성의 맨발을 내보이지 않았다. 신화나 전설 속에서 여성이 신발을 빼앗겼다거나 신발이 벗겨진 채 도망했다는 이야기는 겁탈당했다는 완곡한 표현이었다.

젊은 처녀가 수를 놓은 남자의 신발을 만들어 주었고, 또 받았다면 이는 사랑의 굳건한 정표였다. 그런 여인과 결혼하지 못한 백거이의 사랑은 눈물겨웠을 것이다.

본래 젊은 남녀는 색정은 서로 비슷하고(少女少郎 情色相當), 남녀의 애정은 각자 정해진 인연이 있다(各有因緣). 연인들이 주는 물건은 마음을 주는 것이니(情人贈物如贈心), 비록 작은 물건이라도 천금과 같다(東西雖小値千金).

오늘 정을 느낀다면 오늘 그 정에 취하는 것이(今朝有情今朝醉), 젊은 남녀의 애정이다. 시인이 느꼈던 애정은 부부의 정으로 이어지지는 않았고, 추억으로만 남았다.

백거이의 결혼이 상당히 늦어진 것도 이만한 사연 때문일 것이다. 그러나 이런 사랑의 아픔이 있었기에, 백거이는 〈長恨歌〉에서 현종과 양귀비의 애정을 진정한 사랑으로 승화시켰을 것이다.

長相思(장상사)

九月西風興, 月冷露華凝.
思君秋夜長, 一夜魂九升.
二月東風來, 草坼花心開.
思君春日遲, 一日腸九回.
妾住洛橋北, 君住洛橋南.
十五卽相識, 今年二十三.
有如女蘿草, 生在松之側.
蔓短枝苦高, 縈回上不得.
人言人有願, 願至天必成.
願作遠方獸, 步步比肩行.
願作深山木, 枝枝連理生.

끝 모를 그리움

9월에 서풍이 불어오면,
달빛도 차갑고, 이슬은 서리가 된다.
낭군을 그리는 가을밤 길기만 한데,
하룻밤에 혼령은 아홉 번 승천한다.
2월 동풍이 불어오면,
새 풀싹이 돋고 꽃이 핀다.

임 생각에 봄날은 길기만한데,
하루에도 아홉 번 속이 뒤집힌다.
저는 洛水의 다리 북쪽에 살고,
임은 낙수의 다리 남쪽에 살지요.
열다섯에 서로 마음을 알고,
올해 저는 스물셋입니다.
만약에 새삼 넝쿨이었다면,
소나무 곁에 붙어살았겠지요.
덩굴은 짧고, 가지가 높다라면,
감아도 위로 오르지 못합니다.
사람 각자는 소원이 있다지만,
간절한 소원은 하늘이 들어준답니다.
바라건대 임과 함께 먼 땅의 짐승처럼,
걸음마다 어깨를 나란히 걷고 싶지요.
바라건대 깊은 산속 나무가 되어,
가지마다 모두 하나가 되고 싶어요.

| 詩意 | 〈長相思〉는 樂府題로 그 내용은 임에 대한 그리움이다. 일반 청춘 남녀들의 절절한 사랑을 여러 가지로 비유했다. 하룻밤 사이에 혼령이 하늘을 아홉 번이나 오르내리고, 임 그리다가 긴긴 봄날에 하루에도 아홉 번씩이나 애가 끊어지고 뒤집힌다.

이 젊은 연인의 바람은 임과 함께 지내는 것이다. 소나무를 감고 올라가 사는 새삼 덩굴이나, 두 나무 가지가 하나로 합쳐진 연리지, 거기에 남쪽에 산다는 比肩獸(비견수)처럼 나란히 걷고, 여기에는 안 나왔지만 比翼鳥(비익조)가 되고 싶을 것이다. 그리고 이런 간절한 소원은 하늘이 들어준다며 성취 있기를 염원하고 있다.

《全唐詩》 435권 수록.

太行路(태행로)

太行之路能摧車, 若比人心是坦途.
巫峽之水能覆舟, 若比人心是安流.
人心好惡苦不常, 好生毛羽惡生瘡.
與君結髮未五載, 豈期牛女爲參商.
古稱色衰相棄背, 當時美人猶怨悔.
何況如今鸞鏡中, 妾顔未改君心改.
爲君熏衣裳, 君聞蘭麝不馨香.
爲君盛容飾, 君看金翠無顔色.
行路難, 難重陳.
人生莫作婦人身, 百年苦樂由他人.
行路難, 難於山, 險於水.
不獨人間夫與妻, 近代君臣亦如此.
君不見,
左納言, 右納史. 朝承恩, 暮賜死.
行路難,
不在山, 不在水, 只在人情反覆間!

太行山 가는 길

太行山 산길은 수레를 부술 수도 있지만,

그래도 사람들 마음보다는 평탄하리라.
巫峽(무협)의 물이 배를 뒤엎을 수 있지만,
그래도 인간 마음보다는 순하게 흐른다.
좋아하고 미워하는 인심은 너무 심하게 변하니,
좋아하면 깃털로 덮어주고 미우면 생채기를 낸다.
그대는 결혼 5년도 채 안 되었지만,
기약한 견우직녀 사랑이 어찌 갈라섰는가?
예부터 미모가 쇠퇴하면 서로 등진다 했지만,
미인도 그런 때가 되면 여전히 후회하게 된다.
하물며 지금 거울 속에 비치는 나를 보면,
얼굴이 아직 예쁜데도 낭군의 마음은 변했다.
당신 때문에 옷에 향을 뿌려도,
당신은 난향과 사향의 향내를 맡아도 모른다.
당신 위해 옷치장을 다하더라도,
당신은 황금과 비취 장식을 보고도 고운 줄 모른다.
가는 길이 너무 힘들어,
어려움을 다 말할 수도 없네.
사람이라면 여인의 몸으로 태어나지 말지어니,
백년의 고생과 즐거움이 다른 사람 때문이다.
인생의 행로도 힘들으니,
산길보다 어렵고, 물길보다 험하도다.
인간 세상 부부간에만 그렇지는 않나니,

요즘 君臣 관계 또한 이와 같으리.
그대는 보지 못했는가?
左納言(좌납언)이나 右納史(우납사)도 그러하니,
아침에 은총을 받더니,
저녁에는 죽음을 내린다.
가는 길 어렵나니,
산길도 아니고, 물길도 아니고,
오로지 인간 감정의 무상한 반복 때문이다!

| 詩意 | 백거이는 詩題에 이어 '부부 사이를 빌려 군신 간의 비극을 풍간한 것이다(借夫婦以諷君臣之不終也).' 고 말했다.

太行山은 五行山, 또는 王母山으로도 불린다. 北京에서부터 河北省, 山西省, 河南省에 이르는 약 400km의 산맥을 형성하여 동쪽의 華北平原과 산맥 서쪽의 山西 高原을 구분한다. 愚公移山(우공이산)의 故事에 나오는 이 산은 본래 지금의 河北省 동남에 있었는데, 愚公이 太行山을 파 없애려 하자 天帝가 지금의 위치로 옮겼다는 산이다. 그 태행산의 산길보다 더 험한 것이 부부 사이이고, 부부 사이보다 더 무상한 것이 군신 간의 의리라고 백거이는 말하고 있다. 곧 인간의 반복이 무상한 감정에 인생살이가 달라진다는 뜻이다.

백거이가 '사람이라면 여자로 태어나지 말라(人生莫作婦人身).' 고 말했지만, 지금은 아마 백거이도 이런 말을 하지 않을 것이다.

聞哭者(문곡자)

昨日南鄰哭，哭聲一何苦.
云是妻哭夫，夫年二十五.
今朝北里哭，哭聲又何切.
云是母哭兒，兒年十七八.
四鄰尙如此，天下多夭折.
乃知浮世人，少得垂白髮.
余今過四十，念彼聊自悅.
從此明鏡中，不嫌頭似雪.

통곡 소리를 듣고

어제는 아랫마을서 통곡하던데,
통곡 소리가 어찌 그리 슬프던가!
아내가 남편이 죽어 통곡했는데,
남편은 나이가 스물다섯이라 했다.
오늘은 윗마을서 곡소리가 들렸는데,
울음이 또 어찌 그리 애절하던가!
어미가 아들이 죽어 통곡했다는데,
아들이 예닐곱이나 여덟이라 했다.
이웃한 마을서 이런 일이 계속되는데,
세상에 일찍 죽는 사람이 많아서이다.

이제는 세상 사람이 알리라,
머리가 희도록 사는 사람이 적다고.
나는 올해에 마흔이 넘었으니,
저들보다는 스스로 기뻐해도 된다.
이후로는 거울 속에서,
백설 같은 흰머리 푸념하지 않으리.

| 詩意 | 많은 복, 오래 살기, 많은 자손(多福, 多壽, 多子孫)은 누구나 바라지만, 바란다고 얻어지는 것이 아니다(財, 子, 壽 難得求).

가난한 자는 재물을 바라고, 부자는 장수를 원한다. 인생의 오복 중에서 장수하는 것이 제일이다(人生五福壽爲先). 마음이 넓으면 몸이 건강하고, 도량이 크면 장수한다(心廣體胖, 量大長壽). 곧 덕행을 쌓아야 장수할 수 있다(積德以增壽). '사람은 73세나 84세까지 산다(人生七十三八十四).' 고 했다. 孔子께서는 73세에, 孟子는 84세에 죽었다.

秦中吟(진중음) 十首 - 重賦(중부)

厚地植桑麻, 所要濟生民.
生民理布帛, 所求活一身.
身外充征賦, 上以奉君親.
國家定兩稅, 本意在愛人.
厥初防其淫, 明敕內外臣.
稅外加一物, 皆以枉法論.
奈何歲月久, 貪吏得因循.
浚我以求寵, 斂索無冬春.
織絹未成匹, 繰絲未盈斤.
里胥迫我納, 不許暫逡巡.
歲暮天地閉, 陰風生破村.
夜深煙火盡, 霰雪白紛紛.
幼者形不蔽, 老者體無溫.
悲喘與寒氣, 併入鼻中辛.
昨日輸殘稅, 因窺官庫門.
繒帛如山積, 絲絮如雲屯.
號爲羨餘物, 隨月獻至尊.
奪我身上暖, 買爾眼前恩.
進入瓊林庫, 歲久化爲塵.

무거운 세금

온 땅에 뽕과 삼을 키우기는,
백성을 살리려는 필요 때문이다.
백성이 옷감을 짜는 까닭은,
자신이 살아야 하기 때문이다.
쓰고 남은 바를 부세로 바쳐,
위로는 친애하는 군주를 받든다.
나라에서 兩稅法을 시행하는,
본뜻은 백성의 愛育에 있다.
처음엔 지나친 징발을 막으려고,
중앙과 지방의 관리를 단속했다.
正稅 이외에 하나라도 징수하면,
모두 국법 위반으로 다스렸었다.
그럭저럭 세월이 지나면서,
탐관오리는 옛 악습을 따랐다.
백성을 쥐어짜 위 뜻에 따르면서,
겨울과 봄철 구분 없이 착취했다.
짜던 비단은 한 필을 채우지 못했고,
고치서 뽑은 실은 한 근도 안 되었다.
이장은 납부하라 몰아세우며,
잠깐 연기할 틈도 주지 않는다.
연말에 온 천지가 죽은 듯 삭막하여,

음산한 바람만이 마을에 불어온다.
밤 깊어 집안에 불기도 싸늘한데,
싸라기 같은 눈 어지러이 내린다.
어린 자식은 몸을 가리지도 못했고,
늙은 몸뚱이에 온기도 사라졌다.
서글픈 숨소리에 싸늘한 기운,
함께 코끝을 찔러 서글픈 마음.
어제 밀린 부세 납부하러 가서,
관청 창고 안을 들여다보았다.
여러 비단이 산더미처럼 쌓였고,
실꾸리와 솜은 구름처럼 겹쳐 있었다.
모두가 쓰고 남은 예비 물품이며,
기일 맞춰 나라에 헌상할 것이란다.
내 몸에 따신 옷을 벗겨가서,
관리는 상관 은총을 얻으려 한다.
일단 나라의 창고에 들어가면,
모두 세월 따라 먼지로 사라진다.

| 詩意 | 《全唐詩》 425권 수록. 백거이의 〈秦中吟 十首〉와 〈新樂府 50首〉는 諷諭詩(풍유시)의 대표작이다. 위 시는 나라에서 농민을 중세로 착취하는 현실을 사실대로 서술하였다. 秦中은 장안 주변의 關中 땅을 지칭한다. 백거이는 여러 풍유시를 통하여 과중한 賦稅와 관리의 횡포, 백성의 노동력을 착취하는 끝없는 부역, 권

세가의 사치, 백성의 빈곤의 실상을 거리낌 없이 서술하였다.

백거이의 신악부는 백거이가 처음 제창하고 창작하지는 않았다. 李紳(이신, 772－846)이 〈新製樂府〉 20首를 지었고, 원진도 15수를 창작했다. 여기에 백거이도 50首를 창작했는데, 이런 〈新樂府〉는 元結(원결, 723－772, 字는 次山)과 두보의 사회시 전통의 계승 발전이라 할 수 있다.

賣炭翁(매탄옹)

賣炭翁，伐薪燒炭南山中.
滿面塵灰煙火色，兩鬢蒼蒼十指黑.
賣炭得錢何所營？ 身上衣裳口中食.
可憐身上衣正單，心憂炭賤願天寒!
夜來城外一尺雪，曉駕炭車輾冰轍.
牛困人飢日已高，市南門外泥中歇.
翩翩兩騎來是誰？ 黃衣使者白衫兒.
手把文書口稱敕，迴車叱牛牽向北.
一車炭重千餘斤，宮使驅將惜不得!
半疋紅紗一丈綾，繫向牛頭充炭直!

숯 파는 노인

숯 파는 노인네는,
종남산에서 나무를 베어 숯을 굽는다.
먼지와 재를 뒤집어썼고 검붉은 얼굴에,
하얗게 센 구레나룻에 열 손가락이 모두 검다.
숯 팔아 번 돈은 어디에 쓰겠는가?
옷을 사 입고 양식 팔아먹어야 한다.
그러나 불쌍케도 겉옷 하나뿐이고,
숯값이 싸질까 걱정 속에 날이 춥기만 바란다!

밤들어 성 밖에 눈이 한 자쯤 쌓이자,
새벽에 수레에 숯을 싣고 빙판길을 지나온다.
지친 소에 굶주린 노인, 해는 높이 솟았는데,
성곽 남문 밖 진흙 길에 잠깐 쉬었다.
나는 듯 달려오는 말 탄 두 사람은 누구?
손에 든 문서를 흔들고 칙명이라면서,
수레 돌린 뒤 소를 북쪽으로 몰아간다.
술에 실린 숯이 1천 근이나 되지만,
궁궐로 몰고 가니 아까워도 어쩔 수 없다.
붉은 비단 반 필에 한 길 능라 비단을,
소 머리에 던져주며 숯값이라 한다!

| 詩意 | 이 시는 숯 굽는 노인의 비참한 모습과 관리의 횡포를 서술하여, 官에서 물자 구입과 착복에 따른 백성의 고통을 경계하는 뜻이었다.

농사를 짓는 농민은 배를 곯아야 하고, 비단 짜는 여인은 비단 옷을 입어보지도 못한다. 평생 동안 기와를 굽는 노인은 기와집에 살아보지도 못하고 그냥 죽어갔다. 위로는 기와 한 장 없고(上無一片瓦), 집에는 다음날 양식이 없는(家無隔夜糧) 이런 상황이 바로 절대빈곤이다.

杜陵叟(두릉수)

杜陵叟，杜陵居，歲種薄田一頃餘.
三月無雨旱風起，麥苗不秀多黃死.
九月降霜秋早寒，禾穗未熟皆青乾.
長吏明知不申破，急斂暴征求考課.
典桑賣地納官租，明年衣食將何如?
剝我身上帛，奪我口中粟.
虐人害物卽豺狼，何必鉤爪鋸牙食人肉!
不知何人奏皇帝，帝心惻隱知人弊.
白麻紙上書德音，京畿盡放今年稅.
昨日里胥方到門，手持敕牒榜鄉村.
十家租稅九家畢，虛受吾君蠲免恩.

두릉의 늙은이

杜陵의 늙은이는, 杜陵에 살면서,
해마다 척박한 땅 1頃(경) 남짓을 경작한다.
3월에는 비도 없이 건조한 바람 불었기에,
보리 이삭도 안 패고 누렇게 많이 죽었다.
9월에는 서리가 내리고 일찍 추워져서,
벼이삭 익기도 전에 모두 퍼렇게 말라버렸다.
관청은 뻔히 알면서 보고도 아니 올리고,

촉박하고 사납게 거두며 실적만 올리려 했다.
뽕밭 저당에 땅을 팔아 조세를 납부했지만,
내년의 의식은 어떻게 해결하겠는가?
내 몸의 의복을 벗겨가고,
내 입안 곡식을 앗아갔다.
사람을 학대하고 재물을 해치는 승냥이처럼,
하필 갈고리 발톱, 톱 같은 이빨로 인육을 먹는구나!
이를 누가 황제에게 보고하여 황제를 알게 하여,
측은히 여기는 마음으로 민폐를 알게 하겠는가?
하얀 白麻紙 위에 황제의 말씀을 받아 써서,
경기 일대에 금년 부세를 모두 면제케 하였다.
어제는 마을에 서리가 찾아왔었는데,
공문을 갖고 와서 마을에 붙여놓았다.
10호 중 9호가 조세를 이미 납부했다니,
황제의 은택은 우리에게 아무것도 아니었다.

| 詩意 | 흉년은 자연재해이다. 자연재해 앞에 농민은 사실상 대응 방법이 없다. 거기에 관리들이 가렴주구는 백성의 입은 옷을 벗겨가고 입안에 들어간 낟알을 앗아가는 것과 다름없다. 이 시는 농민의 곤궁한 생활에 마음 아파하는 시인의 뜻이다.

흉년들었기에 일 년 치 부세를 면제하겠다는 황제의 은택 – 그러나 10호 중 9호에서 이미 부세를 강제로 다 납부했다는 엇박자에 우리는 그저 아연실색할 수밖에 없다.

新豐折臂翁(신풍절비옹)

新豐老翁八十八，頭鬢眉鬚皆似雪.
玄孫扶向店前行，左臂憑肩右臂折.
問翁臂折來幾年，兼問致折何因緣.
翁云貫屬新豐縣，生逢聖代無征戰.
慣聽梨園歌管聲，不識旗槍與弓箭.
無何天寶大徵兵，户有三丁點一丁.
點得驅將何處去？ 五月萬里雲南行.
聞道雲南有瀘水，椒花落時瘴煙起，
大軍徒涉水如湯，未過十人二三死.
村南村北哭聲哀，兒別爺娘夫別妻.
皆云前後征蠻者，千萬人行無一回.
是時翁年二十四，兵部牒中有名字.
夜深不敢使人知，偸將大石錘折臂.
張弓簸旗俱不堪，從玆始免征雲南.
骨碎筋傷非不苦，且圖揀退歸鄕土.
此臂折來六十年，一肢雖廢一身全.
至今風雨陰寒夜，直到天明痛不眠.
痛不眠，終不悔，且喜老身今獨在.
不然當時瀘水頭，身死魂孤骨不收，

應作雲南望鄉鬼, 萬人冢上哭呦呦.
老人言, 君聽取.
君不聞開元宰相宋開府, 不賞邊功防黷武?
又不聞天寶宰相楊國忠, 欲求恩幸立邊功?
邊功未立生人怨, 請問新豐折臂翁!

팔을 부러트린 新豐의 노인

新豐의 노인은 여든여덟 살인데,
머리카락과 눈썹, 수염이 모두 눈처럼 하얗다.
玄孫의 부축 받아 찻집 앞에 나왔는데,
왼팔은 어깨 아래 있지만 오른팔은 부러졌다.
노인에게 팔이 부러진 지 몇 년이냐 물으며,
아울러 무슨 연유가 있는가를 물었다.
노인은 貫鄕은 新豐縣에 올랐으며,
태평성대에 출생하여 전쟁도 없었다고 말했다.
梨園의 풍악 소리에 익숙했으며,
군대의 깃발과 창, 활과 화살을 몰랐다.
얼마 뒤 天寶 연간에 크게 징병하면서,
家戶 당 丁男 셋에 한 사람을 차출했다.
점검한 뒤에 군사를 어디로 몰고 갔는가?
5월에 1만 리 떨어진 雲南으로 행군하였다.

듣기로는, '雲南에는 瀘水(노수)란 큰 강이 있고,
산초 꽃이 질 때면 瘴氣(장기)가 발생하며,
대군은 열탕 같은 강물을 걸어 건너는데,
건너기도 전에 열에 두 셋은 죽는다.' 고 했다.
아래 위 마을에서 슬프게 통곡하고,
아들은 부모와 남편은 아내와 헤어져야 한다.
모두가 말하길, 그동안 남만 정벌에 간 자는,
천만 명에 돌아온 자가 하나도 없다고 하였다.
그때 노인은 스물네 살이었고,
兵部에 명부에 이름이 올라 있었다.
깊은 밤에 다른 사람이 모르게,
큰 돌로 몰래 팔을 내리쳐 부러뜨려 버렸다.
활을 당기거나, 깃발도 들지 못하기에,
겨우 운남 정벌을 면하게 되었다.
뼈가 부서지고 근육 부상이 고통스럽지만,
퇴짜를 맞아 고향에 남으려고 한 짓이었다.
팔이 부러진 이후 60년에,
팔 하나는 없어졌지만 육신은 살아남았소.
지금도 비바람이 음산한 밤이면,
날이 밝도록 쑤셔대어 잠을 잘 수 없다오.
고통에 잠을 못자지만 끝내 후회 없으며,
게다가 지금껏 늙도록 혼자 살아남았소.

그렇지 않았으면 그때 노수 가에서,
죽은 몸에 외로운 혼령에 뼈도 못 추렸으며,
응당 운남에서 고향 그리는 귀신이 되었고,
수만 명 무덤에서 훌쩍거리며 울었을 것이요.
老人의 말이지만 그대는 들어보시오.
당신은 듣지 못했소? 開元 연간의 재상 宋璟은,
전공을 시상치 않아 마구잡이 동원을 예방했다.
또 듣지 못했는가? 天寶 연간 宰相 楊國忠은,
천자 총애 때문에 변방 전공을 세우려 했다.
변방 전공 이전에 백성 원망만 사게 되니,
신풍 땅 팔 부러진 노인의 말을 들어보시오!

| 詩意 | 백거이는 '변방 戰功을 경계하기 위하여' 이 시를 지었다 하여 전쟁 동원에 대한 반대를 분명히 하였다. 징병을 피하려고 자해한 행위가 옳은 짓은 아니지만, 당시 젊은 정남이나 가문의 입장에서는 그래도 다행한 일일 수도 있었다.

천보 연간에, 양국충은 현종의 총애를 얻기 위한 방편으로 남만 정벌에 백성을 동원하였다. 이 때문에 조그만 저항도 못하고 남쪽 지방의 풍토병〔瘴氣(장기)〕에 아무런 의미도 없는 죽음을 당한 병졸, 그리고 그 가족의 원한은 누가 풀어주어야 하는가? 위정자의 도덕관념과 건실한 철학이 필요한 이유는 자명하다.

신풍 노인의 하소연을 듣기 전에, 미리 예방조치를 취할 수 있는 위정자의 叡智(예지)가 있어야 한다.

長恨歌(장한가)

※ 본 詩는 120句 長篇이다. 讀解의 편의를 위해 주제에 따라 4 단으로 나누어 譯註하였다.

(一)

漢皇重色思傾國, 御宇多年求不得.
楊家有女初長成, 養在深閨人未識.
天生麗質難自棄, 一朝選在君王側.
回眸一笑百媚生, 六宮粉黛無顏色.
春寒賜浴華淸池, 溫泉水滑洗凝脂.
侍兒扶起嬌無力, 始是新承恩澤時.
雲鬢花顏金步搖, 芙蓉帳暖度春宵.
春宵苦短日高起, 從此君王不早朝.
承歡侍宴無閒暇, 春從春遊夜專夜.
後宮佳麗三千人, 三千寵愛在一身.
金屋粧成嬌侍夜, 玉樓宴罷醉和春.
姊妹弟兄皆列土, 可憐光彩生門戶.
遂令天下父母心, 不重生男重生女.

장한가

(一)

漢皇은 미인을 좋아하여 경국지색을 바랐는데,
천하를 다스린 지 오래지만 얻지 못했다.
양씨 가문의 딸이 막 장성하였는데,
깊은 안채에서 자라 남들이 알지 못했다.
天生 아름다운 자질을 그냥 버릴 수 없었으니,
어느 날 뽑혀 황제 옆에 있게 되었다.
고운 눈짓 한번 웃으면 온갖 교태가 나오니,
六宮 미인 모두 그 미모를 잃었다.
봄날 춥다고 華淸池에 목욕하라 했는데,
溫泉 물이 매끄럽게 고운 피부를 씻겼다.
시녀 부축 받아 걸을 때 힘없어 예쁘니,
처음 새로 은총을 받기 시작할 때였다.
구름머리 꽃 같은 얼굴 흔들리는 황금 노리개,
芙蓉 그린 휘장 안 따뜻하게 봄밤을 보냈다.
봄밤은 너무 짧아 해가 높아야 일어나니,
이로부터 君王은 아침 조례를 걸렀다.
사랑 받으며 놀이 모시느라 한가한 틈도 없고,
봄엔 봄놀이 가고 밤에는 밤새 모셨다.
후궁 미인 삼천 명이지만,

삼천 총애를 혼자 다 차지했다.
金屋에선 단장하고 밤 시중을 곱게 들고,
옥루에서 잔치 끝나 봄바람에 취했다.
자매와 형제가 모두 봉토를 받았으니,
부러운 광채가 그 가문에서 솟아났다.
그래서 이 세상 부모들 마음에,
아들 낳기보다 딸이 더 좋더라는 말이 생겼다.

| 註釋 | ○ 〈長恨歌〉 - 〈장한가〉. 唐 玄宗(재위 712 - 756)와 楊貴妃의 사랑과 비극을 읊은 장편서사시이다. 安祿山(안록산)의 난을 피해 蜀(촉)으로 피난 가던 도중 馬嵬坡(마외파)에 이르자, 현종의 근위병들이 양귀비의 사촌인 楊國忠을 죽이고 이어 양귀비마저 처단할 것을 강력히 요구하였다. 안녹산에게 쫓기는 몸인 현종은 어쩔 수 없어 거부를 하지 못하고 머뭇대자 환관 高力士가 貴妃에게 비단 한 필을 전한다. 귀비는 마외파 驛館 내 배나무에 목을 맨다. 그때 현종의 나이는 71세였고, 양귀비는 38세였다. 그 후 난이 진압되고 다시 환궁한 늙은 현종은 비탄에 젖어 몽매간에도 양귀비를 연모했다. 이렇듯 애절했던 현종의 슬픈 사랑이야기를 백거이가 漢 武帝와 李夫人의 고사에 가탁하여 생생하게 그렸다.

○ 漢皇重色思傾國 - 漢皇 漢 武帝. 실은 玄宗이다. 唐의 신하로서 직접 황제를 거론할 수가 없어 漢皇이라고 한 것이다. 많은 시인들도 이런 표현을 즐겨 썼으니, 예를 들어 漢軍은 唐의 군사로 통한다.

重色 – 女色(여색, 美女)을 좋아하다. 漢皇이라 했으니, 重色이라 표현할 수 있었다. 思傾國은 경국지색을 그리워하다. 漢 武帝 때 樂府 協律都尉였던 李延年의 노래에 이런 내용이 있다. '北方有佳人, 遺世而獨立. 一顧傾人城, 再顧傾人國. 寧不知傾城與傾國, 佳人難再得.' (북방에 미인이 있으니, 온 세상에서 홀로 뛰어났도다. 그 미인을 한 번 보면 城이 기울고, 두 번 보면 나라를 망치게 된다. 城이나 나라 망하는 줄을 모를지언정, 그런 미인은 다시 얻을 수 없으리라.)

○ 御宇多年求不得 – 御는 거느릴 어. 다스리다(治也). 宇는 집 우. 하늘 아래 上下四方. 현종은 712년에 제위에 올라 756년 안녹산의 난 와중에 아들 肅宗에게 양위할 때까지 45년간 제위에 있었다. 그 후 762년에 현종은 서거했고, 안록산의 난은 763년에 종결된다.

求不得은 미인을 찾지 못했다. 현종은 첫 번째의 元獻皇后를 잃었다. 이어 開元 25년(737년)에는 武惠妃(무혜비)를 잃었다. 현종은 天寶 4년(745), 楊太眞을 귀비로 삼았다. (귀비는) 고인이 된 蜀州 司戶 楊玄琰(양현담)의 딸이었다. 현종의 아들 壽王의 비가 된 지 10년이었다. 현종은 그녀의 미모를 본 뒤에 (太眞이) 스스로 女官(女道士)이 되기를 희망한다고 하여, 壽王에게는 다른 妃와 결혼을 시킨 다음에 뒷날 楊貴妃로 맞이하였다.

○ 楊家有女初長成 – 양귀비는 촉에서 출생했고, 처음 이름은 玉環이라 했다. 어려서 부모를 잃고 숙부 손에서 성장했다.

○ 養在深閨人未識 – 閨는 규방 규. 宮中의 작은 門. 여자의 거실.

원래 양옥환은 현종의 18字 壽王였는데, 현종의 제1충신이며 환관인 高力士가 발견하고 현종과 만나게 한다.

○ 天生麗質難自棄 – 麗質(여질)은 아름다운 바탕. 소질. 품. 棄는 버릴 기. 難自棄는 스스로 쓰러지거나 남에게 버려지지 않는다는 뜻. 미인은 반드시 남에게 취해지게 마련이다.

○ 一朝選在君王側 – 側은 곁 측. 로맨스이기에 美化되었지만 비도덕적 결합이었다.

○ 回眸一笑百媚生 – 回는 돌 회. 眸는 눈동자 모. 媚는 아첨할 미. 아양. 百媚生은 온갖 媚態가 나오다.

○ 六宮粉黛無顔色 – 황제는 皇后 1人 외에 四夫人(貴妃, 淑妃, 德妃, 賢妃, 各一人, 正一品)과 九嬪(구빈, 昭儀, 昭容 등 9人, 正二品), 婕妤(첩여, 九人, 正三品)와 美人(九人, 正四品), 才人(九人, 正五品)을 거느릴 수 있었다. 黛는 눈썹 먹 대. 無顔色은 미모가 없었다.

○ 春寒賜浴華清池 – 華清池는 驪山(여산, 陝西省 임동현)에 있는 온천. 唐 高宗이 장안 동쪽인 이곳에 離宮(이궁)을 지었다. 유명한 관광지이다. 국공합작의 계기가 된 西安事變(서안사변, 1936. 12. 12)도 여기에서 발발했다.

○ 溫泉水滑洗凝脂 – 凝은 엉길 응. 脂는 기름 지. 희고 고운 피부 상태를 표현한 말.

○ 侍兒扶起嬌無力 – 扶起(부기)는 부축을 받아 걷다. 嬌는 아리따울 교.

○ 始是新承恩澤時 – 처음으로 천자의 사랑을 받다.

○ 雲鬢花顔金步搖 – 鬢은 귀밑 털 빈. 雲鬢은 구름 같은 헤어스

타일. 雲鬢花顔은 미인의 형용. 搖는 흔들릴 요.

○ 芙蓉帳暖度春宵 – 芙蓉帳暖은 부용꽃이 그려진 휘장은 따뜻하다. 宵는 밤 소.

○ 春宵苦短日高起 – 苦短은 정말로 짧다. 苦는 고통스럽다. ~때문에 고생하다. 지나치다. 심하다.

○ 從此君王不早朝 – 從此는 이로부터. 君王은 玄宗. 不早朝는 아침 朝禮를 하지 못하다.

○ 承歡侍宴無閑暇 – 承歡은 환심을 사다. 기분을 맞춰주다. 侍宴은 연회에서 모시다.

○ 春從春遊夜專夜 – 春에는 春遊를 따라가고, 夜에는 夜를 도맡았다.

○ 後宮佳麗三千人 – 佳麗(가려)는 美人.

○ 三千寵愛在一身 – 寵은 고일 총. 괴다. 특별히 귀여워하며 사랑하다.

○ 金屋粧成嬌侍夜 – 金屋은 사랑하는 여인의 거처. 粧成은 단장을 하다. 嬌는 아리따울 교. 한 武帝 때의 미인 阿嬌(아교). 嬌侍夜는 阿嬌(아교)처럼 밤에도 시중을 들다.

○ 玉樓宴罷醉和春 – 宴罷(연파)는 宴樂이 끝나다. 醉和春은 취해서 봄날처럼 온화하였다. 두 사람에게 봄바람 같은 훈풍이 돈다.

○ 姊妹弟兄皆列土 – 列은 裂(찢을 열). 토지를 신하에게 封해주는 것을 裂土. 貴妃의 여자 형제들이 모두 夫人의 호칭을 받았고, 귀비의 사촌오빠인 楊釗(양쇠)는 國忠이라는 이름을 하사받고 각종 권력과 이권을 누렸다.

○ 可憐光彩生門戶 – 可憐은 부러워하다. 門戶는 (楊씨) 집안. 가

문.

ㅇ 遂令天下父母心 - 遂는 이를 수. 마침내. 令은 우두머리 영(령). ~로 하여금.

ㅇ 不重生男重生女 - 딸을 낳았다고 슬퍼 말며(生女勿悲酸), 아들을 낳았다고 좋아하지 말라(生男勿喜歡). 오히려 딸이 더 좋다. 중국 속담에 '貧而有子非貧, 富而無子非富.(가난해도 아들이 있다면 가난하지 않고, 부자지만 아들이 없다면 부자가 아니다.)' 라 하였는데, '重生女' 는 아마 한때 하는 말이었을 것이다.

| 參考 | 현종과 양귀비의 비도덕적 결합

玄宗이 총애하던 武惠妃가 開元 25年(737년)에 죽는다. 後宮에 아무리 美人이 많다지만 현종의 뜻에 맞는 여인이 없었다. 이에 18子인 壽王의 왕비 楊氏가 미인이라는 말을 듣고 자신의 며느리를 불러 보니 과연 미인이었다. 양씨는 양현염의 딸로 蜀에서 태어났지만, 10세에 부친을 여의고 叔父의 손에 양육되다가 16세인 735년에 壽王 李瑁(이모)의 妃가 되었고 이미 두 아들을 출산했었다.

현종이 양씨를 만나본 뒤, 현종의 모친 두태후의 명복을 빌게 한다는 이유로 양씨를 여도사로 만들어 道觀(道教의 사원)에 밀어 넣고 道號를 太眞이라 했다. 아들 수왕을 재혼시키고, 그 한 달 뒤에 太眞은 還俗하여 귀비로 책봉되는데(745년) 이때 貴妃는 26세, 현종은 61세의 노인이었다. 귀비는 756년까지 12년간 현종의 총애를 독점했었다. 현종은 712년 28세에 즉위하여 756년까지 45년을 재위하고, 762년 78세에 죽는다.

사실 양귀비와 玄宗의 결합과 애정은 비도덕적이고 비정상적이었다.

기운이 왕성하고 풍류를 아는 황제라는 점을 감안하더라도, 자신의 며느리를 강제로 이혼케 하여 아내로 맞이했다는 자체가 비도덕적이었다. 결국 '安史의 난' 으로 양귀비는 마외파의 驛館에서 목을 매어야 했고, 현종은 슬픔과 실의 속에서 帝位를 아들에게 넘겨주어야 했다. 말하자면 '安史의 난' 과 당의 國運이 기우는 계기가 된 것은 현종과 귀비의 애정이었다.

그 이전 현종의 할아버지인 高宗은 아버지 太宗의 후궁인 武才人(武后)을 절에서 데려와 황후로 삼았었는데, 물론 애틋한 사랑이 있었다고는 하지만 그 결과는 당 왕조의 중간 단절이라 엄청난 파장을 불러왔었다.

이러한 비정상적인 애정은 太宗(李世民)도 예외가 아니었다. 태종은 '玄武門의 변' 을 통해 동생인 齊王 李元吉을 죽이고, 그 아내 곧 弟嫂(제수)를 데려다가 사랑하고 거기에서 所生을 얻기도 했었다. '貞觀의 治' 라는 선정을 행한 태종이 武氏를 궁으로 불러들인 결과는 측천무후의 등장을 초래했고, '開元의 治' 를 이룩한 玄宗이 양귀비를 사랑한 결과는 安史의 난과 당나라의 쇠퇴를 불러오는 단초가 되었다.

그래서 帝王이건, 凡人이건 모든 행실이 도덕적이어야 한다는 교훈이 통하는 것이다. 아무런 實效가 없어 보이는 人倫이라는 도덕이 인간의 삶에서 가장 중요하다는 것을 알아야 한다.

(二)

驪宮高處入青雲，仙樂風飄處處聞.
緩歌慢舞凝絲竹，盡日君王看不足.

漁陽鞞鼓動地來, 驚破霓裳羽衣曲.
九重城闕煙塵生, 千乘萬騎西南行.
翠華搖搖行復止, 西出都門百餘里.
六軍不發無奈何, 宛轉蛾眉馬前死.
花鈿委地無人收, 翠翹金雀玉搔頭.
君王掩面救不得, 回看血淚相和流.
黃埃散漫風蕭索, 雲棧縈紆登劍閣.
峨嵋山下少人行, 旌旗無光日色薄.
蜀江水碧蜀山青, 聖主朝朝暮暮情.
行宮見月傷心色, 夜雨聞鈴腸斷聲.

(二)

여산의 궁궐 높아 青雲 위로 솟았고,
선악은 바람 타고 곳곳에서 들렸다.
긴가락 늘어진 춤이 음악에 어울리니,
종일토록 보아도 君王은 더 보고 싶었다.
漁陽의 북소리가 땅을 흔들며 들어오니,
예상우의곡은 놀라 멈춰야만 했다.
九重의 궁궐에 연기와 먼지에 휩싸였고,
천승만기의 황제는 서남쪽으로 떠났다.
푸른 덮개 흔들흔들 가다가 다시 서니,

서쪽 도성 문을 나서 백여 리를 갔었다.
六軍이 움직이질 않으니 어찌할 수 없고,
아름다운 누에 눈썹 미인이 말 앞에서 죽었다.
꽃 비녀가 땅에 떨어져도 줍는 사람 없고,
비취 날개와 금관 장식, 옥비녀도 버려졌다.
君王은 얼굴을 가리고 어쩌지 못하더니,
가다가 돌아보며 피눈물을 흘렸다.
누런 먼지 크게 일고 바람은 소슬한데,
구름길 잔도는 구불구불 劍閣으로 이어졌다.
아미산 아래 다니는 사람 없고,
정기도 빛을 잃고 날은 저물었다.
蜀땅의 강물 푸르고 산도 푸르다만,
聖主는 아침저녁마다 옛정이 그립다.
행궁에 비친 달빛은 마음을 울리고,
밤비에 듣는 풍경은 애를 끊는 소리더라.

| 註釋 | ○ 驪宮高處入青雲 – 驪는 검은 말 여(려). 驪宮은 여산의 궁전, 華淸宮.

○ 仙樂風飄處處聞 – 飄는 회오리바람 표. 나부끼다. 소리가 맑고 긴 모양. 風飄(풍표)는 바람결에 들려오다.

○ 緩歌慢舞凝絲竹 – 緩은 느릴 완. 慢은 게으를 만. 慢舞는 느릿느릿 흐느적거리는 춤. 凝은 엉길 응. 絲竹은 악기의 총칭. 絲는 현악기, 竹은 관악기.

○ 盡日君王看不足 – 盡日은 온종일. 看不足은 보아도 흡족하지 않다. 더 보고 싶다는 뜻. '마음에 안 든다.' 는 뜻으로는 '看不上'.

○ 漁陽鞞鼓動地來 – 漁陽은 지금의 河北省 계현. 북경 부근. 鞞는 馬上에서 치는 북 비. 鞞鼓는 戰鼓. 動地來는 땅을 흔들 듯 밀려오다. 이 구절은 天寶 14년(655) 安祿山(안록산)의 亂이 발생했다는 뜻이다. 안록산은 范陽(범양) 등 3개 절도사를 겸직하고 있었다. 漁陽은 다만 안록산의 관할 지역이었는데, 여기서 반란을 일으켰다고 한 것은 이곳에서 漢代에 彭寵(팽총)의 반란이 있었기 때문에 이를 당겨서 쓴 것이다.

○ 驚破霓裳羽衣曲 – 霓는 무지개 예. 裳은 치마 상. 霓裳羽衣曲은 唐代 궁정 가무곡의 대표작으로 알려졌다.

○ 九重城闕煙塵生 – 闕은 대궐 궐. 煙塵(연진)은 연기와 먼지. 전란에 따른 방화와 피난.

○ 千乘萬騎西南行 – 千乘萬騎는 황제의 행차. 乘(승)은 4필의 말이 끄는 戰車(전거) 하나를 乘이라 하였다. 西南行은 長安에서 蜀은 서남쪽이다.

○ 翠華搖搖行復止 – 翠華(취화)는 황제의 수레 덮개와 정기. 황제의 의장용 깃발. 搖는 흔들릴 요. 搖搖(요요)는 흔들리는 모양. 行復止는 가다가 다시 서다. 행군 중 자주 멈추다.

○ 西出都門百餘里 – 都門은 도성의 문(서쪽 延秋門). 百餘里는 장안 서쪽 백여 리에 馬嵬坡(마외파) 驛館이 있었다.

○ 六軍不發無奈何 – 六軍은 《周禮》에 보면, 天子의 군대는 6軍, 大國은 3군, 次國은 2군, 小國은 1軍이라 했다(1軍은 12,500명). 六軍은 천자의 全軍의 뜻. 당시 현종을 호위한 근위병 사

령관은 陳玄禮였다. 無奈何(무내하)는 어찌할 도리가 없었다.

○ 宛轉蛾眉馬前死 – 宛은 굽을 완. 부드럽다, 온유하다. 轉은 구를 전. 宛轉(완전)은 은근하고 온유한 모양. 蛾는 나방 아. 眉는 눈썹 미. 蛾眉는 미인을 의미.

○ 花鈿委地無人收 – 鈿은 비녀 전. 委는 맡길 위. 버리다.

○ 翠翹金雀玉搔頭 – 翠는 푸를 취. 翹는 꼬리의 긴 깃털 교. 翠翹(취교)는 비취란 새의 깃털 모양을 한 머리 장식. 金雀(금작)은 공작새 모양의 금비녀. 搔는 긁을 소. 玉搔頭는 玉簪(옥잠, 옥비녀).

○ 君王掩面救不得 – 掩은 가릴 엄. 掩面은 얼굴을 감싸 안다. 외면하다.

여기까지는 안록산과 양귀비의 자결을 묘사하였다.

○ 回看血淚相和流 – 마외파를 떠나 蜀으로 향하면서도 현종은 뒤를 돌아보며 피눈물을 흘린다는 뜻. 피와 눈물이 함께 어울려(相和) 흘린다는 뜻은 아니다.

○ 黃埃散漫風蕭索 – 埃는 티끌 애. 먼지. 黃埃(황애)는 黃塵(황진)과 同. 漫은 질펀할 만. 蕭索(소삭)은 처량(凄涼)하다.

○ 雲棧縈紆登劍閣 – 棧은 잔도 잔. 飛階(비계). 雲棧(운잔)은 구름이 걸친 높은 곳의 棧道(잔도). 낭떠러지나 또는 험한 계곡 높은 사이에 사다리처럼 가로지른 줄다리. 縈은 얽힐 영. 두르다. 돌아가다. 紆는 굽을 우. 縈紆(영우)는 꾸불꾸불 돌아 오르다. 陝西省 鳳縣에서 褒城縣(포성현)까지 420리 길은 험한 棧道(잔도)로 이어졌는데, 이를 連雲棧道(연운잔도)라고 부른다. 여기서는 이 길을 지적한 것은 아니지만 劍閣(검각)으로 가는 길의 험난함을 말했다.

– 劍閣은 劍門關, 蜀에 들어가려면 반드시 거쳐야 하는 관문. 여기를 통과해서도 30리 잔도가 또 이어진다. 李太白의 詩 〈蜀道難〉에 '蜀道之難, 難於上靑天.(蜀에 가는 길은, 하늘 오르기보다 더 어렵다.)' 란 말이 실감나는 지역이다. 또 '劍閣崢嶸而嵬嵬, 一夫當關萬夫莫開(검각은 울퉁불퉁 높아서, 一夫가 관문을 막으면 萬夫도 뚫지 못한다.)' 고 했다.

○ 峨嵋山下少人行 – 峨嵋山(아미산)은 四川省에 있으며, 두 개의 험하고 높은 산이 마주 솟아 있다. 여기서는 蜀의 땅을 의미.

○ 旌旗無光日色薄 – 旌은 천자 깃발 정. 현종 일행이 成都에 도착했을 때는 官兵은 오직 1천3백 명이었고, 궁녀는 24명이었다고 한다. 日色薄(일색박)은 황혼 무렵.

○ 蜀江水碧蜀山靑 – 四川省(蜀, 省會 成都市. 四川의 간칭은 川 혹은 蜀)은 歷史가 유구하고, 풍광도 수려하며, 물산도 풍부하여 自古로 '天府之國' 이라고 불렸다. 2008年 5月에 四川의 汶川(원촨)에 大地震이 있었다.

○ 聖主朝朝暮暮情 – 朝朝暮暮는 아침마다 밤마다.

○ 行宮見月傷心色 – 行宮은 황제의 임시 거처.

○ 夜雨聞鈴腸斷聲 – 鈴은 방울 령. 聞鈴은 처마의 풍경 소리. 잠 못드는 현종은 〈雨霖鈴〉이라는 曲을 지었다.

※ 안록산은 3개소의 절도사를 겸직했을 뿐만 아니라 玄宗으로부터 어사대부라는 중앙 관직을, 東平郡王이라는 작위를 받을 만큼 현종의 신임을 얻었다. 안록산이 현종의 신임을 얻을 수 있었던 것은 양귀비의 신임을 얻을 수 있었기에 가능했었다.

안록산이 양귀비의 신임을 얻을 수 있었던 것은 안록산의 재능이었다. 안록산의 재능은 '멍청하면서도 충직한 사람인 척하기', 곧 '완전한 僞裝(위장)' 에 있었다.

사실 늙은 현종과 30대의 한창 물오른 여인 양귀비, 그리고 당당한 체구에 코가 큰 안록산 – 이 세 사람의 관계가 원만할 수 있었던 것은, 안록산의 충성심과 멍청한 아들 노릇 때문에 가능했을 것이다. 본래 남자의 色情을 알만큼 알고 있는 양귀비가 흔들릴 때, 어머니와 아들이라며 궁궐 깊은 곳에 출입하면서 생길 수 있는 일은 아무도 몰랐을 것이다.

(三)

天旋地轉迴龍馭, 到此躊躇不能去.
馬嵬坡下泥土中, 不見玉顏空死處.
君臣相顧盡沾衣, 東望都門信馬歸.
歸來池苑皆依舊, 太液芙蓉未央柳.
芙蓉如面柳如眉, 對此如何不淚垂.
春風桃李花開日, 秋雨梧桐葉落時.
西宮南內多秋草, 落葉滿階紅不掃.
梨園子弟白髮新, 椒房阿監青娥老.
夕殿螢飛思悄然, 孤燈挑盡未成眠.
遲遲鐘鼓初長夜, 耿耿星河欲曙天.

鴛鴦瓦冷霜華重，翡翠衾寒誰與共.
悠悠生死別經年，魂魄不曾來入夢.

(三)

하늘과 땅이 돌고 돌아 어가가 돌아오는데,
그곳에 도착해선 주저하며 떠나질 못한다.
마외의 고갯길 아래 진흙 속에,
귀비의 옥안은 뵈지 않고 헛죽음만 남았다.
君臣이 마주 보며 눈물로 옷을 적시다가,
장안성 동문보고 말 가는대로 돌아왔다.
돌아온 연못과 뜰은 모두 옛 그대로며,
태액지 부용이 피고 미앙궁 버들도 푸른데,
부용은 귀비의 얼굴이요 버들은 눈썹이니,
이보고 어찌 눈물 아니 흘리리오.
봄바람에 복숭아 꽃피는 날에도,
가을비에 오동의 잎 지는 때도,
西宮과 남쪽 궁 안 시든 풀이 가득해도,
낙엽 져서 계단 가득히 붉어도 쓸지 않았다.
梨園의 젊은 자제, 백발이 생겼으며,
초방 아감들 고운 얼굴도 늙어버렸다.
밤에 궁전에 나는 반딧불, 서글픈 그리움이니,

홀로 등불 심지 다 돋아도 잠을 못 이룬다.
늦은 밤 종소리 기나긴 밤 보내니,
밝던 은하수에 날이 새려 하노라.
원앙 기와 싸늘하여 서리꽃이 겹쳤는데,
비취 이불 차가운데 누구 함께 덮으리오.
아득히 생사 가른 뒤로 해가 바뀌어도,
혼백도 이젠 꿈속에도 뵈지 않는다네.

| 註釋 | ○ 天旋地轉廻龍馭 – 旋은 돌 선. 돌다. 廻는 돌 회. 머리를 돌리다. 天地가 다시 회전하다. 안녹산이 죽고 현종의 아들 숙종 지덕(至德) 2년(757년)에 장안을 수복했다. 馭는 말부리 어. 현종은 至德 2년 10월에 장안으로 돌아왔다.

○ 到此躊躇不能去 – 躊는 머뭇거릴 주. 躇는 머뭇거릴 저.

○ 馬嵬坡下泥土中 – 嵬는 산 높을 외. 坡는 고개 파. 泥는 진흙 이(니).

○ 不見玉顔空死處 – 현종은 양귀비 시신을 다시 거두어 제사를 지냈다고 한다. 양귀비의 관에 있던 향낭을 내시가 현종에게 보이자, 현종은 눈물을 흘렸다고 한다.

○ 君臣相顧盡沾衣 – 沾은 더할 첨.

○ 東望都門信馬歸 – 信馬는 말이 가는대로 맡기다. 현종이 제정신이 아닐 것이라는 뜻.

○ 歸來池苑皆依舊 – 池는 연못 지. 화청지. 苑은 나라 동산 원.

○ 太液芙蓉未央柳 – 液은 진 액. 액체. 太液池 – 大明宮 안의 연

못. 未央柳 – 미앙궁의 버드나무. 본래 漢의 궁전 이름이지만, 여기서는 당의 황궁.

○ 芙蓉如面柳如眉 – 如面은 양귀비의 얼굴처럼 보인다.

○ 對此如何不淚垂 – 垂는 드리울 수. 흘리다.

○ 春風桃李花開日 – 桃李는 복숭아.

○ 秋雨梧桐葉落時 – 梧桐은 가을을 상징하는 나무.

○ 西宮南內多秋草 – 西宮은 太極宮. 南內는 興慶宮. 현종은 홍경궁에 있다가 숙종 上元 1년(760) 7월에 서궁인 甘露殿으로 옮겼는데 사실상 연금 상태였다고 한다. 물론 아들 숙종과의 관계도 원만치 못했다.

○ 落葉滿階紅不掃 – 滿階는 계단에 가득하다.

○ 梨園子弟白髮新 – 梨園子弟는 현종이 설치한 教坊(교방, 일종의 교습소)의 하나. 가무와 잡기를 가르치는 예인 300명을 모아 梨園에서 교습하였고 그 藝人들을 梨園子弟라 하였다. 또 가무를 배우는 궁녀 수백 명을 뽑아 宜春北苑(의춘북원)에 수용하고 이들도 이원제자라 불렀다.

○ 椒房阿監青娥老 – 椒는 산초나무 초. 후추. 椒房은 여러 후궁들의 거처. 후추를 섞어 벽에 바른 방. 이렇게 하면 아들을 낳는다는 믿음이 있었다. 阿監(아감)은 후궁의 시중을 드는 女官. 青娥(청아)는 젊고 아름다운 얼굴. 젊은 미녀. 女官.

○ 夕殿螢飛思悄然 – 螢은 반딧불 형. 悄는 근심할 초. 悄然(초연)은 처량하고 서글프다.

○ 孤燈挑盡未成眠 – 挑는 휠 도. 돋우다. 등불의 심지를 돋우다.

○ 遲遲鐘鼓初長夜 – 遲遲(지지)는 잠 못 이루는 밤은 시간이 더

천천히 흐른다.

○ 耿耿星河欲曙天 – 耿은 빛날 경. 耿耿(경경)은 별이 반짝이는 모양. 曙는 새벽 서.

○ 鴛鴦瓦冷霜華重 – 鴛鴦瓦(원앙와)는 원앙새 모양으로 짝을 맞추어 만든 기와. 重은 겹치다. 여기서는 서리가 많이 내리다.

○ 翡翠衾寒誰與共 – 翡는 파랄 비. 翠는 푸를 취. 비취새의 수컷이 翡(비), 암컷은 翠(취). 衾은 이불 금. 誰與共(수여공)은 누구와 함께할 것인가?

○ 悠悠生死別經年 – 悠는 멀 유. 悠悠는 까마득히 먼 모양. 經年은 한해가 지나다.

○ 魂魄不曾來入夢 – 魂魄(혼백)은 양귀비의 혼백. 入夢은 현종의 꿈이 나타나다.

| 參考 | 현종과 양귀비의 사랑은? 현종과 양귀비의 사랑이 참된 애정이었는가?

사실 이런 물음은 어리석은 질문이다. 현종은 60세가 넘은 노인이었고, 양귀비는 20대 후반의 풍만한 육체와 고운 피부를 가진 여인이었다. 노인이 탐하는 욕정이고, 귀비는 그 상대가 황제라서 사랑하지 않을 수 없었으니 참사랑은 아닐 것이라는 합리적(?) 주장이 꼭 맞지는 않을 것이다. 왜냐하면 애정이라는 감정은 합리적 이성으로 설명될 수 없기 때문이다.

분명 20대와 60대의 사고와 감정이 다르고, 실제로 육체적 능력이 차이가 있다지만, 애정이라는 감정이 20대에는 순수하고 60대는 그렇지 못하다고 단언할 수 있겠는가?

젊었을 적에 누구보다도 풍류를 알고, 풍류를 즐긴 현종이었으며 정치에 마음을 쓰다 보니 그리고 재위 기간이 오래다 보니 해이해질 때가 된 것은 확실하였다. 그렇다 하여 그 사랑이 참사랑이 아니라고 할 수 있겠는가? 하여튼 알 수 없고, 세속적인 잣대로만 잴 수 없으며, 헤아릴 수 없는(예상 불가) 것이 남녀의 애정이다.

(四)

臨邛道士鴻都客，能以精誠致魂魄.
爲感君王展轉思，遂教方士殷勤覓.
排空馭氣奔如電，昇天入地求之遍.
上窮碧落下黃泉，兩處茫茫皆不見.
忽聞海上有仙山，山在虛無縹緲間.
樓閣玲瓏五雲起，其中綽約多仙子.
中有一人字太眞，雪膚花貌參差是.
金闕西廂叩玉扃，轉教小玉報雙成.
聞道漢家天子使，九華帳裏夢魂驚.
攬衣推枕起徘徊，珠箔銀屛迤邐開.
雲髻半偏新睡覺，花冠不整下堂來.
風吹仙袂飄颻擧，猶似霓裳羽衣舞.
玉容寂寞淚闌干，梨花一枝春帶雨.

含情凝睇謝君王，一別音容兩渺茫.
昭陽殿裏恩愛絶，蓬萊宮中日月長.
回頭下望人寰處，不見長安見塵霧.
唯將舊物表深情，鈿合金釵寄將去.
釵留一股合一扇，釵擘黃金合分鈿.
但教心似金鈿堅，天上人間會相見.
臨別殷勤重寄詞，詞中有誓兩心知.
七月七日長生殿，夜半無人私語時.
在天願作比翼鳥，在地願爲連理枝.
天長地久有時盡，此恨緜緜無絶期.

(四)

장안에 온 나그네 임공의 도사는,
정성으로 혼백을 불러올 수 있다 하였네.
군왕의 전전반측 그리움에 감동하여,
마침내 方士를 시켜 은근히 찾게 하였네.
허공을 가르고 구름 몰고 번개처럼 달려,
하늘에 오르고 땅속을 뒤져 두루 찾았다네.
위로는 하늘 끝 아래로는 황천까지,
두 곳이 망망하여 다 보이지 않았네.
홀연히 듣기에 바다 멀리 신선의 땅이 있어,

신산은 허공 속 아득한 그곳이라네.
누각은 영롱하고 오색구름 피어나,
그 안에 가냘프고 예쁜 신선들이 많았네.
그중에 한 사람 太眞이라 하는데,
하얀 피부 꽃다운 얼굴 거의 같았다네.
황금 대궐 서쪽 채의 옥고리를 두드려,
小玉을 시켜 雙成에게 알리라 하였네.
漢家의 天子가 사람 보냈다는 말 듣고,
아름다운 휘장 안 꿈꾸던 혼령이 놀라 깨었네.
윗옷을 걸치고 침석을 차고 일어나 서둘러,
구슬 박힌 주렴과 은병풍이 차례로 열렸다네.
구름머리 기운 채 선잠을 금방 깬 듯,
花冠도 못다한 채 옥당서 내려왔네.
바람이 불어 옷소매가 가벼이 흔들리니,
마치 예상우의 춤을 추는 듯하네.
고운 얼굴은 쓸쓸한 듯 눈물 마구 흘리니,
梨花 한 가지에 봄비에 젖는 듯했네.
情을 머금고 눈물지며 君王에 감사하고,
이별 뒤로는 소리나 모습도 아득하다네.
소양전 살면서 받던 사랑 끊긴 뒤,
봉래궁 안에서 긴긴 세월 보낸다네.
머리를 돌려 인간 세상 내려다보아도,

長安은 아니 보이고 먼지 낀 구름만 보인다네.
오로지 쓰던 물건으로 깊은 그리움을 표하니,
자개 향합과 금비녀를 가지고 가라 하네.
비녀 한쪽 향합 한 편을 남겨 놓았으니,
비녀를 나누고 황금 향합 나눠 두었다네.
다만 마음을 금비녀처럼 굳게 가진다면,
天上과 속세지만 만나볼 수 있으리다.
헤지며 은근히 거듭 부탁 말을 하며,
말속에 둘이만 아는 맹서 있다 하였네.
七月七日 長生殿에서,
한밤 아무도 모르게 속삭일 적에,
하늘이라면 比翼鳥가 되고 싶다며,
땅에서라면 連理枝가 되길 빈다고 했네.
天地가 오래 간다지만 다할 때 있으나,
우리의 恨은 이어져서 끝날 날 없으리!

| 註釋 | ○ 臨邛道士鴻都客 – 邛은 언덕 공. 臨邛(임공)은 지금의 四川省 邛崍縣(공래현). 鴻都客(홍도객) – 漢代에는 도성을 鴻都라고 했다. 그리고 道士를 홍도객이라고도 하는데, '하늘에서 도성에 온 손님' 이란 뜻이다.

○ 能以精誠致魂魄 – 致魂魄(치혼백)은 亡者의 혼백을 불러오다.

○ 爲感君王展轉思 – 展轉思(전전사)는 사무치는 그리움에 잠 못 이루고 엎치락뒤치락하다.

○ 遂敎方士殷勤覓 – 遂는 이를 수. 곧. 즉시. 敎는 사역의 의미로 ~하게 하다(叫와 同). 方士는 道士. 方術을 지닌 사람. 殷勤(은근)은 정성스레, 따스하면서도 빈틈없다. 覓은 찾을 멱.

○ 排空馭氣奔如電 – 排는 밀쳐낼 배. 排空은 하늘에 날다. 排雲이라고 한 판본도 있다. 馭는 말 부릴 어. 馭氣는 바람을 몰아. 排空馭氣는 구름을 타고 바람을 몰아. 奔은 달아날 분. 내달리다.

○ 昇天入地求之遍 – 昇은 오를 승. 올라가다. 求之遍의 之는 貴妃. 遍은 두루 편.

○ 上窮碧落下黃泉 – 窮은 다할 궁. 끝까지. 碧落(벽락)은 道家에서 말하는 하늘(靑天). 黃泉은 地下.

○ 兩處茫茫皆不見 – 兩處는 하늘 끝과 黃泉. 茫茫(망망)은 막연하다. 아득하고 텅 비었다.

○ 忽聞海外有仙山 – 海外는 바다 멀리.

○ 山在虛無縹緲間 – 虛無는 無의 세계. 縹는 옥색 표. 緲는 아득할 묘. 縹緲間(표묘간)은 있는 듯 없는 듯 희미한 곳에.

○ 樓閣玲瓏五雲起 – 玲은 옥 소리 영. 옥이 박힌 모양. 瓏은 녹소리 농(롱). 옥이 빛나는 모양. 五雲은 오색 구름.

○ 其中綽約多仙子 – 綽은 너그러울 작. 綽約(작약)은 柔弱한 모양. 몸이 가냘프고 예쁜 모양. 仙子는 神仙.

○ 中有一人字太眞 – 太眞(태진)은 貴妃가 玄宗에게 오기 전 잠시 道觀에 있을 때 道號가 太眞이었다.

○ 雪膚花貌參差是 – 膚는 살갗 부. 參은 간여할 참. 차이가 나다. 差는 어긋날 차. 차별 치, 가지런하지 않을 치. 參差(참치)는 가지런하지 않은 모양. 뒤섞인 모양. 아주 근소한 차이. 이 문장

에서는 彷佛(방불)의 뜻. 是는 楊貴妃.

○ 金闕西廂叩玉扃 – 金闕은 황금 대궐. 廂은 행랑 상. 叩는 두드릴 고. 扃은 빗장 경. 대문. 문도리. 玉扃(옥경) 옥으로 만든 손잡이.

○ 轉教小玉報雙成 – 小玉을 시켜 들어가 雙成에게 알리게 하다. 小玉과 雙成(쌍성)은 고대의 선녀 이름. 여기서는 선계에 든 귀비를 시중드는 선녀. 밖의 시녀가 小玉이고, 안 측근에 있는 시녀가 雙成인 셈이다. 본래 董雙成(동쌍성)은 仙界의 여왕격인 西王母의 시녀.

○ 聞道漢家天子使 – 聞道는 말하는 것을 듣고. 漢家는 한나라 황실.

○ 九華帳裏夢魂驚 – 九華帳(구화장)은 여러 가지 珠玉으로 장식한 커튼. 西王母는 漢 武帝를 九華帳 안에서 引見했다고 한다. 裏는 안 이(리). 夢魂驚(몽혼경)은 꿈꾸던 혼백이 놀라다.

○ 攬衣推枕起徘徊 – 攬은 잡을 람. 손에 쥐다. 徘는 노닐 배. 徊는 노닐 회. 徘徊(배회)는 일없이 어정거리다.

○ 珠箔銀屛迤邐開 – 箔은 발 박. 작은 조각. 金箔(금박), 銀箔(은박). 珠箔은 구슬을 엮어 만든 발. 屛은 병풍 병. 가리개. 迤는 비스듬할 이(리). 邐는 이어질 리. 迤邐(이리)는 연속되어 단절되지 않는 모양.

○ 雲髻半偏新睡覺 – 髻는 상투 계. 雲髻는 구름머리. 半偏은 한쪽으로 치우치다. 新睡覺(신수각)은 금방 잠에서 깨어나다.

○ 花冠不整下堂來 – 不整은 제대로 다 갖추지 못한다. 太眞이 서둘러 나왔다는 의미.

○ 風吹仙袂飄颻擧 – 袂는 소매 몌. 仙袂는 仙衣. 飄는 회오리바람 표. 颻는 불어오는 바람 요. 擧는 들 거. 들려 올라가다. 飄颻擧(표요거)는 가볍게 흔들거리다.

○ 猶似霓裳羽衣舞 – 猶는 같을 유. 似는 같을 사. 類似와 同.

○ 玉容寂寞淚闌干 – 玉容은 太眞의 얼굴. 안색. 寂寞(적막)은 고요하고 쓸쓸하다. 闌은 가로막을 난(란). 淚闌干(누난간)은 눈물을 많이 흘리는 모양. 눈물이 종횡으로 뒤엉킨 형상.

○ 梨花一枝春帶雨 – 春帶雨는 帶春雨. 평측을 고려하여 바꾼 것임. 귀비가 반가움과 그리움에 우는 모습.

○ 含情凝睇謝君王 – 含은 머금을 함. 凝은 엉길 응. 睇는 흘긋 볼 제. 凝睇는 凝視(응시), 注視(주시)하다.

○ 一別音容兩渺茫 – 一別은 한번 헤어지고, 音容(음용)은 현종의 목소리와 얼굴. 渺는 아득할 묘. 茫은 아득할 망. 渺茫(묘망)은 아득히 멀어져 희미하다.

○ 昭陽殿裏恩愛絶 – 昭陽殿(소양전)은 漢나라의 內殿, 趙飛燕의 거처. 여기서는 양귀비의 살아있을 때의 處所. 恩愛는 옛날에 받았던 사랑.

○ 蓬萊宮中日月長 – 蓬萊宮(봉래궁)은 三神山 중 봉래산의 궁전. 양귀비의 현 거처. 日月長은 귀비가 長生不死한다는 의미.

○ 回頭下望人寰處 – 寰은 기내(畿內, 도성 주변 지역) 환. 人寰處(인환처)는 인간 세상.

○ 不見長安見塵霧 – 塵霧(진무)는 먼지와 안개.

○ 唯將舊物表深情 – 舊物은 옛 물건. 身邊에서 사용하는 물건.

○ 鈿合金釵寄將去 – 鈿合(전합)은 자개를 박은 합(盒). 香盒(향합).

釵는 비녀 차. 寄將去는 가지고 가라고 주다.

○ 釵留一股合一扇 – 釵는 비녀 차. 股는 넓적다리 고. 한쪽(한 부분). 合은 향합. 扇은 부채 선. 사립문. 일산(햇빛 가리개). 사립문이나 일산은 두 개가 합쳐져야 하나가 된다. 여기서는 향합 한 부분.

○ 釵擘黃金合分鈿 – 擘은 쪼갤 벽. 나누다.

○ 但教心似金鈿堅 – 다만 (두 사람의) 마음만 황금 반합이나 비녀처럼 굳게만 한다면.

○ 天上人間會相見 – 人間은 인간세계. 속세에서.

○ 臨別殷勤重寄詞 – 重은 거듭거듭. 寄詞(기사)는 당부의 말을 하다.

○ 詞中有誓兩心知 – 有誓(유서)는 맹서가 있었다. 兩心은 두 사람의 마음.

○ 七月七日長生殿 – 七月七日은 七夕. 長生殿은 양귀비의 私處.

○ 夜半無人私語時 – 夜半은 한밤. 私語는 은밀히 말을 하다.

○ 在天願作比翼鳥 – 比翼鳥(비익조)는 새 두 마리가 한 짝의 날개로 나른다고 하는 새. 比翼鳥는 사랑은 결코 나눌 수 없으며, 夫婦一心을 의미.

○ 在地願爲連理枝 – 連理枝는 두 나무의 가지가 한데 합쳐서 자라는 나무. 연리지는 夫婦 一體를 상징.

○ 天長地久有時盡 – 天地가 長久하다 해도 끝나는 때가 있을 것이다.

○ 此恨緜緜無絶期 – 綿은 햇솜 면. 緜緜(면면)은 끊어지지 않고 이어짐(綿綿).

| 詩意 | 당 현종과 양귀비를 주제로 한 일대 역사적 서사시(敍事詩)이면서 서정시이다. 당대의 많은 문인들이 이들의 故事나 로맨스를 작품화했고, 또 그 태도나 내용이 각양각색이다.

예를 들면, 杜甫도 〈哀江頭(애강두)〉에서 양귀비를 읊었다. 그러나 백거이의 〈長恨歌〉가 가장 으뜸으로 꼽히며, 후세에도 가장 많은 영향을 준 작품이다.

그 이유는 다름이 아니다. 백거이의 〈장한가〉는 현종과 양귀비의 애절한 사랑을 주제로 삼았기 때문이다. 신분과 나이를 초월하고, 한 나라의 운명이나 정치의 물결도 모르는 채 오직 사랑의 꿈과 아름다운 로맨스의 무지개만을 좇던 두 사람, 그러나 이들의 사랑의 꿈이 결국은 냉혹한 정치에 의해 갈기갈기 찢어진 처절한 원한으로 응어리진 것이라 미화하였다.

독자들은 포근하고 달콤한 두 사람의 사랑에 미소를 지으며, 또한 황홀한 무지개에 선망조차 느낄 것이다. 그러다가는 비극으로 끝나는 두 사람의 사랑, 더구나 어쩔 수 없이 양귀비가 자결할 때 아무런 조치도 취할 수 없었던 그 서글픔은 동정심을 불러온다. 때문에 이런 동정과 눈물은 비도덕적 결합을 로맨스로 승화시킨다.

〈長恨歌〉를 읽으면 女色으로 인하여 자신을 망친 현종을 탓하려는 생각보다 한 사랑을 찾아 靈界까지 찾아 헤맨다는 작품의 구상에 감동하게 된다. 더욱이 뭇 여성을 마음대로 즐길 수 있는 황제가 오직 양귀비 한 여성만을 그토록 철저하게 사랑하고 연모했다는 사실은 독자에게 그의 사랑의 순수함을 공감케 해줄 것이다.

백거이가 이 시를 지었을 때는 대략 나이 35세 때로, 헌종(憲宗) 원화(元和) 원년(806년) 겨울 혹은 이듬해 봄이라고 알려졌다. 그의 벗 陳鴻(진홍)이 쓴 〈長恨歌傳(장한가전)〉 끝에 백거이가 시를 쓰게 된 동기가 적혀 있다. 대략 다음과 같다.

'원화 원년 12월에, 校書郞으로 있는 백거이는 盩厔縣(주질현)의 縣尉(현위)로 부임했고, 같은 읍에 사는 陳鴻(진홍)과 王質夫(왕질부)와 함께 仙遊寺(선유사)에 갔다가 현종과 양귀비의 故事를 들어 이야기했으며, 그 자리에서 왕질부가 "희한한 일이니만큼 비범한 재주를 가진 사람이 윤색을 해야 한다. 낙천은 시에도 조예가 깊고 정도 많으니(樂天深於詩, 多於情者也) 시로 지어 보게." 라고 했다. 이에 〈장한가〉를 지었으니, 작자의 뜻은 연애 고사에 감동되었을 뿐만이 아니라 잘못된 처사를 비판하고 후세에 교훈을 주고자 했음이다.(意者不但感其事, 亦欲懲尤物, 窒亂階, 垂誡於將來者也.)'

이 시를 역자는 4단으로 나누었다.

1단은, '漢皇은 重色하여 思傾國' 으로 시작하는데, 이는 도입이면서 결론이다. 安史의 亂이 일어나기 前에 玄宗이 어떻게 重色하고 求色했으며, 양귀비가 어떻게 현종의 총애를 받아 '不重生男重生女' 하게 되었는가를 묘사하였다.(1 – 26句. 絶句로 말하자면 起句)

2단은, 현종과 양귀비의 즐거운 사랑과 로맨스로 시작하여 현종은 정사를 돌보지 않아 결국 안록산의 난이 일어나고, 로맨스는 끝나고, 귀비는 죽고, 촉에서는 슬펐다는 이야기가 줄줄이 이

어진다.(27 – 50句)

3단은, 장안으로 돌아온 현종의 외로움이다.(51 – 74句, 絶句로 말하자면 轉句) 이 사무치는 외로움은 결국 道士의 말을 듣게 되고, 도사가 양귀비의 혼령을 불러온다는 4단을 이끌어 낸다.

4단은, 鴻都客이 양귀비를 만나고 돌아온다는 픽션이다.(75구 – 120句)

혹시 도사가 현종에게 이런 핑계를 말하고 재물을 좀 얻어갔는지도 모른다는 생각이 들게 한다. 그리움에 사무치는 노인이라면 홍도객의 감언에 솔깃할 수 있을 것이다.

현종의 혼령과 함께 仙界에서 현종과 양귀비의 혼령을 만나 사랑을 다시 이어준다. 그리하여 '七月七日長生殿에서 夜半에 無人私語時하는데, 在天하면 願作比翼鳥가 되고, 在地면 願爲連理枝하자며 약속하면서 天長地久라도 有時盡이나 此恨은 緜緜(면면)하여 無絶期.' 라는 만고의 絶唱으로 끝을 맺는다.

특히 〈長恨歌〉와 〈장한가전〉은 후세에도 많은 영향을 주었으며, 元代의 白樸(백박, 1226 – 1306. 關漢卿, 王實甫, 馬致遠과 함께 '元曲四大家' 의 한 사람.)의 〈梧桐雨(오동우)〉, 淸의 저명한 극작가인 洪昇(홍승, 1645 – 1704)의 〈長生殿〉 같은 잡극의 모체가 되었다.

'在天願作比翼鳥, 在地願爲連理枝.
天長地久有時盡, 此恨緜緜無絶期.'

사랑의 염원을 이렇게 명문장으로 표현한 절창은 일찍이 또 이후에도 없었다. 이런 감정은 가슴으로 겪어본 사람이 아니라면 결코 머리로 생각해낼 수 없다. 아마도 〈長恨歌〉는 백거이의 첫사랑에 대한 연민으로 지어졌을 것이다.

琵琶行(비파행)

| 並序 |

元和十年, 予左遷九江郡司馬. 明年秋, 送客湓浦口, 聞舟中夜彈琵琶者. 聽其音, 錚錚然有京都聲. 問其人, 本長安倡女, 嘗學琵琶於穆, 曹二善才. 年長色衰, 委身爲賈人婦. 遂令酒, 使快彈數曲. 曲罷, 憫然自敘少小時歡樂事, 今漂淪憔悴, 轉徙於江湖間. 余出官二年, 恬然自安, 感斯人言, 是夕始覺有遷謫意. 因爲長句歌以贈之, 凡六百一十六言. 命曰〈琵琶行〉.

비파행

※ 본 詩는 서문이 있는 88句의 長篇 七言古詩이다. 讀解의 편의를 위해 서문에 이어 4단으로 나누어 譯註하였다.

| 서문 | 元和 10년에, 나는 九江郡의 司馬로 좌천되었다. 이듬 해 가을에 벗을 전송하러 湓浦(분포) 어귀에 갔다가 배 안에서 밤에 비파를 타는 소리를 들었는데, 쟁쟁한 그 곡조는 장안에서 유행하던 곡이었다.

비파를 타는 사람에게 물었더니, 본래 장안에서 노래하던 기녀

로 그전에 비파를 穆氏(목씨)와 曹氏 두 명인으로부터 배웠으며, 나이가 들고 미색도 잃어가자 상인에게 몸을 의탁하며 아내가 되었다고 하였다.

그래서 술상을 주문하고 바로 몇 곡을 연주하라 하였다. 연주가 끝나자 슬퍼하면서 젊고 어렸을 적의 즐거웠던 일들을 스스로 말하면서, 지금은 초췌한 꼴로 떠돌며 각지를 이리저리 옮겨 다닌다고 하였다.

나는 지방에 나온 지 2년째이지만 마음 편히 생각하며 스스로 평안하다 했었지만 이 사람 이야기를 듣고 느낀 바 있어, 그날 밤 좌천된 설움을 비로소 실감하면서 長句의 노래를 지어 그녀에게 주었는데, 모두 616字로 〈비파행〉이라 불렀다.

| 註釋 | ㅇ 〈琵琶行〉 – 〈비파의 노래〉. 白居易가 815년 좌천, 다음해 816년에 지은 작품으로 알려졌다. 《全唐詩》 435권과 《唐詩三百首》에 수록되었다.

비파는 西域에서 전래한 현악기. 行은 樂曲의 뜻. 歌, 引, 曲과 같은 의미. 琵琶行을 〈琵琶引〉이라고도 한다. 백거이가 옛 악부 형식을 빌어서 만든 新樂府題이다.

ㅇ 元和十年 – 唐 憲宗(재위 806~820)의 연호. 815년. 白居易 44세.

ㅇ 予左遷九江郡司馬 – 予는 나 여. 遷은 옮길 천. 左遷 강등되어 옮겨가다. 漢代에는 우측을 높였다. 九江郡은 柴桑(시상), 江州라고도 불리던 곳, 지금의 江西省 북부의 지명. 長江의 南岸, 廬山(여산)의 북쪽 기슭, 파양호 西쪽에 위치. 당 현종 天寶 元

年(742) 潯陽郡(심양군)으로 개칭했다가 나중에 江州로 되돌아갔다.

司馬는 刺史(자사)의 보좌관이지만 실무도 권한도 없는 閒職. 백거이는 818년 충주자사가 될 때까지 이곳에 3년을 머물렀다.

○ 明年秋, 送客湓浦口, 聞舟中夜彈琵琶者 – 湓은 용솟음할 분. 湓浦口는 湓江이 長江과 합류하는 지점. 彈은 악기를 연주하다. 타다. 者는 虛詞로 문장의 단락을 표시한다. '~사람' 으로 번역하면 도리어 어색하다.

○ 聽其音, 錚錚然有京都聲 – 聽其音은 그 音曲을 들어보니. 錚은 쇳소리 쟁. 錚錚然(쟁쟁연)은 금속이 부딪치는 소리. 비파 소리의 형상. 京都聲은 장안에서 유행하던 음악.

○ 問其人, 本長安倡女, 嘗學琵琶於穆, 曹二善才 – 倡女(창녀)는 여자 광대. 嘗은 맛볼 상. 일찍이. 穆은 화목할 목. 성씨. 曹는 마을 조. 성씨. 善才(선재)는 기예가 뛰어난 악사. 名人.

○ 年長色衰 委身爲賈人婦 – 年長色衰는 나이도 들고 젊음도 사라지다. 委身은 몸을 맡기다. 시집가다. 賈는 값 가, 성씨 가. 장사 고.

○ 遂命酒, 使快彈數曲. 曲罷, 憫然 – 命酒는 술상을 주문하다. 使快彈數曲은 몇 곡조를 빨리 연주하게 시키다. 快는 곧 즉시. 憫然은 슬픔에 젖다. 憫은 근심할 민.

○ 自敍少小時歡樂事 – 自敍(자서)는 스스로 말하다. 여기서는 신세타령을 하다.

○ 今漂淪憔悴, 轉徙於江湖間 – 漂는 떠돌 표. 淪은 빠질 윤, 잠길

윤(륜). 漂淪(표륜)은 떠돌아다니다. 憔는 수척할 초. 悴는 파리할 췌. 徙는 옮길 사. 이사하다. 轉徙(전사)는 여기저기 옮겨 다니다. 江湖는 三江五湖의 줄임말. 世間. 전국 각지. 전국을 떠도는 상인이나 떠돌이 의사 같은 직업인.

○ 余出官二年, 恬然自安 – 出官 중앙에서 지방으로 나간 관리. 恬은 편안할 념(연). 恬然은 怡然(이연). 편안한 모양.

(一)

潯陽江頭夜送客, 楓葉荻花秋瑟瑟.
主人下馬客在船, 擧酒欲飮無管絃.
醉不成歡慘將別, 別時茫茫江浸月.
忽聞水上琵琶聲, 主人忘歸客不發.
尋聲闇問彈者誰, 琵琶聲停欲語遲.
移船相近邀相見, 添酒回燈重開宴.
千呼萬喚始出來, 猶抱琵琶半遮面.

(一)

심양강 나루에서 밤에 손님을 전송하는데,
단풍잎 물 억새꽃에 가을 산은 푸르렀다.

주인은 말에서 내렸고 손님은 배를 탔는데,
한 잔을 더 마시려 했지만 풍악이 없었다.
취해도 즐겁지 않으니 서글피 헤어지려는데,
헤어지려 때를 보니 망망한 강엔 달빛만 잠겼다.
갑자기 물 위에서 비파 소리 들려오니,
주인은 돌아갈 길 잊고 손님은 떠날 수 없었다.
들리는 소리 찾아 타는 이 누구요 살짝 물으니,
비파 연주 멈추더니 대답이 늦어진다.
배를 저어 다가가 보기를 약속하고서,
술을 차리고 등불 밝혀 술자리를 다시 했다.
여러 번 이어 부르니 겨우 나오는데,
내내 비파를 안은 채 얼굴 반을 가렸다.

| 註釋 | ○ 潯陽江頭夜送客 - 潯은 물가 심, 강 이름 심. 潯陽(심양)은 江州에 있는 縣名. 九江市 북쪽에 있는 長江의 지류. 江頭는 강변, 강가.

○ 楓葉荻花秋瑟瑟 - 楓은 단풍나무 풍. 荻은 물억새 적. 보통 말하는 갈대〔蘆葦(노위)〕와는 잎이나 꽃 모양이 다르다. 瑟은 큰 거문고 슬. 쓸쓸하다. 瑟瑟(슬슬)은 珠玉의 이름. 푸르다(碧).

○ 主人下馬客在船 - 主人은 백거이.

○ 擧酒欲飮無管絃 - 擧酒欲飮은 술을 한 잔 마시고 싶다. 無管絃은 음악이 없다. 음악도 없이 술을 권할 수는 없었다. 管은 簫(소, 퉁소)·笙(생, 생황)·笛(적, 피리), 絃은 琵琶(비파)·琴(금)·

瑟(슬).

- 醉不成歡慘將別 – 醉不成歡은 취해도 기쁘지 않아. 慘은 참혹할 참. 애처롭다. 將別은 헤어지려 하다.
- 別時茫茫江浸月 – 茫茫(망망)은 아득한 모양. 江浸月은 강물에 달빛이 잠기다. 매우 詩的인 표현.
- 忽聞水上琵琶聲 – 聞은 듣다. 들려오다.
- 主人忘歸客不發 – 忘歸는 되돌아가야 하는 것을 잊다.
- 琵琶聲停欲語遲 – 欲語遲(욕어지)는 쉽게 말을 하려 하지 않다. 말을 할까 말까 망설이다.
- 移船相近邀相見 – 邀는 맞을 요. 맞이하다.
- 添酒回燈重開宴 – 添은 더할 첨. 回燈은 다시 등불을 켜다. 重開宴은 다시 술판을 벌이다.
- 千呼萬喚始出來 – 喚은 부를 환. 千呼萬喚은 여러 번 부르다.
- 猶抱琵琶半遮面 – 遮는 막을 차. 가리다. 여기까지는 女人의 비파 소리를 듣게 된 사연을 서술하였다.

(二)

轉軸撥絃三兩聲，未成曲調先有情.
絃絃掩抑聲聲思，似訴平生不得志.
低眉信手續續彈，說盡心中無限事.
輕攏慢撚抹復挑，初爲霓裳後六幺.

大絃嘈嘈如急雨，小絃切切如私語，
嘈嘈切切錯雜彈，大珠小珠落玉盤，
間關鶯語花底滑，幽咽泉流冰下難，
水泉冷澁絃凝絶，凝絶不通聲暫歇，
別有幽愁暗恨生，此時無聲勝有聲．
銀甁乍破水漿迸，鐵騎突出刀鎗鳴．
曲終收撥當心畫，四絃一聲如裂帛．
東船西舫悄無言，唯見江心秋月白．

(二)

축을 돌리며 줄을 퉁겨 두세 번 소리를 내니,
곡조 아니지만 벌써 뜻이 새롭더라.
줄마다 눌러 보며 소리마다 생각해 보는데,
마치 평생에 뜻을 못 편 하소연 같더라.
고개 숙인 채 손 가는대로 이어 타는데,
마음속의 끝없는 한을 모두 말하듯 하더라.
가벼이 누르고 천천히 비틀며 문지르다 긁고,
처음에 예상우의곡 나중엔 綠腰(육요)를 타더라.
굵은 줄 주르륵 소나기 내리는 듯,
가는 줄 소곤거리며 속삭이는 듯,
주룩 주르륵 사륵 사르르 뒤섞이듯 타나니,

크고 작은 구슬이 옥쟁반에 떨어져 구르듯,
곱게 지저귀는 꾀꼬리 울음 꽃 아래 굴러가듯,
좁은 틈새에서 냇물이 얼음 밑을 겨우 흘러가듯,
냇물이 살짝 언 듯 소리가 끊어질 듯하더니,
엉겨 붙어 막힌 듯 소리가 잠시 쉬다가는,
다른 시름 깊어서 말 못할 한이 일 듯,
이때 소리 죽이니 낸 소리보다 더 좋더라.
두레박이 갑자기 깨져 물이 쏟아지듯,
무장한 기병이 튀어나와 칼과 창이 부딪치듯,
곡이 끝나고 채를 거두며 가운데를 한 번 긁으니,
네 줄이 한 번에 비단 찢는 소리 같더라.
양옆 배들은 자는 듯 말소리도 없고,
뵈나니 강 가운데 가을 달만 밝더라.

| 註釋 | ○ 轉軸撥絃三兩聲 – 軸은 굴대 축. 轉軸(전축)은 絃을 묶은 꼭지를 돌려 줄의 세기를 조절하다. 撥은 다스릴 발. 튕기다.

○ 未成曲調先有情 – 先有情은 조율하는 소리에도 정감이 배어있다. 그렇다면 백거이는 음악을 아는 風流男兒일 것이다.

○ 絃絃掩抑聲聲思 – 掩은 가릴 엄. 덮어 싸다. 抑은 누를 억. 絃絃掩抑(현현엄억)은 비파 줄마다 이리저리 타면서 눌러 음계를 맞춘다.

○ 似訴平生不得志 – 이런 저런 소리를 내보며 조율하는 것이 사나이가 뜻을 얻지 못하고, 이런 저런 시도를 해보는 것과 같다

는 의미.

○ 低眉信手續續彈 – 低眉(저미)는 고개를 숙이고. 信手는 손이 가는대로(隨手), 익숙하게. 續續(속속)은 쉬지 않고 계속.

○ 說盡心中無限事 – 心中無限事는 마음속에 있는 끝이 없는 이야기.

○ 輕攏慢撚抹復挑 – 攏은 누를 농(롱). 撚은 비틀 연. 抹은 바르다 말. 문지르다. 挑는 부추길 도. 긁어내다. 이상 4가지 동작은 모두 비파를 타는 손가락 技法.

○ 初爲霓裳後六幺 – 霓는 무지개 예. 幺는 작을 요. 六徭(육요)는 綠腰(녹요)라는 唐代의 유행가 악곡. 리듬이 변화무쌍하다는 기록이 있다.

○ 大絃嘈嘈如急雨 – 大絃(대현)은 저음을 내는 굵은 줄. 嘈는 지껄일 조. 嘈嘈(조조)는 沈濁(침탁)한 소리. 急雨(급우)는 주룩주룩 내리는 소나기.

○ 小絃切切如私語 – 切如(절여)는 가볍고 빠른 소리. 가는 소리.

○ 嘈嘈切切錯雜彈 – 錯雜(착잡)은 이리저리 얽히고 뒤섞이다.

○ 大珠小珠落玉盤 – 落은 구르다.

○ 間關鶯語花底滑 – 間關(간관)은 말이 은근하다〔婉轉(완전)〕. (노랫가락이) 구성지다. 아름다운 새소리의 형용. 鶯은 꾀꼬리 앵. 鶯語花底滑(앵어화저활)은 꾀꼬리 소리가 꽃 아래 미끄러지는 것 같다.

○ 幽咽泉流氷下難 – 咽은 목구멍 인, 삼킬 연, 목멜 열. 幽咽(유열)은 냇물이 좁은 곳을 지나는 소리. 꼬르륵? 泉流는 냇물. 氷下難(빙하난)은 얼음 아래를 겨우 흘러가다.

○ 水泉冷澁絃凝絶 – 冷은 찰 냉. 澁은 떫을 삽. 껄끄럽다. 冷澁(냉삽)은 살짝 얼어 흐르지 못하듯. 絃凝絶(현응절)은 현의 소리가 끊어질듯 하다.

○ 凝絶不通聲暫歇 – 暫은 잠시 잠. 잠깐. 歇은 쉴 헐.

○ 別有幽愁暗恨生 – 幽愁(유수)는 깊은 시름. 暗恨生은 말 못하는 恨이 일어나는 듯.

○ 此時無聲勝有聲 – 잠시 연주를 멈추니 그것이 연주할 때보다 더 깊은 느낌이 왔다는 뜻.

○ 銀瓶乍破水漿迸 – 銀瓶(은병)은 두레박. 乍는 잠깐 사. 갑자기. 突然(돌연). 漿은 미음 장. 水漿은 두레박에 담긴 물. 迸은 흩어져 달아날 병.

○ 鐵騎突出刀鎗鳴 – 鐵騎(철기)는 중무장한 기병.

○ 曲終收撥當心畫 – 收撥(수발)은 채를 거두다. 撥(다스릴 발)은 비파를 타는 도구. 當心畫은 비파줄 가운데를 한번 쭉 긁다.

○ 四絃一聲如裂帛 – 如裂帛(여열백)은 비단을 찢는 소리 같다.

○ 東船西舫悄無言 – 舫은 배 방. 작은 배. 悄는 근심할 초. 고요하다.

○ 唯見江心秋月白 – 江心은 강 가운데.

여기까지는 여인의 비파 연주를 절묘하게 묘사하였다. 사실 譯者로서 비파 연주와 곡을 들어보지도 못하고 이를 번역하는 것이 어려웠다. 그러나 마음속으로 가을 밤 강가의 이별 정경을 그리면 그 모습이 상상이 되었다.

(三)

沈吟收撥揷絃中，整頓衣裳起斂容，
自言本是京城女，家在蝦蟆陵下住.
十三學得琵琶成，名屬教坊第一部.
曲罷曾教善才服，妝成每被秋娘妒.
五陵年少爭纏頭，一曲紅綃不知數.
鈿頭銀篦擊節碎，血色羅裙翻酒汚.
今年歡笑復明年，秋月春風等閑度.
弟走從軍阿姨死，暮去朝來顔色故.
門前冷落鞍馬稀，老大嫁作商人婦.
商人重利輕別離，前月浮梁買茶去.
去來江口守空船，遶船月明江水寒，
夜深忽夢少年事，夢啼粧淚紅闌干.

(三)

생각에 잠겨 채를 거둬 줄 사이에 끼우고,
의상을 정돈하고 표정을 가다듬더니,
자신은 본디 장안에 살던 여인이며,
집은 蝦蟆陵(하마능) 아래였다고 말하네.

열셋에 비파를 배워 크게 성공하여,
이름이 교방의 제일부에 올랐었다 하네.
한 曲을 타면 명인들을 탄복하였고,
단장하고 나면 늘 기녀들의 시샘을 받았다네.
五陵의 젊은이들은 다투어 예물을 보냈고,
한 曲에 붉은 비단은 셀 수도 없었다네.
금비녀 은빗은 장단 맞추느라 부서졌고,
진홍의 비단 치마엔 술을 쏟아 더럽혔다네.
올해의 환락이 다음 해에 이어지고,
봄가을 좋은 시절 그럭저럭 보냈었네.
동생은 군대에 나갔고 생모도 죽었으며,
아침저녁 가는 세월 얼굴도 달라졌다네.
대문 앞이 쓸쓸해지고 말 탄 손님도 드물어,
나이 들어 시집 가 상인의 아낙 되었네.
商人은 利만 따지고 別離도 대수롭지 않으니,
지난 달 浮梁으로 茶를 사러 갔다네.
떠난 뒤로 江口에서 빈 배를 지키며,
배를 싸고 달빛 지고 강물은 차가운데,
밤 깊어 홀연히 젊은 시절 꿈을 꾸니,
꿈속에 울다보니 화장 범벅 눈물만 흐른다네.

| 註釋 | ○ 沈吟收撥揷絃中 – 沈吟(침음)은 깊이 생각하다. 揷은 꽂을 삽.

○ 整頓衣裳起斂容 – 頓은 조아릴 돈. 整頓(정돈)은 가지런히 하다. 斂容(염용)은 태도를 바로잡다. 엄숙히 하다.

○ 自言本是京城女 – 京城은 長安.

○ 家在蝦蟆陵下住 – 蝦는 새우 하. 두꺼비. 蟆는 두꺼비 마. 蝦蟆(하마)는 두꺼비. 본래 董仲舒의 陵이 있어 사람들이 下馬(xiàmǎ)하여 예를 표한다 하여 下馬陵이라 하였는데, 蝦蟆(xià mà)로 와전되었다고 한다. 술집이 많고 기녀들이 모여 살던 마을.

○ 十三學得琵琶成 – 學得은 배워 터득하다. 成은 성공하다.

○ 名屬教坊第一部 – 名屬은 妓籍(기적)에 올랐다. 教坊은 기예, 가무를 가르치는 교육기관. 장안에 좌우의 교방이 있었다.

○ 曲罷曾教善才服 – 曾은 일찍부터. 教는 ~하게 하다. 善才는 名人. 服은 탄복하다.

○ 妝成每被秋娘妬 – 妝成(장성)은 단장이 끝나다. 秋娘은 杜秋娘. 미녀 歌妓로 명성이 있었는데, 이후 秋娘은 歌妓(가기)들을 지칭하는 말이 되었다. 妬는 강샘할 투.

○ 五陵年少爭纏頭 – 五陵은 장안의 漢 高祖의 長陵 등 5개의 능. 그 부근은 唐代 귀족들의 거주지. 五陵年少(오릉연소)는 五陵 일대에 사는 부호의 자제들. 纏은 얽힐 전. 둘둘 감다. 纏頭(전두)는 藝人에게 주는 팁. 기녀에게 답례로 주는 물건.

○ 一曲紅 綃不知數 – 綃는 생사 초. 紅綃(홍초)는 붉은 비단.

○ 鈿頭銀篦擊節碎 – 鈿은 비녀 전. 篦는 참빗 비. 鈿頭와 銀篦(은비)는 모두 여인들의 머리 장식. 擊節(격절)은 장단을 치다.

○ 血色羅裙翻酒汚 – 羅裙(나군)은 비단 치마. 翻酒(번주)는 술을 엎지르다.

- ○ 今年歡笑復明年 – 歡笑(환소)는 기뻐 웃고 즐겼다. 復明年은 今年에 이어 明年까지.
- ○ 秋月春風等閒度 – 秋月春風은 한창 좋은 세월. 春秋. 等閒(등한)은 예사롭게, 되는대로.
- ○ 弟走從軍阿姨死 – 走從軍은 군대에 가다. 阿姨(아이)는 첩 소생의 자녀가 생모를 부르는 말.
- ○ 暮去朝來顏色故 – 暮去朝來(모거조래)는 하루하루. 顏色은 美色. 故는 늙어가다.
- ○ 門前冷落鞍馬稀 – 冷落(냉락)은 쓸쓸해지다. 鞍은 안장 안. 鞍馬(안마)는 말을 타고 오는 손님.
- ○ 老大嫁作商人婦 – 老大는 나이를 먹다. 嫁는 시집을 가다.
- ○ 商人重利輕別離 – 輕別離는 이별을 대수롭지 않게 여기다.
- ○ 前月浮梁買茶去 – 浮梁(부량)은 지명. 지금의 江西省 북부, 안휘성과 접경한 景德鎭市. 도자기 생산지로 유명.
- ○ 去來江口守空船 – 去來(거래)는 남편이 떠난 후 줄곧. 來는 동작의 방향을 표시하는 어조사. 떠나가면 江口에서 空船을 지키며 지낸다.
- ○ 遶船明月江水寒 – 遶는 두를 요. 에워싸다.
- ○ 夜深忽夢少年事 – 夢少年事는 젊을 날을 회상하다.
- ○ 夢啼粧淚紅闌干 – 夢啼(몽제)는 꿈속에서 울다.

시의 단락을 나눌 때 이 부분은 여인의 과거를 회상하는 넋두리지만, 이런 사설이 백거이에게 새로운 감동을 안겨 주었을 것이다.

(四)

我聞琵琶已歎息，又聞此語重喞喞.
同是天涯淪落人，相逢何必曾相識.
我從去年辭帝京，謫居臥病潯陽城.
潯陽地僻無音樂，終歲不聞絲竹聲.
住近湓江地低濕，黃蘆苦竹繞宅生.
其間旦暮聞何物，杜鵑啼血猿哀鳴.
春江花朝秋月夜，往往取酒還獨傾.
豈無山歌與村笛，嘔啞嘲哳難爲聽.
今夜聞君琵琶語，如聽仙樂耳暫明.
莫辭更坐彈一曲，爲君翻作琵琶行.
感我此言良久立，卻坐促絃絃轉急.
淒淒不似向前聲，滿座重聞皆掩泣.
就中泣下誰最多？江州司馬青衫濕.

(四)

나는 비파 연주에 이미 탄복했었고,
다시 그런 말 듣고 거듭 혀를 찼다네.
나와 그대 하늘 끝을 헤매는 사람이거늘,

서로 만나는데 하필 구면이어야 하는가?
나도 작년부터 장안을 떠나와서는,
심양 땅에 귀양온 듯 병마저 들었다네.
潯陽 땅은 외져서 음악도 없거늘,
일 년 다 가도록 풍악을 듣지 못했었네.
살고 있는 분강 가에는 낮고도 습하여,
누런 갈대 왕대밭이 집을 싸고 있다네.
그간 아침저녁으로 무슨 소릴 듣겠는가?
두견이 피를 토하고 원숭이 슬피 운다네.
봄날 강가에 꽃피는 아침, 가을 달 밝은 밤에,
자주 술병을 끼고서 혼자 기울인다네.
어찌 山歌나 시골 피리 소리 없겠냐마는,
웅얼대거나 시끄러워 듣기 어렵다네.
오늘 밤에 그대 비파 소리 들었더니,
仙樂을 들은 듯 귀가 잠깐 뜨였노라.
다시 앉아 한 곡조 타기를 사양치 말게,
그대 위해 琵琶行을 지어 보리다.
나의 말에 마음에 느낀 듯 한참을 섰더니,
자리로 돌아가 줄을 당겨 팽팽히 하더라.
슬프고 더 슬프니 앞 가락과 다르니,
자리 메운 사람 들으며 모두 얼굴 가리고 울더라.
그중에서 누가 눈물 가장 많이 흘렸나?

江州 司馬의 푸른 적삼이 축축하더라.

| 註釋 | ㅇ 我聞琵琶已歎息 – 已는 마칠 이. 歎息(탄식)은 讚美하다. 그 솜씨에 감탄했다는 뜻이지 걱정으로 한숨 쉰다는 뜻은 아니다.

ㅇ 又聞此語重喞喞 – 此語(차어)는 지난날의 신세타령. 喞은 두근거릴 즉. 탄식하는 소리. 喞喞(즉즉)은 탄식하는 소리. 벌레들 소리.

ㅇ 同是天涯淪落人 – 同은 여인과 백거이. 涯는 물가 애. 天涯(천애)는 하늘 끝. 아득히 먼 곳. 淪은 물에 잠길 윤. 淪落은 떠돌다. 유랑하다. 天涯淪落人은 江湖落魄人과 同.

ㅇ 相逢何必曾相識 – 曾相識은 전부터 알고 있다.

ㅇ 我從去年辭帝京 – 辭帝京은 도성(장안)을 떠나왔다.

ㅇ 謫居臥病潯陽城 – 謫居(적거)는 귀양온 듯 살고 있다. 潯은 물가 심.

ㅇ 潯陽地僻無音樂 – 地僻(지벽)은 땅이 외지다. 僻地.

ㅇ 終歲不聞絲竹聲 – 終歲는 1년이 다 가도록. 絲竹聲(사죽성)은 제대로 된 음률. 농악도 음악이고, 가야금 병창도 음악이지만 다 같은 음악은 아닐 것이다.

ㅇ 住近湓江地低濕 – 住近은 사는 곳. 低濕(저습)은 낮고 습하다.

ㅇ 黃蘆苦竹繞宅生 – 蘆는 갈대 로(노). 苦竹(고죽)은 왕대. 참대. 굵은 대나무. 繞는 두를 요. 에워싸다.

ㅇ 其間旦暮聞何物 – 旦暮(단모)는 아침과 저녁.

ㅇ 杜鵑啼血猿哀鳴 – 杜鵑(두견)은 두견새. 子規. 뻐꾸기와 비슷하나 그보다 작으며 제 집을 짓지 못한다. 소쩍새. 啼血(제혈)은

피를 토하듯 운다. 猿哀鳴(원애명)은 원숭이 슬피 울다.

○ 春江花朝秋月夜 – 花朝는 꽃 피는 아침.

○ 往往取酒還獨傾 – 獨傾(독경)은 혼자 기울이다. 혼자 술을 마시다.

○ 豈無山歌與村笛 – 山歌는 나무꾼들의 타령. 村笛(촌적)은 시골 사람의 피리 소리.

○ 嘔啞嘲哳難爲聽 – 嘔는 노래할 구. 홍얼거리다. 啞는 벙어리 아. 嘔啞(구아)는 어린애가 홍얼거리다. 嘲는 비웃을 조. 지저귀다. 哳은 새소리 찰. 지저귀다. 嘲哳(조찰)은 시끄러운 새소리.

○ 今夜聞君琵琶語 – 聞君은 그대의 연주를 듣다.

○ 如聽仙樂耳暫明 – 暫明(잠명)은 잠시 밝아지다. 잠시나마 귀가 즐거웠다.

○ 莫辭更坐彈一曲 – 莫辭(막사)는 사양하지 말라.

○ 爲君翻作琵琶行 – 翻作(번작)은 노래를 시로 바꿔 쓰겠다.

○ 感我此言良久立 – 良久(양구)는 한참 동안.

○ 郤坐促絃絃轉急 – 郤은 틈 극. 벌어진 자리. 郤坐(극좌)는 원래의 자리에 가서 앉다. 促絃(촉현)은 줄을 당기다. 絃轉急(현전급)은 현을 더욱 팽팽하게 하다.

○ 凄凄不似向前聲 – 凄는 쓸쓸할 처.

○ 滿座重聞皆掩泣 – 掩은 가릴 엄. 泣은 울 읍.

○ 就中泣下誰最多 – 誰는 누구 수.

○ 江州司馬青衫濕 – 江州司馬는 백거이 自身.

이 단락은 시인의 감상인데, 여인과 백거이는 인생무상과 각지를 떠도는 신세라는 공감대가 형성되었다. 그런 공감이 있어 한

曲을 더 청해 듣고 눈물을 흘렸고, 또 이 시를 지었다.

| 詩意 | 백거이가 44세 때에, 재상 武元衡(무원형)이 번진에서 보낸 자객에게 피살된 사건이 있었다. 백거이는 즉시 上書하여 도적과 그 배후를 찾아내어 처단하고 나라의 치욕을 씻어야 한다고 하였다. 그러나 평소에 고관들을 비판하는 뜻의 시를 지어 미움을 받고 있던 터라 '업무 소관을 벗어난 월권'이라 하여 도리어 먼 남쪽지방의 한직으로 좌천되었다. 그리고 1년이 지난 가을날, 이 시에는 비파를 타는 여인이나 자신은 '다 같이 하늘 끝에 쫓겨나 떠도는 사람(同是天涯淪落人)'이 된 감회가 가득 차 있다.

詩 자체에 대한 해설이 필요 없을 정도로 용이한 이 시는 특히 제2단에서의 비파 소리에 대한 묘사가 절묘하다는 것을 쉽게 알 수 있을 것이다. 이 시에도 불쌍하고, 약하고, 죄 없는 인간을 편들고, 동정하고 눈물을 쏟는 白居易의 고운 심정이 잘 나타나 있다.

제일 마지막 句에 青衫을 홍건하도록 적신 江州司馬의 눈물은 누구를 위한 눈물이었나? 결코 無緣無故(무연무고)의 눈물은 아닐 것이며, 단순한 슬픈 가락 때문도 아닐 것이다.

좌천된 자신의 슬픈 운명에 대한 눈물일 수는 있겠지만 그때문에 여인 앞에서 눈물을 흘린다면 사나이가 아닐 것이다. 젊은 날의 영광을 못 잊는 여인에 대한 동정의 눈물이었나? 天涯(천애)를 떠돌아야 하는 힘없고 가엾은 백성들에 대하여 누군가는 그들을 위해 무슨 일이든 해야만 한다. 그걸 알고는 있지만 지금 백거이가 할 수 있는 일은 아무것도 없다. 때문에 백거이는 눈물을 흘렸을 것이다.

백거이의 시는 '노파도 읽어 알 수 있는(老嫗能解)' 쉬운 시였다고 한다. 그만큼 널리 읽혔던 백거이의 시 중에서 〈長恨歌〉와 〈琵琶行〉은 특히 유명했었다. 당시 사람들은 백거이의 詩를 외우는 것을 자랑으로 여겼었다고 한다.

이 시도 후세에 많은 영향을 주었으니, 元나라의 馬致遠(마치원, 1250 – 1321)은 세칭 曲狀元(곡장원), 馬神仙(마신선)으로 불리는데, 그는 關漢卿(관한경), 白樸(백박), 王實甫(왕실보)와 함께 '元曲四大家'로 불리는 사람이다. 그의 작품인 〈青衫淚雜劇(청삼루잡극)〉도 백거이의 이 시를 바탕으로 만들어졌다고 한다.

002

鮑溶(포용)

鮑溶(포용, 생졸년 미상. 字는 德源)은 憲宗 元和 4년(809)에 進士 급제. 이후 宣州, 越州 등 강남 지역을 유랑. 元和 13년 淮南(회남) 객지에서 와병하여, 三川(옛 河南郡)에서 객사한 것으로 알려졌다. 《全唐詩》 485 – 487권에 그의 시가 수록되었다.

山居(산거)

窈窕垂澗蘿, 蒙茸黃葛花.
鴛鴦憐碧水, 照影舞金沙.

산중에 살다

깊숙한 계곡에 늘어진 새삼 덩굴,
무성한 칡넝쿨 노란 꽃이 피었다.
원앙은 벽계수를 좋아하니,
金沙에 노니는 그림자 물에 비친다.

| 詩意 | 계곡 물가에 새삼 덩굴과 칡넝쿨이 우거졌고, 맑은 시냇가 모래밭에 원앙이 놀고 있다. 1, 2 구는 靜을, 3, 4구는 動을 묘사하였다.

湖上望月(호상망월)

湖上清涼月更好，天邊旅人猶未歸.
幾見金波滿還破，草蟲聲畔露沾衣.

호수에서 달을 보다

맑고 서늘한 호수라서 달이 더욱 밝은데,
하늘 저쪽의 나그네는 아직 아니 돌아왔다.
자주 보나니 금빛 물결 밀려와 부서지고,
언덕 풀벌레 소리에 이슬은 옷을 적신다.

| 詩意 | 南船北馬라는 말처럼, 강남이나 江東에는 크고 작은 강은 물론 시내와 호수가 많아 배가 주요한 교통수단이다. 이름난 큰 호수가 아니더라도 서늘한 가을 밤에 바라보는 달은 정말 환상적이다. 미풍에 잔물결이 일고, 달빛에 반짝이며 밀려와 부서진다. 그리고 풀벌레 소리, 수면 위라 해가 지면서 금방 이슬이 내리기에 옷이 눅눅하게 젖을 것이다.

003
裴度(배도)

裴度(배도, 765 – 839, 字는 中立)는 河東 聞喜縣(今 山西省 남부 運城市 聞喜縣) 출신으로 憲宗, 穆宗, 敬宗, 文宗 四朝의 重臣이었다. 백거이, 유우석과 가까운 사이였다.

溪居(계거)

門徑俯清溪, 茅簷古木齊.
紅塵飄不到, 時有水禽啼.

냇가에 살다

문밖의 길에서 맑은 내를 내려보고,
초가는 고목과 나란하다.
속세의 먼지도 날아오지 못하고,
가끔은 물새가 날아와 운다.

| 詩意 | 그림 같은 절구이다. 그런 곳이라면 속세의 먼지가 날아올 수도 없을 것이다. 그러나 배도의 정치적 일생을 보면 속세의 진흙탕 싸움이었다.

《全唐詩》 335권 수록.

傍水閑行(방수한행)

閑餘何處覺身輕, 暫脫朝衣傍水行.
鷗鳥亦知人意靜, 故來相近不相驚.

냇가를 한가히 걷다

한가한 마음은 어딜 가든 몸도 가뿐하나니,
잠시 관복을 벗고 냇가를 따라 걸어본다.
물새 역시도 나의 조용한 마음을 알기에,
가까이 날아 와서 놀라지 않고 노닌다.

| 詩意 | 物我同心의 경지에 이르렀다고 볼 수 있을까? 牛李黨爭의 소용돌이에서 잠시 밀려나 관복을 벗었기에 마음이 한가했다고 보기도 어렵다. 관복에 익숙한 사람은 기어이 관복을 입어야만 마음이 편하다.

004

柳宗元(유원종)

唐宋八大家의 한 사람인 柳宗元(유종원, 773－819, 字는 子厚)은 唐代 河東郡人(今, 山西省 永濟市)으로 唐代의 著名한 文學家, 思想家, 唐宋八大家의 한 사람이다. 著名 作品인《永州八記》등 600여 편의 文章을 후세인들이 편집한《柳河東集》이 있다. 柳州刺史(유주자사)를 역임했기에 '柳柳州' 라고도 하며 韓愈(한유)와 함께 古文運動의 영도자로 '韓柳' 라 병칭한다.

유종원은 代宗 大歷 8년(773)에 長安에서 출생하였고 부친의 관직을 따라 각지를 옮겨 다녔다. 793년에 21세의 유종원은 進士에 급제하여 크게 명성을 떨쳤다. 그러나 부친이 작고하자 상을 마치고 관직에 나가지만 관로는 순탄치 않았으며 첫 부인도 병사한다.

그 후 805년에 德宗이 죽고 황태자 李誦(이송)이 즉위하니, 이가 順宗이다. 순종은 永貞으로 개원하고 王叔文(왕숙문)을 등용하여 여러 개혁을 시도한다. 혁신적인 유종원은 왕숙문과 정견을 같이하고 개혁에 동참하는데, 이때 유종원과 韓泰, 劉禹錫, 陳諫(진간) 등이 젊은 혁신 그룹을 형성한다. 그러나 순종이 中風에 걸려 친정을 펴지 못하자, 王叔文 등이 정권을 장악하고 혁신정책을 더욱 과감하게 펴는데, 이를 역사에서는 永貞革新(영정혁신)이라 부른다. 그러나 영정혁신은 그 반대세력과 환관세력에 의해 저지당하고 순종은 제위를 태자에게 물려주는데, 이를 永貞內禪(영정내선)이라 부른다. 결국 영정개혁은 6개월의 혁신으로 끝나고 개혁에 참여했던 젊은 세력들은 각 지방의 司馬라는 낮은 한직으로 밀려난다. 유종원 또한 永州(今 湖南省 남부 永州市)의 司馬로 좌천되는데, 이때 좌천당한 8인을 특별히 '8司馬'라 부른다.

결국 유종원의 정치적 포부는 영영 좌절된다. 대신 유종원은 영주에서 10년을 거주하면서 많은 詩文을 창작한다. 유종원은 憲宗 815년에 장안에 올라왔다가 다시 먼 남쪽의 柳州(今 廣西省 중북부 柳州市) 자사로 발령을 받는다. 819년에 유종원은 대 사면을 받지만 유주에서 47세의 아까운 나이에 생을 마감한다.

유종원은 문장의 道도 중요하지만 文 자체도 중요하고 강조하였다. 유종원은 문장이 아니라면 道가 전해지지 않는다고 강조하였다. 곧 文의 정신과 함께 형식으로서의 문채도 중요한 것으로 보았다. 한유가 유가 사상만을 강조하였으나 유종원은 불교나 노장 사상 또 제자백가의 학설도 취해야 한다고 주장하였다.

유종원의 名文章으로서 〈封建論〉, 〈捕蛇者說(포사자설)〉, 〈羆說(비설)〉, 〈蝜蝂傳(부판전)〉과 〈永州八記〉와 같은 山水遊記가 우수하고, 또 〈三戒〉와 같은 寓言文도 많은 사람들이 즐겨 읽는 글이다.

유종원은 하늘로부터 받은 재능이 絶倫(절륜)하고, 문장이 탁월, 위대하여 동년배들이 모두 유종원을 추앙하였다. 유종원의 시는 語義가 深切하여 簡古(간고)한 속에서도 섬세, 농염하며, 담백하면서도 청량한 멋이 있어 다른 사람들이 따라갈 수 없는 경지였다.

일반적으로 유종원의 시는 陶淵明의 아래에 있고, 韋應物(위응물)보다 위에 있다. 韓愈(한유)의 豪放, 崎險(기험)한 맛은 유종원보다 앞서지만, 溫麗(온려) 精深(정심)한 맛은 유종원에 미치지 못한다는 평이 있다.

江雪(강설)

千山鳥飛絶, 萬徑人蹤滅.
孤舟簑笠翁, 獨釣寒江雪.

강에 내린 눈

온산에 새도 날지 않으며,
만길에 사람 자취 끊겼다.
쪽배에 도롱이 쓴 노인은,
언 강의 눈을 혼자 낚는다.

| 註釋 | ㅇ 〈江雪〉 - 〈江의 雪〉.

柳宗元의 古文은 우뚝 솟은 산처럼 청신하다고 한다. 유종원의 시 또한 그러하며 잡티가 없다. 孤寂(고적)이 무엇인가를 아주 잘 체험한 유종원이기에 이처럼 고적한 시를 쓸 수 있다.

ㅇ 萬徑人蹤滅 - 徑은 지름길 경. 路也. 蹤은 자취 종. 脚印. 1, 2구는 완벽한 대우를 이루었다.

ㅇ 孤舟簑笠翁 - 簑는 도롱이 사. 笠은 삿갓 립. 雨備의 한 가지. 자루가 있어 손으로 들 수 있으면 傘(산). 자루가 없기에 머리에 직접 쓸 수 있는 것이 笠이다.

| 詩意 | 작자 柳宗元이 貞元 21년(805)에 33세로 永州(今, 湖南省 서남부 永州市)에 좌천되었을 때 쓴 시다. 비장한 생명감이 넘치고

있다.

높고 넓은 웅장한 대자연 속에서 말없이, 그러나 끈질기게 삶을 영위하고 있는 늙은이에 초점을 맞춘 한 폭의 청신한 그림 같은 시다. 유종원의 시나 글 속에는 삶의 숨결이 넘치고 있다.

千山鳥飛絶과 萬徑人蹤滅은 하늘과 땅 사이에 모든 움직임이 멈추었다는 것을 묘사하였다. 千山은 우뚝 솟아오른 중첩한 산들로 상하의 공간세계를 상징한다. 萬徑은 지상의 모든 고샅길이나 샛길을 말한다. 지상의 평면세계를 상징한다. 하늘에는 나는 새도 없고, 땅에는 오가는 사람도 없다. 그만큼 겨울이 깊었다는 뜻이다.

〈江雪〉은 1, 2 구에서는 '絶과 滅' 로 한겨울 雪景의 자연을 묘사했다. 그리고 3, 4구의 '孤와 獨' 으로 설경 속의 인간을 그려내었으니 그야말로 절창이라 아니할 수 없다.

남자 테너 가수의 우렁찬 목소리에서 힘을 느낀다면, 이렇게 氣骨이 느껴지는 시를 쓴 시인에게서도 무엇인가를 느낄 수 있을 것이다.

여기 이 〈江雪〉의 도롱이 쓴 노인은 지난 여름에 西巖에서 잠을 자고, 湘江의 물을 길어 楚竹을 태워 아침을 짓는 연기를 피운 바로 그 노인일 것이다. 유종원의 칠언고시 〈漁翁〉은 첫 구의 두 글자가 제목이었는데, 이번 겨울의 노인은 마지막 구의 마지막 두 글자 〈江雪〉로 제목을 달았다.

登柳州峨山(등유주아산)

荒山秋日午，獨上意悠悠.
如何望鄉處，西北是融州.

柳州의 峨山에 올라

황량한 산의 가을 한낮에,
혼자 오르니 마음이 한가롭다.
고향 바라볼 곳은 어디인가?
서북 방향은 융주로구나.

| 詩意 | 柳州는, 지금의 廣西 壯族自治區 중북부 柳州市 지역으로 보통 '龍城' 이라고도 불리었고, 融州(융주)도 그 근처의 지명이다. 장안 북쪽 山西省을 고향으로 둔 유종원에게는 너무 먼 남방이었다. 유종원은 815년부터 819년까지 유주 자사로 있었다.

《全唐詩》352권 수록.

重別夢得(중별몽득)

二十年來萬事同, 今朝岐路忽西東.
皇恩若許歸田去, 晩歲當爲鄰舍翁.

劉禹錫과 다시 작별하다

이십 년이나 여러 일을 함께 겪었는데,
갈림길에서 오늘 아침 홀연 동서로 갈렸다.
만약 황제 은택으로 고향에 돌아가게 되면,
응당 늙은 여생은 이웃 노인으로 함께하리라.

| 詩意 | 憲宗 元和 10년(815)에 유종원이 柳州刺史로 나갈 때, 劉禹錫〔字는 夢得(몽득)〕은 連州자사로 발령받았다. 두 사람은 부임길에 동행하다가 衡州 衡陽縣이란 곳에서 헤어지게 된다.

유우석과 유종원은 덕종 貞元 9년(793) 진사과에 함께 합격한 동기로 정원 21년에 王叔文의 혁신 정치에 참여했고, 결국 元和 10년에 지방 자사로 다시 폄직되었으니 23년의 세월이었다. 20년은 대략적 서술이다.

나중에 장안으로 돌아올 수 있다면 함께 은거하며 이웃으로 살아가고 싶다는 염원을 표출하였다.

《全唐詩》 351권에 수록.

柳州二月榕葉落盡偶題(유주이월용엽락진우제)

宦情羈思共悽悽，春半如秋意轉迷.
山城過雨百花盡，榕葉滿庭鶯亂啼.

柳州의 2월에 잎이 다 떨어진 보리수를 보고 우연히 짓다

벼슬살이와 나그네 설움 모두 다 처량한데,
봄은 한창이나 마음은 가을인 듯 어수선하다.
山城에 내린 비에 꽃은 모두 졌는데,
보리수 잎은 마당 가득, 꾀꼬린 제멋에 운다.

| 詩意 | 榕(보리수나무 용)은 벵골 보리수라고 하는 열대성 상록 교목이라고 한다. 계절은 봄이 확실하지만 시인의 마음은 가을이라고 했다.

《全唐詩》 352권 수록.

夏晝偶作(하주우작)

南州溽暑醉如酒，隱几熟眠開北牖.
日午獨覺無餘聲，山童隔竹敲茶臼.

여름 낮에 우연히 짓다

남방의 무더위에 술 취한 듯 힘들어서,
안궤에 기대 숙면하고 북쪽 창을 열었다.
한낮에 혼자 깨어나니 아무 소리 없는데,
산속 동자는 대밭 건너서 차 절구를 찧는다.

| **詩意** | 山童의 차 빻는 소리로 여름날 오후의 한가함을 그렸다. 한가하고 무사하다 하여 모든 사람 마음이 신선처럼 여유롭지는 않을 것이다. 여기서 시인은 욕심이 없는 진정한 無事安逸의 경지를 즐기고 있는 것 같다.

《全唐詩》 352권 수록.

與浩初上人同看山寄京華親故

(여호초상인동간산기경화친고)

海畔尖山似劍鋩，秋來處處割愁腸.
若爲化得身千億，散上峰頭望故鄕.

浩初 스님과 함께 산을 보다가 도성의 벗들에게 보내다

바닷가 뾰족 산들은 칼과 창의 날과 같은데,
가을 들어 곳곳에서 시름에 찬 마음을 도려낸다.
만약 이 몸이 천만 개로 나뉠 수 있다면,
산봉우리마다 나눠 올라 고향을 바라보리라.

| 詩意 | 제목의 上人은 승려에 대한 존칭이다. 浩初 上人은 유종원, 유우석과도 교분이 있었다. 몸이 천만 개로 나뉜다면 무수한 산봉우리에 올라 고향을 바라보겠다는 간절한 思鄕心을 묘사하였다.

《全唐詩》 351권 수록.

雨晴至江渡(우청지강도)

江雨初晴思遠步，日西獨向愚溪渡.
渡頭水落村逕成，撩亂浮槎在高樹.

비가 개인 뒤 강 나루터에 가다

강에 내린 비가 개이자 멀리 걷고 싶었기에,
날이 저물녘에 홀로 愚溪 나루로 걸어갔다.
나루터 물이 빠져서 마을 향한 샛길이 났고,
시끄럽던 배들은 높은 곳의 나무에 매어졌다.

| 詩意 | 나루터는 시골 읍내 버스정류장인 셈이다. 시인은 비가 그친 뒤, 여유가 있었지만 보통 사람들은 나루터에서 이미 마을로 돌아갔고, 빈 배는 밧줄로 나무에 묶어놓았다. 여름날 강변 나루터의 풍경화이다.

溪居(계거)

久爲簪組束, 幸此南夷謫.
閒依農圃鄰, 偶似山林客.
曉耕翻露草, 夜榜響溪石.
來往不逢人, 長歌楚天碧.

계곡의 거처

오랜 벼슬살이 얽매였었는데,
마침 남쪽 벽지에 유배되었다.
한가히 농부 이웃으로 의지하니,
우연히 山林 隱士와 비슷하다.
아침엔 일하며 이슬 젖은 풀을 매고,
밤에는 노저어 골짝 바위에 메아리 된다.
오가며 만나는 사람도 없으니,
긴파람 노래에 남쪽 하늘 푸르다.

| 註釋 | ○ 〈溪居〉 - 〈계곡의 거처〉. 《唐詩三百首》에 수록. 柳宗元은 憲宗 永貞 원년(805)에 남쪽의 벽지인 永州의 司馬로 좌천되어 愚溪에 살았다. 처음에는 관사도 없어 절에 기거했다고 한다. 각 州의 지방행정관은 刺史(자사)이고, 司馬란 자사의 보좌관이지만 실무도 권한도 없는 閒職이었다.

○ 久爲簪組束(구위잠조속) - 오랫동안 벼슬살이에 구속을 받다.

爲~束은 ~에 구속되다. 피동의 뜻. 簪은 비녀 잠. 冠帽(관모)를 머리에 안정시키는 동곳. 組는 官帽의 끈.

○ 幸此南夷謫 – 幸은 요행 행. 南夷 – 永州는 湖南省 서남부의 벽지로 南蠻이라 통칭되는 여러 소수 민족들이 한인과 혼거하고 있었다. 謫은 귀양을 갈 적. 그 어렵다는 進士 합격자로 중앙 관료를 이런 벽지에 좌천시킨 것은 거의 유배나 마찬가지였다.

○ 閒依農圃鄰 – 依는 의지하다. 圃는 밭 포. 農圃는 농토. 농사짓는 사람. 鄰은 이웃 인(린)

○ 偶似山林客 – 偶는 짝 우. 뜻하지 아니하게. 似는 같을 사. 山林客은 山林에 사는 隱士.

○ 曉耕翻露草 – 曉는 새벽 효. 耕은 밭 갈 경. 翻은 날 번. 뒤집다. 露草는 이슬 젖은 풀.

○ 夜榜響溪石 – 榜은 매 방. 배를 젓다. 위의 耕과 같이 모두 동사로 쓰였다. 響은 울릴 향. 메아리.

○ 長歌楚天碧 – 楚는 춘추전국시대에 지금의 湖南省 湖北省 지역에 존속. 楚天碧 – 남쪽 楚 땅의 하늘이 푸르다.

| 詩意 | 柳宗元의 《柳河東集》에는 이 시가 五言律詩로 분류되었다.

유종원은 永貞 14년(798) 26세에 集賢殿正字가 되어, 약 8년 여러 관직을 거쳤다가 貞元 21년(805) 33세에 永州司馬로 좌천되었다. 그리고 14년간을 永州와 柳州에서 유배생활과 같은 관직에 있었다. 이 시에도 원망의 글자는 보이지 않아 원망하지 않는 것 같지만 원망의 뜻은 가득하다.

種柳戲題(종류희제)

柳州柳刺史, 種柳柳江邊.
談笑爲故事, 推移成昔年.
垂陰當覆地, 聳幹會參天.
好作思人樹, 慚無惠化傳.

버드나무를 심고 장난삼아 짓다

柳州의 柳刺史는,
버드나무를 柳江 강변에 심었다.
웃으며 하던 말 옛이야기가 되고,
지금 세월이 가면 옛날이 되리라.
그늘이 생기면 땅을 덮을 것이고,
버들이 크면 하늘에 닿으리라.
사람이 그릴 나무 심기를 좋아하나,
후세에 전할 은덕 못 베풀어 부끄럽다.

| 詩意 | 柳州의 柳刺史인 柳宗元이 柳樹를 柳江 강가에 심었으니, 온통 버들(柳)뿐이다. 물론 버들이 크면 그늘을 만들어 사람을 쉬게 하고, 하늘에도 닿을 것이다. 그러나 정말 걱정되는 것은 자사로서 백성에게 얼마만큼, 과연 이름이 남을 만큼 은덕, 선정을 베풀었느냐가 걱정이라고 했다. 詩의 思人樹는, 周 소공이 백성에게 은덕을 베풀며 쉬었다는 甘棠樹(감당수, 팥배나무)를 뜻한다.

《全唐詩》 352권 수록.

別舍弟宗一(별사제종일)

零落殘紅倍黯然，雙垂別淚越江邊.
一身去國六千里，萬死投荒十二年.
桂嶺瘴來雲似墨，洞庭春盡水如天.
欲知此後相思夢，長在荊門郢樹煙.

집안 동생 종일과 헤어지며

영락하고 쇠잔한 마음이라 곱절이나 암울하여,
별리의 서러운 두 줄기 눈물 월강에 뿌린다.
이 한 몸 고향 떠나 6천 리,
온갖 고초 겪으며 거친 땅 떠돌기 20년.
桂嶺의 瘴氣(장기)에 먹구름이 몰려오고,
봄이 지난 동정호 물은 하늘에 닿았다.
이후로 서로 그리는 꿈꾸어 알고 싶다면,
언제나 荊州 郢(영)땅 안갯속 나무에 있으리라.

| 詩意 | 고향에서 6천 리나 떨어진 곳 – 남방의 풍토는 북방과 크게 다르다. 벼슬살이라지만 20년을 좌천된 상황에서 떠돌았으니 – 아마 고향 꿈도 잊었을지도 모른다. 그 사촌 동생 柳宗一(유종일)을 떠나보내는 심정이 어떻겠는가? 종일이가 갈 곳은 형주의 郢縣(영현)이다. 나는 너의 꿈속에서라도 그곳 흐릿한 나무 그림자 사이를 떠돌 것이라고 말했다. 이는 차라리 절규에 가깝다.

《全唐詩》 352권에 수록.

登柳州城樓寄漳汀封連四州
(등유주성루기장정봉연사주)

城上高樓接大荒, 海天愁思正茫茫.
驚風亂颭芙蓉水, 密雨斜侵薜荔牆.
嶺樹重遮千里目, 江流曲似九迴腸.
共來百越文身地, 猶自音書滯一鄉.

柳州의 城樓에 올라 漳, 汀, 封, 連 四州의 刺史에게 주다

성문의 高樓에 올라 끝없는 벌판을 바라보니,
바다와 하늘 같은 愁心은 정말로 끝이 없다.
질풍에 거친 풍랑은 부용화 핀 강을 흔들고,
벽려가 덮인 담을 소나기가 비껴 때린다.
산마루 나무는 천리를 보려는 마음을 막고,
강물은 아홉 번 구부러진 창자와도 같구나.
모두가 百越의 문신을 하는 땅에 와서는,
아직도 소식은 각지에 그대로 막혀 있구나.

| 註釋 | ㅇ 〈登柳州城樓寄漳汀封連四州〉 - 〈柳州 城樓에 올라 漳, 汀, 封, 連州 四州의 刺史에게 주다.〉 漳州는 지금의 福建省 龍溪, 汀州(정주)는 福建省의 長汀, 封州는 지금 廣東省의 封川縣, 連州는 廣東省의 連縣이다. 시인과 함께 韓泰, 韓曄(한엽), 陳諫(진간), 劉禹錫(유우석), 陸淳(육순), 呂溫(여온), 李景儉(이경검) 등은 順宗

의 永貞改革은 실패 후(805) 8개 주의 司馬라는 한직으로 밀렸다가(유종원 포함, 八司馬로 통칭), 10년 뒤 憲宗 元和 10년(815)에 유주 외 이곳 4개 주의 刺史로 폄직되었다.

○ 城上高樓接大荒 – 大荒(대황)은 原野, 벌판.

○ 海天愁思正茫茫 – 海天은 바다와 하늘. 시인의 愁思가 바다와 하늘에 꽉 찼을 것이다.

○ 驚風亂颭芙蓉水 – 颭은 물결이 일어날 점. 驚風亂颭(경풍난점)은 센 바람과 어지러운 풍랑. 芙蓉水(부용수)는 연꽃이 핀 강물.

○ 密雨斜侵薜荔牆 – 密雨(밀우)는 거센 비. 아마 squall(스콜, 열대지방에 내리는 소나기)일 것이다. 薜荔(벽려)는 담쟁이 계통의 넝쿨 식물. 香草라고 해설도 있다. 牆은 담 장.

○ 嶺樹重遮千里目 – 嶺樹(영수)는 산마루의 나무들. 遮는 막을 차. 千里目은 千里 밖을 보고 싶어 하는 마음.

○ 江流曲似九迴腸 – 似는 같을 사. 닮다. 九迴腸(구회장)은 9번 구부러진 창자. 근심과 걱정으로 가득 찬 마음.

○ 共來百越文身地 – 共來는 제목의 4주 자사와 시인을 포함함 다섯 사람 모두 같이 왔다. 百越 – 五嶺 산맥 이남의 땅은 百越(백월)이라 통칭하며, 자연 환경도 나쁘고 문화적 미개지로 인식되었다. 文身地 – 사람들이 文身을 하는 땅. 예로부터 文身은 야만인의 習俗으로 치부되었다. 특히 유교적 전통에서 볼 때 문신은 부모로부터 받은 육신을 훼손하는 행위이다.

○ 猶自音書滯一鄕 – 猶自(유자)는 여전히. 音書는 소식. 滯는 막힐 체. 一鄕은 각자의 任地. 각자의 임지는 서로 멀리 떨어져 소식을 주고받을 수도 없다는 뜻.

| 詩意 | 前 6구는 성루에 올라 바라본 경치이다. '大荒', '驚風', '密雨', '嶺樹', '江流' 등은 모두 시인의 '愁思'와 '九迴腸'에 녹아들었다. 마지막 7, 8구에서 서로 소식도 전하지 못하는 안타까움을 표현했다. 이처럼 외로움은 마음의 큰 병이다.

晨詣超師院讀禪經(신예초사원독선경)

汲井漱寒齒, 清心拂塵服.
閒持貝葉書, 步出東齋讀.
眞源了無取, 妄跡世所逐.
遺言冀可冥, 繕性何由熟!
道人庭宇靜, 苔色連深竹.
日出霧露餘, 青松如膏沐.
澹然離言說, 悟悅心自足.

새벽에 超師의 절에서 불경을 읽다

샘물로 양치하니 이가 시리고,
清心은 俗塵의 옷을 털어내다.
천천히 불경을 집어 들고,
걸어서 東齋로 나와 읽노라.
참된 이치의 근원을 찾지 못하고,
허망 자취를 속세인은 따른다.
남긴 말씀을 지켜 명복만 빈다면,
본성 고쳐 무슨 인연에 숙성하리오?
도인의 뜰은 청정하고,
이끼는 무성한 대숲에 이어졌다.
해가 떠도 안개와 이슬 남아 있고,

青松은 그 윤기를 더한다.
담담히 설법 말씀을 넘어,
깨달은 기쁨 마음 절로 흡족하다.

| 註釋 | ㅇ 〈晨詣超師院讀禪經〉 – 〈새벽에 超師의 절에 가서 불경을 읽다〉. 晨은 새벽 신. 詣는 이를 예. 참배하다. 超師 – 超씨의 禪師(선사). 院은 禪院(선원). 유종원이 유배되었던 永州(今, 湖南省 西南部의 永州市 零陵區)에 있는 절. 禪은 봉선 선. 參禪(참선)을 중시하는 불교 종파가 禪宗임. 禪經은 선종의 佛經.

ㅇ 汲井漱寒齒 – 汲은 물 길어올 급. 漱는 양치질할 수. 寒齒 – 이가 시리다. 찬물로 양치질하니, 이가 시리다는 뜻.

ㅇ 清心拂塵服 – 拂은 떨 불. 떨어내다. 塵은 티끌 진.

ㅇ 閒持貝葉書 – 貝葉書(패엽서)는 佛經. 옛날 인도에서는 貝多羅樹(패다라수) 잎에 불경을 적었다.

ㅇ 眞源了無取 – 眞源은 불교의 참된 근원, 교리의 근본이 되는 참 진리. 了無取 – 참된 가르침을 다 알 수 없다. 了는 마칠 료. 전부, 다.

ㅇ 妄跡世所逐 – 妄跡(망적)은 허망한 자취. 거짓되고 허무맹랑한 말이나 행적. 世所逐 – 세인들이 따라가다.

ㅇ 遺言冀可冥 – 遺言(유언)은 聖賢이 남긴 말, 불경의 가르침. 깊은 진리나 微言大義(미언대의). 冀는 바랄 기. 冀可冥(명가기)는 冥福을 바랄 수도 있을 것이다. 冥土(저승)의 복을 기원할 수도 있을 것이다.

ㅇ 繕性何由熟 – 繕은 기울 선. 수선하다. 다스리다(治也), 고치다. 繕性 – 나쁜 심성을 바로 되돌린다. 심성을 수선하고 바로

잡는다. 心性을 涵養(함양)하다. 熟은 익을 숙. 完美.

ㅇ 道人庭宇靜 – 道人은 여기서는 超禪師(초선사)를 말한다. 庭宇(정우)는 뜰. 庭園.

ㅇ 苔色連深竹 – 苔는 이끼 태.

ㅇ 日出霧露餘 – 霧는 안개 무. 露는 이슬 로. 餘는 흔적, 餘暉(여휘), 餘韻(여운).

ㅇ 青松如膏沐 – 膏는 살찔 고. 沐은 머리 감을 목. 膏沐(고목)은 기름으로 목욕하다 → 윤기가 흐르다.

ㅇ 澹然離言說 – 澹然(담염)은 虛靜(허정)하고 恬淡(염담)하다. 담담하다. 淡然 同. 離言說 – 말로 설명하지 못한다. 말과 설명을 떠났다.

ㅇ 悟悅心自足 – 悟는 깨달을 오. 悅은 기쁠 열. 悟悅은 마음으로 도를 터득하고 즐거워하다.

| 詩意 | 새벽에 절에 참배를 하고 불경을 읽어도 심오한 佛道를 깨닫지 못했지만, 청정하고 한적한 禪寺의 경관에서 悟道의 희열을 느끼고 스스로 만족했다는 뜻의 詩이다. 佛家에서 말하는 言外佛法, 혹은 以心傳心의 경지를 읊은 시다.

禪院(선원)의 閒靜하고 恬淡(염담)한 분위기에 의해 대자연의 청정한 경지를 터득하여 흡족하다고 읊었다. 결국 참진리는 말로 전할 수 있는 것이 아니다. 마음으로 터득하는 것임을 암시한 시다. 《全唐詩》 '禪선' 자 밑에 '一作蓮' 이라고 주를 달았다. 그렇다면 '선경(禪經)' 은 '연경(蓮經)' 이며, 이는 곧 '묘법연화경(妙法蓮花經)' 일 것이다.

田家(전가) 三首 (其二)

籬落隔煙火, 農談四鄰夕.
庭際秋蟲鳴, 疏麻方寂歷.
蠶絲盡輸稅, 機杼空倚壁.
里胥夜經過, 雞黍事筵席.
各言官長峻, 文字多督責.
東鄉後租期, 車轂陷泥澤.
公門少推恕, 鞭樸恣狼藉.
努力慎經營, 肌膚眞可惜.
迎新在此歲, 唯恐踵前跡.

농가 (2 / 3)

울타리 건너로 저녁연기가 피어오르고,
농사 이야기에 온 마을은 저녁이 되었다.
마당 곁에서 가을 풀벌레가 울고,
성긴 삼대(麻) 사이로 적막이 내려앉는다.
누에 실 뭉치는 모두 부세로 납부했기에,
베틀은 빈 채로 벽에 기대어 섰다.
마을 이장은 밤에 마을을 순찰하기에,
닭을 잡고 밥 지어 술자리를 함께했다.
모두가 관장이 준엄하며,

문서에는 책망의 말이 많다고 하였다.
동쪽 마을은 조세 납부 기한이 넘었고,
짐수레 바퀴가 진흙탕에 빠졌다고 말했다.
관청에서는 관용이 없으며,
백성을 함부로 낭자하게 매질을 한다.
애를 쓰지만 신중하게 처리해야 하나니,
우리 몸 피부는 정말로 소중하다오.
새로 맞이할 새해에도,
지난해와 같을지 걱정뿐이라오.

田家(전가) 三首 (其三)

古道饒蒺藜，縈回古城曲.
蓼花被堤岸，陂水寒更綠.
是時收獲竟，落日多樵牧.
風高楡柳疏，霜重梨棗熟.
行人迷去住，野鳥競棲宿.
田翁笑相念，昏黑愼原陸.
今年幸少豐，無厭饘與粥.

농가 (3 / 3)

좁은 길에 찔레 덩굴이 늘어졌고,
길은 옛 성터를 에워싸고 굽었다.
여뀌 꽃은 냇둑을 덮어버렸고,
저수지 물은 추워지며 더욱 푸르다.
지금은 가을걷이도 끝났고,
해 지며 나무꾼과 목동이 많이 돌아온다.
바람이 세지며 버들과 느릅나무가 쓸리고,
무서리가 내리며 배와 대추가 여문다.
나그네는 더 가야 할지 말지 망설이고,
들새들은 서둘러 둥지에 날아든다.
늙은 농부 웃으며 걱정을 같이 나누고,

어두우니 들길을 조심해서 가라고 한다.
금년에는 다행히 약간 풍년이라면서,
된 죽 멀건 죽이든 많이 먹으라 한다.

| 詩意 | 농촌 마을에 밤이 되었다. 모여서 농사 이야기를 하다 보면 자연 관청과 부세 납부에 대한 걱정으로 이어진다. 마을 이장은 그래도 관청에 자주 출입하다 보니 보고 들은 것이 있어 한데 모여 여러 의논을 하게 된다. 관청에서 백성들을 심하게 매질하니 조심해야 한다고 말한다. 우리의 몸뚱이는 소중하다는 말은 이런 때 정말로 피부에 와닿는다.

유종원이 추수가 끝난 마을을 지나가며 본 일을 서술하였다. 올해는 그래도 약간 풍년이니 죽이나마 많이 드시라며 순박한 인정을 보여준다. 이런 순박한 민심을 사납게 만드는 것은 사실 관리들의 착취와 수탈이 아니겠는가?

《全唐詩》 353권 수록.

漁翁(어옹)

漁翁夜傍西巖宿, 曉汲清湘燃楚竹.
煙銷日出不見人, 欸乃一聲山水綠.
回看天際下中流, 巖上無心雲相逐.

늙은 어부

늙은 어부는 저녁 무렵 西巖에서 잠자고,
새벽 맑은 상강 물을 길어 楚竹을 태운다.
안개 걷히고 해 올라도 사람은 뵈지 않고,
어여차! 한 소리에 山水가 푸르렀다.
돌아보니 하늘 끝서 중류로 내려오는데,
바위 위엔 무심한 구름이 뒤를 따른다.

| 註釋 | ○ 〈漁翁〉 – 〈늙은 어부〉. 漁는 고기 잡을 어.

우리나라 고등학교 漢文 교과서에도 수록될 만큼 平易하지만 아주 유명한 시이다. 유종원이 805년 永貞革新이라는 정치 소용돌이에 휘말려, 지금 湖南省의 서남쪽 廣東省과 접경하고 있는 永州의 司馬로 폄직되었는데, 그곳 영주에서 그의 나이 33세에 읊은 詩이다. 永州는 湘江의 상류에 속하여 물이 깨끗했을 것이다.

○ 漁翁夜傍西巖宿 – 傍은 곁 방. 옆. 夜傍은 밤이 가까워진 저녁 때. 西巖宿은 영주의 西巖(서암)이라는 친절한 註가 있다. 그러

나 이쪽에서 서암이면 저쪽에선 東巖이다. 굳이 永州, 아니면 어느 고을의 서암이라는 註가 없어도 괜찮다. 배를 젓는 노인이 가다가 힘들면 아무데서나 배를 대면 그뿐이다. 西巖은 시인이 그려낸 풍경화의 일부일 뿐이다.

○ 曉汲淸湘燃楚竹 – 曉는 새벽 효. 汲은 물 길을 급. 淸湘은 맑은 상강(湘江)의 물. 楚竹은 남쪽 楚 땅의 대나무. 湘江(湘水)은 湖南省 경내 최대의 河流. 廣西에서 발원하여 永州, 衡陽, 長沙(湖南省 省都)를 거쳐 洞庭湖로 유입되는 총 길이 800여 km의 大河이다.

○ 煙銷日出不見人 – 煙은 연기. 안개. 밥 짓던 연기로 해석하는 사람이 있는데, 밥을 짓던 연기는 시인에게 안 보였을 것이다.

○ 欸乃一聲山水綠 – 欸는 한숨 쉴 애. 欸乃(애내)는 배를 저으며 힘쓰려 내는 소리. 강남 지방에서는 배를 저을 때 노 젓는 동작에 맞춰 배에 탄 사람들이 '구령처럼 붙여주는 소리' 라는 주석도 있다.

○ 回看天際下中流 – 天際는 하늘 가. 하늘과 강물이 맞닿은 곳.

○ 巖上無心雲相逐 – 相逐은 서로 뒤쫓다. 어옹이 떠난 자리로 구름이 따라온다는 낭만적 표현.

| 詩意 | 漁翁을 그림 속의 한 가운데 배치한 뒤 그 주변을 시간에 따라 묘사하였다. 저녁 – 밤 – 새벽 – 아침 – 한낮으로 시간이 가면서 漁翁은 배를 댄 다음에 – 잠자고 – 물 길어 밥 짓고 – 어옹이 떠나 안 보이고 – 그곳엔 구름만 떠 있다는 시각적 묘사에 뛰어난 정경을 보여준다.

모든 것이 정지되어 움직임이 없는 것 같지만 사실은 모든 것이 다 움직였다. 이런 묘사가 가능한 것은 시인의 外功은 물론 內功의 실력이 있기 때문이다. 곧 자연과 인간을 일치시키며 살았기에 이런 표현이 가능할 것이다.

유종원이 '永貞改革' 의 실패로 永州司馬로 폄직될 때, 그는 33세였고 67세의 노모를 모시고 부임했는데 거처가 없어 龍興寺라는 절에서 살았다고 한다.

005

元稹(원진)

白居易와 나란한 명성을 누린 元稹〔원진, 779 - 831, 字는 微之(미지)〕은 洛陽人이며, 排行이 9번째이므로 元九라고도 부른다. 白居易의 명문장인 〈與元九書〉는 원진에게 보낸 장문의 편지글이다. 원진은 白居易와 함께 '新樂府' 운동을 제창하였기에 대개의 경우 白居易와 나란히 '元白' 으로 불린다.

원진과 백거이는 거의 30년간 친교를 맺고 있으면서 詩歌의 통속화와 대중화를 주창하여 대중의 환영을 받았으며, 이들의 이러한 시풍을 특히 唐 憲宗의 연호를 따서 元和體라고 불렀다.

원진은 8歲에 아버지를 여의고 모친을 따라 鳳翔縣(봉상현)의 외가에서 성장하였다. 15세인 德宗 貞元 9년(793)에 급제하여 校書郞이 되었다.

貞元 15년(799) 河中府에 근무하였고, 元和 5년(810)에 환관과 싸운 일로 江陵府로 폄직되었다. 관직 생활의 풍파를 겪으면서 知制誥(지제고)를 역임하며 詔書의 초안을 마련하는 일도 하다가, 穆宗때 재상에 자리에 올랐고 裴度(배도)와 뜻이 맞지 않아 지방 郡의 자사로 나가기도 했다가 나중에 무창군절도사로 있다가 임지에서 죽었다.

원진은 艶詩(염시)와 悼亡詩(도망시)를 잘 지었는데 情意가 진지하여 자못 감동을 준다. 李紳(이신)에 화답한 〈新題樂府〉 12수와 〈古題樂府〉 19수는 모두 사회 현실을 반영하고 있는 시이다. 이 밖에 장편의 악부시 〈連昌宮詞〉는 노인의 입을 빌려 安史의 난 전후 사회 상황과 權貴들의 황음부패를 묘사하였다.

하여튼 품행이란 면에서 볼 때 문제가 있었던 것은 사실이고 특히 여색에 대해서는 후세인들의 도덕적 질책을 받기도 했다.

원진은 傳奇 소설 〈鶯鶯傳(앵앵전)〉의 작가로도 유명하다. 원진이 자신의 여성편력을 변명하기 위해 썼다는 전기인 〈앵앵전〉은 '會眞記' 라고도 불리는데, 뒷날 王實甫(왕실보)의 元曲 〈西廂記(서상기)〉의 원전이 되었다. 그의 저서로 《元氏長慶集》 60권이 있다.

行宮(행궁)

寥落古行宮, 宮花寂寞紅.
白頭宮女在, 閑坐說玄宗.

행궁

쓸쓸하고 외진 낡은 행궁,
궁궐 꽃은 적막 속에 붉었다.
머리가 하얀 궁녀들이 살면서,
한가히 앉아 현종 때를 얘기하네.

| 註釋 | ○ 〈行宮〉 – 離宮과 같음. 황제가 출행 중 임시로 머무는 궁궐. 《全唐詩》 410권과 《唐詩三百首》에 수록되어 유명한 시이다.

○ 寥落古行宮 – 寥는 쓸쓸할 요. 寥落은 쓸쓸한 모양. 古行宮은 낡은 행궁. 관리가 잘 안된 행궁.

○ 宮花寂寞紅 – 宮花는 이궁에 핀 꽃. 寂寞(적막)은 고요할 적. 쓸쓸할 막.

○ 閑坐說玄宗 – 玄宗은 唐明皇, 이름은 李隆基(이융기, 685 – 762, 77세. 재위 712 – 756, 45년), 당에서 가장 오래 재위했던 황제. 정식 시호는 '至道大聖大明孝皇帝' 보통 唐明皇이라 호칭. 治世 중 전반 30년은 '開元之治'라 하여 당의 극성시대. 후반 天寶 연간은 李林甫, 안록산, 양국충 등이 정권을 요리. 안록산의 난 발생 난중에 태자(숙종)에게 禪位(선위). 梨園(이원)을 설치하고

운영한 풍류 황제였다.

| 詩意 | 원진과 백거이는 친구였다. 白居易의 〈長恨歌〉를 읽을 때 길다는 생각보다는 참 재미있고 글이 좋다는 생각이 든다. 그렇다면 원진의 이 시는 너무 짧은 것인가? 낡은 별궁에서 머리가 하얗게 센 늙은 궁녀의 현종 때 이야기는 아마 죽을 때까지 계속해도 다 못할 것이다. 그렇다면 이 시는 결코 짧지는 않다.

인간에게 榮枯盛衰(영고성세)는 피할 수 없는 것 – 개인이나 나라나 무엇이 다르겠는가? 보기 좋은 꽃은 빨리 지고(好花易落), 청춘은 금방 지나가며(紅顔易衰), 영화는 풀잎 위의 이슬이고(華是草上露), 부귀란 기와에 내린 서리이다(富貴是瓦頭霜). 그리고 부귀는 뜬구름 같다는 것을 간파한다면(富貴如浮雲, 看破了), 얻었다 하여 기쁘지 않고 잃었다 하여도 걱정하지 않을 것이다(得亦不喜, 失亦不憂).

菊花(국화)

秋叢繞舍似陶家, 遍繞籬邊日漸斜.
不是花中偏愛菊, 此花開盡更無花.

국화

가을 국화 떨기가 집을 에웠으니 도연명 집 같고,
두루 감싼 울타리 둘레로 해는 점차 기운다.
여러 꽃 중에 국화만 편애하지는 않나니,
국화 필 때에 다른 꽃이 없기 때문이다.

| 詩意 | 시인은 국화로 상징되는 堅貞(견정)의 품격을 지켜 결코 세속의 명리를 탐하지 않겠다는 뜻을 표출하였다.

《全唐詩》 411권 수록.

聞樂天授江州司馬(문낙천수강주사마)

殘燈無焰影幢幢，此夕聞君謫九江.
垂死病中驚坐起，暗風吹雨入寒窗.

(수)낙천이 강주사마에 제수되었다는 소식을 듣다

꺼져가는 희미한 등잔불에 흔들리는 그림자,
오늘 밤에 당신이 九江에 폄직되었다 들었소.
거의 죽을 병중에 놀라 일어나 앉으니,
어둠 속에 비바람 불어 쓸쓸한 창에 뿌리네.

| 詩意 | 樂天은 白居易의 字이다. 憲宗 元和 10년(815), 백거이는 강직한 건의를 상주했으나 오히려 강주사마로 폄직되었는데, 그때 원진은 四川의 通州에 폄직되어 있었다. 백거이와 원진은 우정이 도타웠고 서로 그리며 지은 시가 많다.

得樂天書(득낙천서)

遠信入門先有淚. 妻驚女哭問何如.
尋常不省曾如此, 應是江州司馬書.

백낙천의 서신을 받다

먼데 소식 왔다니 대문 들어오며 눈물이 났다.
놀랜 아내 우는 딸이 무슨 소식이냐고 묻는다.
보통 때는 이처럼 살펴보지 않았는데,
江州 司馬의 서신이라서 이럴 것이다.

| 詩意 | 특별한 友人이 보낸 서신에 不意의 소식이 있을 것 같아 아내가 놀랐을 것이고, 연락받고 서둘러 대문에 들어오면서 혹시나 하는 불길한 예감에 원진은 눈물이 났다. 두 사람의 우정을 충분히 느낄 수 있다.

《全唐詩》 415권에 수록.

舞腰(무요)

裙裾旋旋手迢迢，不趁音聲自趁嬌.
未必諸郞知曲誤，一時偸眼爲回腰.

춤추는 허리

돌아가는 치마에 높이 흔드는 손,
풍악이 아니라도 매력이 절로 난다.
곡조가 틀린 줄 젊은이는 모르겠지만,
한동안 엿보기는 춤추는 허리 때문이다.

| 詩意 | 裙裾(군거)는 치맛자락이고, 旋旋(선선)은 회전하는 모양, 迢迢(초초)는 멀고 먼 모양, 손을 높이 들어 춤추는 모양이며, 偸眼(투안)은 몰래 훔쳐본다는 뜻이다.

젊은 여인은 그 자체가 매력이고 주목의 대상인데, 음악에 맞춰 춤추며 교태를 발산한다면 어느 누가 구경하지 않겠는가? 물론 풍악이 좀 틀린 것은 문제도 아니 된다는 뜻이다.

《全唐詩》 422권에 수록.

櫻桃花(앵도화)

櫻桃花, 一枝兩枝千萬朶.
花塼曾立摘花人, 窣破羅裙紅似火.

앵도화

앵도화,
한두 가지마다 수없이 매달려 피었다.
꽃무늬 벽돌 위에 올라 꽃을 꺾던 사람은,
갑자기 비단치마 찢기면서 불같이 붉더라.

| 詩意 | 앵도(우리나라에서는 보통 앵두나무) 꽃이 수없이 많이(千萬朶, 朶는 송이 타) 피었고, 그 꽃가지를 꺾으려던 여인이 무엇인가에 걸려 비단치마가(羅裙) 갑자기(窣, 갑자기 튀어나올 솔) 찢어졌다. 여인이 창피해서 얼굴이 불타듯 붉게 되었다.

봄날의 한가로운 풍경이지만 상당히 에로틱한 분위기가 그려진다. 긴긴 봄날 농민들이야 농사일에 바쁘지만 비단치마를 입을 정도의 여인이라면 시간적 여유가 많을 것이다. 서민들 일상에 관한 시인의 서정 추구라고 해석할 수 있다.

《全唐詩》 422권 수록.

離思(이사) 五首 (其四)

曾經滄海難爲水, 除卻巫山不是雲.
取次花叢懶迴顧, 半緣修道半緣君.

死別의 그리움 (4 / 5)

넓은 바다를 보았기에 물에 대한 생각이 다르고,
巫山 구름이 아니라면 구름이라 말하기도 어렵다.
꽃더미 사이에 거닐며 고개를 돌릴 수 없나니,
절반은 修道한 덕이고 절반은 당신 때문이라오.

| 詩意 | 우선 이 시는 사별한 아내에 대한 추모의 정을 담은 일종의 悼亡詩(도망시)이다. 원진의 본처 韋叢(위총)은 20세에 원진과 결혼했지만 27세에 죽었다. 원진은 위씨를 그리워하는 시를 지었는데, 본시와 다음의 〈遣悲懷 三首〉를 꼽을 수 있다.

'曾經滄海難爲水' 는 본래 《맹자 盡心章句 上》에 나오는 말이다. '바다를 본 사람이 다른 강을 보아도 물로 보이지 않고, 성인의 문하에서 배운 사람은 다른 사람의 말을 말로 생각하지 않는다.(孟子曰, 孔子 登東山而小魯, 登太山而小天下. 故觀於海者, 難爲水, 遊於聖人之門者, 難爲言.)하여 성인 말씀의 소중함을 강조하였다.

원진은 죽은 아내의 부덕이 훌륭하니 다른 여인을 생각할 수 없다는 뜻으로 인용한 것 같다. 《全唐詩》 422권에 수록.

遣悲懷(견비회) 三首 (其一)

謝公最小偏憐女，自嫁黔婁百事乖.
顧我無衣搜藎篋，泥他沽酒拔金釵.
野蔬充膳甘長藿，落葉添薪仰古槐.
今日俸錢過十萬，與君營奠復營齋.

슬픈 감회를 적어 보내다 (1 / 3)

謝公의 사랑을 받았던 막내딸이었는데,
검루에게 시집온 뒤로 모두가 힘들었지요.
내가 옷이 없다고 자신의 옷상자를 뒤졌고,
나를 위해 술을 사려고 금비녀를 뽑았지요.
나물로 배를 채우며 큰 콩잎도 맛있다 했고,
낙엽이 땔감이라 고목 홰나무를 올려보았지요.
오늘엔 나의 녹봉이 십만 전이 넘으니,
그대를 위해 제사하고 또 재를 올려주겠소.

| 註釋 | ㅇ 〈遣悲懷〉 - 〈슬픈 감회를 적어 보내다〉.

원진은 최초 부인 崔鶯鶯(최앵앵)을 버리고 25세에 당시 工部尙書인 韋夏卿의 딸 韋蕙叢(위혜총, 당시 20세)과 결혼하였다. 당시에 원진은 文名도 없었고 낮은 관직에 있었지만 당시 두 사람의 애정은 매우 도타웠다고 한다. 그러나 위혜총은 원화 4년(809)에 27세의 나이로 세상을 뜨는데, 원진은 하남에서 관직 생활을 하느라 장례를 치르러 올 수도 없었기에 매우 가슴 아파했다고 한다. 本詩는 그러한 위씨 부인에 대한 추모시라 할 수 있다. 이후 원진의 벼슬길은 비교적 순탄했다.

○ 謝公最小偏憐女 – 謝公은 東晋의 名門인 陳郡 謝氏의 謝安. 사안은 자기 형의 막내딸, 그러니까 조카가 영특하여 특히 귀여워하고 아껴주며 보살펴 주었다고 한다. 여기서는 그런 형제관계를 정확히 따지지 않고 그냥 사안의 어린 막내딸로 표현했다. 最小偏憐女 – 謝奕(사혁)의 딸인 謝道韞(사도온)은 明敏聰慧(명민총혜)했기에 숙부인 謝安(320 – 385, 字는 安石, 東晋 최고의 정치가이며 군사전략가. '東山再起' 의 주인공)의 특별한 총애를 받았다. 이는 원진이 자신의 죽은 부인 韋氏가 名門家임을 내세운 구절이다.

○ 自嫁黔婁百事乖 – 黔은 검을 검. 黔婁(검루)는 춘추시대 齊國의 가난했으나 명성이 있던 高士. 원진은 자신을 검루와 같다고 생각하였다. 乖는 어그러질 괴.

○ 顧我無衣搜藎篋 – 搜는 찾을 수. 뒤지다. 藎은 조개풀 신. 篋은 상자 협. 藎篋(신협)은 풀을 엮어서 만든 옷을 보관하는 상자.

○ 泥他沽酒拔金釵 – 泥는 진흙 니(이). 칠하다. 고집하다. 부드러운 말로 달래다. 泥他沽酒 – 他는 원진 자신. 앞의 구에서 '我' 에 대한 對偶로 '他' 를 썼다. 남이란 뜻이 아님. 泥를 '조르다' 로 해석하고, 他를 '부인 위씨' 로 풀이할 수도 있다. 沽酒(고주)는 술을 사다. 拔은 뺄 발. 뽑다. 金釵(금채)는 금비녀. 釵의 원음은 채이나 지금은 '차' 와 혼용하고 있다.

○ 野蔬充膳甘長藿 – 蔬는 푸성귀 소. 채소. 膳은 반찬 선. 充膳

(충선)은 배를 채우다. 藿은 콩잎 곽. 豆葉. 甘長藿(감장곽)은 커다란 콩 잎도 달게 먹다. 우리나라 경상도 지방에서는 어린 콩잎을 식용한다.

○ 落葉添薪仰古槐 – 添은 더할 첨. 薪은 섶나무 신. 땔감. 落葉添薪(낙엽천신)은 낙엽을 긁어다가 땔감으로 하다. 仰古槐(앙고괴)는 고목 홰나무를 쳐다보다. 고목은 부러진 가지가 많아 땔감으로 괜찮고 그 잎을 긁어모으려고 쳐다보았다. 여기서는 부녀자가 땔감을 구하려 고생을 했다는 뜻.

○ 今日俸錢過十萬 – 俸錢은 봉급. 過十萬은 그 당시 화폐나 녹봉의 단위를 알 수 없지만 고관이 되었다는 뜻.

○ 與君營奠復營齋 – 君은 부인 韋氏. 營는 지을 여. 행하다. 奠은 제사 지낼 전. 齋는 재계할 재. 특별한 제사.(예 ; 사십구재).

| 詩意 | 이 시의 전 6구는 모두 죽은 부인 위씨에 대한 칭송이다. 수련에서는 명문대가였지만 미관말직이고 가난한 자신과 결혼하고서 힘들게 살았다는 總論을 서술하였다.

3, 4구에서는 자신에게 헌신하느라고 당신은 옷을 팔고 금비녀도 뽑아주었다는 구체적 사례를 들었고, 음식과 요리에도 그토록 고생한 일을 5, 6구에서 말하면서 눈물을 흘렸을 것이다. 그리고 7, 8구에서는 이제는 생활이 많이 좋아졌다며 지금의 부귀를 같이 누리지 못하는 아쉬움을 표하면서 당신을 위해 제사는 물론 명복을 비는 재를 올린다며 시를 마무리했다.

그러나 원진이 죽은 부인 위씨를 진심으로 사랑했고 그리워했어도 혼자 살 수는 없었던 모양이다. '원앙새는 짝을 잃으면, 영원히 다른 짝을 찾지 않는다.(鴛鴦失偶, 永不重交.)' 고 한다. 아내가 죽은 뒤 30여 년을 혼자 지냈던 王維와는 체질이 달랐던 것 같다.

원진은 繼室(계실)로 裴氏를 맞이하였고, 蜀에서는 薛濤(설도)라는 才子佳人을 만나 시를 주고받으며 한때 염문을 뿌리기도 했다는 이야기도 있으나 과연 사실이었는지는 확실하지 않다.

몇몇 책에서는 韋氏를 첫 번째 부인이라 하였는데, 이는 사실과 다를 수 있다. 15세에 과거에 급제하여 벼슬길에 나아간 사람이 25세 때에 처음으로 위씨와 결혼했다는 것은 당시 일반적 사회적 통념으로 합리적인 납득이 어렵다.

近人 陳寅恪(진인각, 1890 – 1969, 中華民國 淸華大學國學院 四大導師의 한 사람)의 지적대로 최초의 본처(崔鶯鶯, 최앵앵은 元稹의 傳奇 중의 여주인공 이름)를 버리고 韋氏와 再婚하였을 것이다.

遣悲懷(견비회) 三首 (其二)

昔日戲言身後意, 今朝都到眼前來.
衣裳已施行看盡, 針線猶存未忍開.
尙想舊情憐婢僕, 也曾因夢送錢財.
誠知此恨人人有, 貧賤夫妻百事哀.

슬픈 감회를 적어 보내다 (2 / 3)

옛날 죽은 다음의 일을 농담처럼 말했는데,
오늘 모든 일들이 눈에 그대로 보인다오.
입던 옷들은 보이는 대로 남에게 주었지만,
반짇고리는 차마 열 수 없어 그대로 있다오.
지난 정을 생각하면 하인들이 안쓰럽고,
그러다 꿈에 보이면 紙錢을 태워 보낸다오.
이런 한이야 사람마다 다 있다고 알지만,
가난했던 부부라서 모든 일이 서글펐다오.

| 註釋 | ○ 〈遣悲懷〉 – 사랑하던 아내를 보낸 슬픔을 묘사했다. 一首에서는 생활상의 어려움을 '百事乖(백사괴)' 라 하였지만, 여기서는 모든 일이 슬프다는 곧 '百事哀' 를 말하고 있다. 一首에서는 옛 典故가 인용되었으나 二首에서는 전고가 없이 일상생활의 추억을 말해 애달음(哀)을 더하고 있다.

○ 昔日戲言身後意 – 昔日은 살아 있을 때. 戲言(희언)은 농담처

럼 이야기하다.

○ 今朝都到眼前來 – 今朝는 지금, 죽은 뒤.

○ 衣裳已施行看盡 – 衣裳(의상)은 옷. 죽은 이가 입던 옷. 已施行看盡은 눈에 보이는 대로 남에게 주었다.

○ 針線猶存未忍開 – 針線(침선)은 바늘과 실꾸리. '猶存未忍開'는 차마 열어볼 수가 없어 아직 그대로 있다.

○ 尙想舊情憐婢僕 – 婢僕(비복)은 여자 하인. 죽은 사람이 부리던 하인.

○ 也曾因夢送錢財 – 也曾因夢은 그 하인들과 연관하여 (亡者가) 꿈에 보인다. 送錢財는 망자를 위해 돈을 보낸다. (망자를 위해 紙錢을 사른다.) 또는 하인들을 불쌍히 여겨 재물을 준다.

○ 誠知此恨人人有 – 誠知는 잘 알겠다.

○ 貧賤夫妻百事哀 – 가난한 부부는 모든 일이 애처롭다. '糟糠之妻不下堂'의 俗言과 상통하는 말이다.

| 詩意 | 부부는 인연이다(夫妻是緣). 좋은 인연이든 나쁜 인연이든(善緣惡緣), 인연이 없었으면 결혼하지 않았을 것이다(無緣不娶). '百世의 인연이 있기에 같은 배를 타고 건너며(百世修來同船渡), 千世의 인연이 있어야 한 베개를 베고 잘 수 있다(千世修來共枕眠).' 라는 말처럼 부부의 인연은 특별하다.

서로의 차갑고 뜨거운 것을 아는 사이가 바로 부부이며(知冷知熱是夫妻), 부부의 은혜와 사랑은 쓰고도 달다(夫妻恩愛苦也甛). 부부는 한 얼굴이다(夫妻一個臉)이란 말처럼 태도나 관점이 같으며, 부부는 같은 복을 누린다(夫妻是福齊). 그러기에 젊어서

부부가 늙어서는 친구이며(少年夫妻老來伴), 사랑하는 부부는 대부분 장수한다(恩愛夫妻多長壽).

'집이 가난하면 어진 아내를 생각한다(家貧思良妻).' 고 하였으니, 어려운 가정일수록 아내가 현명해야 한다. 어진 처가 있으면 남편에게 화가 없고(妻賢夫禍少), 가정에 어진 아내가 없다면 반드시 의외의 재난을 당한다(家無賢妻, 必遭橫禍).

'시골마을 부부는 언제나 같이 다닌다(村裏夫妻, 步步相隨).' 는 말의 정경을 생각해 볼 필요가 있다. 논으로 밭으로 부부가 한 줄로 따라다니면서 농사를 짓는 그 마음은 가난을 함께 이기자는 의지일 것이다. 때문에 '역경의 친구(患難朋友), 고생할 때 부부(艱苦夫妻).' 라고 하였다.

'가난한 집에서는 온갖 일이 모두 어렵게 되지만(貧家百事百難做), 부잣집에서는 귀신을 부려 맷돌을 돌린다(富家差得鬼推磨).' 고 하였다. 아내가 현명하면 살림이 좋아지는 것은(妻賢家道興) 사실이다. 그러기에 빈천할 때 사귄 친구를 잊을 수가 없는 것이고(貧賤之知不可忘), 고생을 같이한 아내를 버릴 수 없는 것이다(糟糠之妻不下堂).

遣悲懷(견비회) 三首 (其三)

閒坐悲君亦自悲，百年都是幾多時?
鄧攸無子尋知命，潘岳悼亡猶費詞.
同穴窅冥何所望，他生緣會更難期.
惟將終夜長開眼，報答平生未展眉.

슬픈 감회를 적어 보내다 (3 / 3)

한가히 앉아서 그대 그리면 나도 슬플 뿐,
한평생 백년은 모두 얼마나 되겠소?
鄧攸가 無子한 것은 끝내 운명이라 알았고,
潘岳의 悼亡詩도 부질없는 글이겠지요.
同穴에 함께 묻히기를 어찌 바라리오,
다르게 사니 인연으로 만나기도 어렵다오.
다만 밤새워 언제나 뜬 눈으로 지내면서,
평생 근심하며 지낸 당신께 보답하리다.

| 註釋 | ㅇ 〈遣悲懷〉 – 이 시를 통해서 원진과 韋氏 사이에서는 혈육이 없었음을 알 수 있다.

ㅇ 鄧攸無子尋知命 – 鄧攸(등유, ? – 326). 字는 伯道, 서진~동진 시대. 永嘉 5年(311) '영가의 난'을 겪었고 東晋이 성립된 뒤 동진에서 護軍將軍을 역임했고, 王敦(왕돈)의 謀反을 저지했으며 여러 관직을 역임하였다. 영가 말년에 石勒(석륵)이 침입하

자 가족을 데리고 南으로 피난하면서 죽은 동생의 아들, 곧 조카를 살리기 위해 친자식을 버렸으나(舍子保侄), 끝내 자식을 다시 얻지 못했다고 한다.

尋은 찾을 심. 얻다. 연달아. 뒤이어. 尋知命(심지명)은 결국 천명이라 생각하다. '鄧攸처럼 착한 사람도 자식을 못 두었다면 天命일 것이라.' 며 자신과 韋氏 사이에 자식이 없음을 위로하는 뜻이 있다.

○ 潘岳悼亡猶費詞 – 潘岳(반악, 247 – 300)은 보통 潘安이라 부르는 西晋의 시인이다. 여러 관직을 역임하였으나 서진의 八王의 亂 때 피살당했다. 潘岳은 有名한 美男子로《世說新語》에 의하면, 潘岳이 외출할 때마다 도성 안의 부녀자들이 반악을 보려고 수레에 몰려들며 과일을 주워 과일이 수레에 가득 찼다는 '擲果盈車(척과영거)' 의 주인공이다. 또 으레 미남자를 말할 때는 '潘安之貌' 라고 한다.

悼亡(도망)은 죽음을 애도하다. 費詞는 헛된 글, 부질없는 글.

○ 同穴窅冥何所望 – 同穴(동혈)은 한 구멍, 한 무덤. 窅는 움퍽 들어간 눈 요. 멀리보다. 깊다. 冥은 어둘 명. 窅冥(요명)은 깊고 어두운 무덤 속.

○ 他生緣會更難期 – 他生은 서로 다른 삶. 아내는 저승이고, 남편은 이승에서 살고 있다. 緣會(연회)는 인연이 있어 재회하다.

○ 惟將終夜長開眼 – 長開眼은 언제나 눈을 뜨고 있겠다. 鰥은 홀아비 환(老而無妻曰 鰥, 老而無夫曰 寡). 鰥은 鰥魚(환어). 본래 모든 물고기는 눈을 감지 않는다. 환어는 특히나 '홀로 있기를 좋아하며 근심 때문에 눈을 감지 못한다는 전설 속의 큰 민물고기' 이다. 원진이 '늘 눈을 뜨고 있겠다.' 라는 말은 평생을 홀

아비로 지내겠다는 다짐이지만, 단지 이 시를 지을 때의 생각이었을 뿐이다. '지키질 못할 약속' 을 하는 사람은 '약속할 때는 지키겠다는 마음이 있었다.' 라고 변명을 한다.

○ 報答平生未展眉 – 眉는 눈썹 미. 眉間. 展眉(전미)는 미간을 펴다. 근심을 잊다.

| 詩意 | 元稹의 진실 여부를 따지려 한다면 그 또한 부질없는 일이 아니겠는가? 하여튼 원진은 시인으로서 사랑했던 아내의 죽음을 슬퍼하는 시를 지었다.

제1首는 죽은 아내의 살아 있을 때를 회상하며 슬퍼했다. 제2首에서는 아내의 죽음 이후의 그리움을 절절하게 묘사하였다. 제3首는 '이 또한 운명이 아니겠소! 같이 묻히기도 어렵고, 살아 있는 사람처럼 다시 만나기도 어렵지만 평생 당신을 그리겠소.' 라면서 변함없는 사랑을 다짐하고 있다.

어차피 죽음이 부부를 갈라놓는 것은 정한 이치이고, 젊어서 보낸 아내에 대한 그리움은 더 절절한 것이다. 아내를 보낸 애통한 감정을 시로 읊은 悼亡詩가 많은 것은 사실이지만, 이 원진의 시가 많이 읽혀진 것은 그 짜임이 훌륭하기 때문일 것이다.

죽은 아내는 평생 어려운 살림을 하다 보니 근심이 많았을 것이고 그러니 미간을 펴지 못했다(未展眉). – 이는 다시 1首의 '百事乖(백사괴)' 로 다시 이어진다. 그리고 그 다음은 제2首의 '百事哀' 에 이어진다. 人生事가 순환한다면 슬픔 또한 순환할 것이다.

하여튼 '부부간 사랑보다 더한 사랑은 없다지만(至愛莫過於夫妻), 부부는 사랑하는 원수(夫妻是個寃家)라.' 고도 말한다.

田家詞(전가사)

牛吒吒, 田确确.
旱塊敲牛蹄趵趵, 種得官倉珠顆穀.
六十年來兵簇簇, 月月食糧車轆轆.
一日官軍收海服, 驅牛駕車食牛肉.
歸來收得牛兩角, 重鑄鋤犁作斤劚.
姑舂婦擔去輸官, 輸官不足歸賣屋.
願官早勝讎早覆,
農死有兒牛有犢, 誓不遣官軍糧不足.

농가의 노래

헉헉거리는 소,
돌멩이가 구르는 밭.
마른 흙덩이 소 발굽에 탁탁 채이고,
官倉에 귀한 곡식을 채우려 농사짓는다.
60년 내내 전쟁이 이어졌으니,
다달이 군량 수레는 굴러다녔다.
어느 날 官軍이 바닷가 땅을 수복하고선,
수레 끌던 소를 잡아 고기를 먹었다.
소뿔 두 개를 갖고 돌아온 농민은,
쇠를 녹여 괭이와 보습 도끼를 다시 만들었다.

시어미가 방아 찧고 며느리가 관가에 바치지만,

관에서는 부족하다니 돌아와 가옥을 처분한다.

바라나니 관군이 승리하여 적도를 없애주기를,

농민 죽어도 자식이 있고, 소도 새끼를 낳으니,

관군 군량 부족치 않게 보내겠다고 서약했다네.

| 註釋 | ○ 〈田家詞〉 – 농가의 비참한 현실을 고발했다. 《全唐詩》 418권 수록.

○ 牛吒吒, 田确确 – 吒吒(타타)는 소가 헐떡거리는 모양. 确确(학학)은 땅에 돌이 많고 척박한 모양.

○ 旱塊敲牛蹄趵趵 – 旱塊(한괴)는 날이 가물어 딱딱해진 흙덩이. 敲는 두드릴 고. 채이다. 牛蹄(우제)는 소의 발굽. 趵趵(박박)은 물체를 발로 차는 소리.

○ 六十年來兵簇簇 – 簇簇(족족)은 수 없이 많은 모양. 簇은 조릿대 족. 키가 낮고 작은 대나무.

○ 月月食糧車轆轆 – 轆轆(녹록)은 도르래가 돌아가는 소리, 모양. 수레를 운행하다. 轆은 도르래 록(녹).

○ 重鑄鋤犁作斤斸 – 鑄는 쇠를 부어 만들 주. 鋤는 호미 서. 犁는 (쟁기의) 보습 리. 斤은 도끼. 斸은 깎을 촉. 베다.

○ 姑舂婦擔去輸官 – 舂은 방아 찧을 용. 擔은 멜 담. 등에 지고 나르다.

| 詩意 | 천보 14년(755), 안록산의 난 발발 이후 60년이다. 농민은 소가 있어야 농사를 짓는다. 그 소를 차출당해 군량을 운반했다.

그런데 군량 운반이 필요 없다며 관군이 소를 잡아먹었다.

소의 뿔 두 개를 갖고 돌아온 농민 – 그 슬픔을 어떻게 이기겠는가? 주워 모았던 무기나 고철을 풀무질하며 다시 호미와 보습을 만든다.

울분과 분노의 표시가 아니겠는가? 농민은 죽어도 자식이 자라고, 소는 없어졌지만 송아지가 있으니 관군의 군량이 부족하지 않게 바치겠다고 서약을 강요당한다. – 아마 그 당시에는 충분히 그러했을 것이다.

《全唐詩》 418권에 수록.

006
賈島(가도)

賈島(가도, 77 – 843)의 자는 浪先(낭선)으로 范陽〔범양, 今 河北省 남부 涿州市(탁주시)〕 사람이다. 가도는 빈한하여 일찍이 승려가 되어 法號를 無本이라 했었다. 憲宗 元和 5년(810), 장안에 와서 張籍(장적)을 만났었다.

그가 낙양에서 韓愈의 행차와 부딪칠 때는 승려의 오후 외출이 금지되던 때였다고 한다. 가도는 한유의 가르침을 받아가며 환속하여 과거에 여러 번 응시하였으나 급제하지 못하다가 穆宗 長慶 2년(822)에 진사과에 급제하였지만 이후 관직생활은 불우했다.

賈島는 이른바 '苦吟派(고음파)'에 속하는 시인이다. 가도는 〈戲贈友人〉 시에서 '一日不作詩, 心源如廢井.(하루라도 시를 짓지 않으면, 마음은 말라버린 우물과 같다.)' 이라고 말했다.

劍客(검객)

十年磨一劍，霜刃未曾試.
今日把似君，誰爲不平事?

검객

십 년에 칼 한 자루를 갈고 갈아,
서릿발 날을 아직 써 보지 않았다.
오늘 한 자루를 당신께 드리오니
누가 공평치 못한 일을 하겠는가?

| 詩意 | 賈島는 세상사와 자신의 불운에 대한 不平, 좋게 말하면 義憤(의분)을 느낄 수 있는, 행동으로 옮기기 직전의 비분강개한 마음을 숨김없이 표출하였다.

십 년간 외길로 공부를 한 자신의 성과를 칼로(劍), 그리고 이 칼을 받는 君으로는 자신을 이끌어준 韓愈(한유)를 지칭했을 것이다. 그렇다면 劍과 君의 관계가 형성된다. 가도의 마음속에는 정의구현을 위한 강력한 정렬이 가득했다.

《全唐詩》 571권 수록.

題詩後(제시후)

二句三年得，一吟雙淚流.
知音如不賞，歸臥故山秋.

시를 지은 뒤

二句를 삼 년 만에 깨쳤으니,
一吟에 눈물만 흐르네.
친구가 알아주지 않는다면,
고향의 가을 산에 은거하리.

| 詩意 | 가도의 삶은 늘 쓸쓸하고 생계는 힘들었다. 좋은 한 구절을 얻기 위해 가도는 이렇게 고민하였다 하니, 이 또한 시인의 개성일 것이다. 가도는 기이하고 古拙(고졸)한 표현을 얻으려 글자 하나하나에 온 심혈을 기울였다. 그리하여 '夜吟曉不休(밤부터 읊어 새벽까지 쉬지도 않고), 苦吟鬼神愁(고생하며 읊으니 귀신도 걱정해 준다).' 고 하였다.

여기에서 가도를 비롯하여 비슷한 시풍을 가진 시인들을 지칭하는 '苦吟詩派(고음시파)' 라는 말이 나왔다. 이들 유파의 시인들은 대부분 불우한 생애를 보냈다.

尋隱者不遇(심은자불우)

松下問童子，言師採藥去.
只在此山中，雲深不知處.

隱者를 찾아갔으나 만나지 못하다

소나무 아래서 동자에게 물었더니,
'사부님 약 캐러 갔습니다' 라 하네.
지금 이 산속에 있겠지만,
구름이 깊어 있는 데를 모르겠네.

| 詩意 | '松下', '童子' 는 물론 '採藥' 과 '山中', '雲深' 모두가 은자에 대한 설명이며, 은자의 생활이다. 대개의 해설이나 번역이 下三句를 동자의 말로 해석하였다. 그 동자는 '구름이 깊어 어디 계신 지 알 수 없습니다.' 라고 거의 시인 수준으로 대답을 하였다.

이 詩에는 시인의 질문이 모두 생략되었다. 사실 구름이 없다 하여도 산중에 있는 사부가 보이지 않을 것이다. 약초를 캐러 다닐 때는 이 산 저 산 정처도 없이 다니니, 동자는 사부가 있는 곳을 모를 것이다. 다만 시인이 실없는 질문을 계속하니, 동자는 이렇게 대답할 수밖에 없었다.

그러나 해석을 달리해야 한다. 시의 주인공은 동자가 아니라 시인이다. '採藥去' 만이 童子의 대답일 것이다. '只在此山中, 雲深不知處.' 는 童子의 대답을 들은 뒤에 흘러나오는 시인의 獨白

이다. 하필 오늘 따라 산중에 구름이 짙다는 감탄이며, 구름 때문에 山景도 못 보고, 그리고 은자도 만나지 못하는 아쉬움의 독백일 것이다.

이 시는《唐詩三百首》와《全唐詩》574권 및《千家詩》1권에 실려 널리 알려졌다. 그리고 이 시를《全唐詩》473권에는 孫革(손혁)의 〈訪羊尊師〉란 제목으로 수록되었다.

壯士吟(장사음)

壯士何曾悲? 悲卽無回期.
如何易水上, 未歌淚先垂.

장사의 노래

장사가 어찌 이리 슬퍼하겠나?
슬프더라도 돌아올 기약도 없다.
어이하여 易水(역수) 가에서
노래하기 전에 눈물을 흘리겠나.

| 詩意 | 여기서 장사는 전국시대 말기의 자객 荊軻(형가)이다. 가도에게는 형가와 같은 협객을 동경하는 마음이 있었다는 것을 알 수 있다.

이 시를 孟遲(맹지)의 작품이라는 주장도 있다.

題興化園亭(제흥화원정)

破却千家作一池，不栽桃李種薔薇.
薔薇花落秋風起，荊棘滿庭君始知.

홍화원 정자를 읊다

千家를 부숴 연못 하나를 만들고,
桃李도 심지 않고 장미를 키웠네.
장미꽃 지고 가을 바람이 불면은,
가시로 채운 뜰을 그대도 처음 보리라.

| 詩意 | 우선 민가 일천 호를 부수었다는 것이 원성의 대상이 된다. 桃李는 꽃도 좋고 나중에 열매도 여는 과수이니, 선량하고 유능한 군자를 상징한다. 꽃은 예쁘다지만 가시가 있는 장미는 상대적으로 소인을 지목한 것이다. 보이지 않는 분노가 글자 사이에 가득하다.

《全唐詩》574권 수록.

題李凝幽居(제이응유거)

閑居少鄰並, 草徑入荒園.
鳥宿池邊樹, 僧敲月下門.
過橋分野色, 移石動雲根.
暫去還來此, 幽期不負言.

이응의 幽居에서 짓다

한거하며 이웃하는 사람 거의 없고,
풀로 덮인 좁은 길은 거친 뜰에 닿았다.
새들은 연못가 나무에 잠들었고,
승려는 달빛 아래 문을 두드린다.
다리를 지나면 들판의 색이 다르고,
돌무지를 지나니 구름이 피어난다.
잠시 떠났다 이리 다시 돌아왔으니,
약조했던 날짜를 어기지 않았네.

| 詩意 | 우리가 알고 있는 推敲(퇴고)란 말은 가도로부터 나왔다. 가도는 元和 5년(810), 겨울에 귀를 타고 가면서 '鳥宿池邊樹, 僧推月下門' 에서 推(옮길 추, 밀 퇴)를 쓸 것인가, 敲(두드릴 고)를 쓸 것인가 고민했다. 그러다가 당시 京兆尹인 한유의 행차와 부딪쳤고 나중에 한유의 말대로 '僧敲月下門' 으로 하였다.

送無可上人(송무가상인)

圭峰霽色新，送此草堂人.
麈尾同離寺，蛩鳴暫別親.
獨行潭底影，數息樹邊身.
終有煙霞約，天台作近鄰.

無可上人을 보내다

圭峰에 비 그쳐 景色이 산뜻한데,
여기 草堂寺 사람이 전송한다.
麈尾(주미)를 들고 절을 떠나니,
귀뚜라미 맞춰 울 때 형제를 보냈다.
혼자 걸으니 연못에 그림자 비추는데,
산사에 지내는 신세를 자주 탄식했다.
언젠가는 속세를 떠나리라 언약했으니,
天台山에서 서로 이웃이 되리라.

| 詩意 | 無可(무가) 上人은 가도의 從弟이고 두 사람은 어렸을 적에 출가하였는데, 서로 왕래도 많았고 情誼(정의)도 도타웠다. 가도는 과거에 여러 번 실패하고 장안 서남 圭峰(규봉) 아래 절에 은거하고 있었다.

麈尾(주미)는 승려나 도사가 손에 들고 다니는 물건으로 보통 拂塵(불진)이라고 한다. 가도도 언젠가는 결국 속세를 떠날 것이고, 그러면 천태산의 절에서 동생과 가까운 절에서 이웃처럼 지낼 수 있다고 예상하였다.

《全唐詩》 572권 수록.

憶江上吳處士(억강상오처사)

閩國揚帆去，蟾蜍虧復團.
秋風生渭水，落葉滿長安.
此地聚會夕，當時雷雨寒.
蘭橈殊未返，消息海雲端.

江에서 吳處士를 그리다

閩國(민국)은 돛배를 타고 가는데,
달은 이지러졌다가 다시 둥글었다.
渭水(위수)에 가을바람이 불어오자,
낙엽은 장안성을 가득 채웠다.
여기서 함께 만났던 그날 밤,
그날은 천둥 치고, 비 오며 추웠었다.
떠나간 그 배야 돌아오지 않겠지만,
소식조차 바다 구름 저편에 있다.

| 詩意 | 가도는 장안에서 생활하면서 많은 사람과 교제했다. 閩國(민국)은 지금의 福建省 지역을 지칭하는 말이다. 蟾蜍(섬여)는 두꺼비인데, 달에 사는 두꺼비가 달을 먹었다가 다시 토해 놓는다고 생각하였다. 곧 달(月亮)을 지칭하고 吳處士가 떠나간 지 한 달이 더 지났다는 뜻이다. 蘭橈(난요)는 멋지게 장식한 배이니, 오처사가 타고 떠난 배이다. 지난날의 추억과 함께 먼 곳에 돌아간 벗을 그리는 정이 가득 담겼다.

007
施肩吾(시견오)

施肩吾(시견오, ? – 861, 字는 希聖)는 睦州 分水(今 浙江省 杭州市 관할 建德市) 사람이다. 젊어 徐凝(서응, 생졸년 미상)과 함께 安隱寺에서 공부하며 經史와 佛書를 읽었다. 元和 15년(820), 진사과에 급제하였으나 관직을 받지 않고 귀향하였다. 이에 張籍(장적)은 〈送施肩吾東歸〉라는 시를 지어 송별했다고 한다. 시견오는 지금의 江蘇省(강소성) 西山에 은거하며 신선술을 공부하면서 煉丹(연단)에 성공했다고 하지만 확인할 수 없다.

幼女詞(유녀사)

幼女纔六歲，未知巧與拙.
向夜在堂前，學人拜新月.

어린 딸

막내딸은 겨우 여섯 살이니,
솜씨가 어떨지 아직은 알 수 없다.
저녁 무렵 집 앞에서,
다른 사람 따라 떠오른 달에 절한다.

| 詩意 | 幼女는 막내딸이란 뜻이다. 중국의 부녀자들은 칠월 칠석날 하늘의 반달을 보면서 織女(직녀)에게 자신들의 베 짜고 옷 짓는 솜씨를 좋게 해달라고 빌며 축원한다는데, 이를 '拜月乞巧(배월걸교)' 라고 한다.

《全唐詩》 494권 수록.

不見來詞(불견래사)

烏鵲語千回，黃昏不見來.
漫教脂粉匣，閉了又重開.

오지 않는 임

까치는 천 번이나 울었지만,
해질 녘에도 오지를 않네.
공연히 지분갑을 가지고,
닫았다가 또 다시 열어보네.

| 詩意 | 기다린다는 것은 얼마나 초조한가. 기대하는 마음이 기다림이고, 허탈에 빠지기 전 시간이 바로 기다림이다. 여인이 임을 기다리며 지분갑을 닫았다가 또 다시 열어보는 것이 그 여인의 기다림이다.

《全唐詩》 494권 수록.

宿南一上人山房(숙남일상인산방)

窓牖月色多，坐臥禪心靜.
靑鬼來試人，夜深弄燈影.

南一 스님의 山房에서 자다

창문에 달빛이 가득하고,
앉았고 누워도 禪心은 고요하다.
靑面 도깨비가 사람을 떠본다는데,
깊은 밤 등잔불 그림자만 흔들린다.

| **詩意** | 산속 스님의 방에서 잔다. 틀림없이 술도 없었을 것이고, 불경 이야기나 좀 했을 것이다. 얼굴이 푸른색인 도깨비가 나온다는 이야기는 필자도 어렸을 때 절에서 들었다. 하여튼 잠 못 이루는 밤이다. 牖는 창 유. 窓牖(창유)는 창문. 弄燈影(농등영)은 등불에 의한 그림자가 흔들리다. 여기의 弄은 제마음대로 하다. 가지고 놀다의 뜻.

《全唐詩》 494권 수록.

望夫詞(망부사)

手爇寒燈向影頻，回文機上暗生塵.
自家夫婿無消息，卻恨橋頭賣卜人.

망부사

외로운 등잔불 켜고 그림자만 자주 돌아보면서,
오기를 빌며 짜던 베틀에 어느새 먼지가 앉았다.
자신의 남편한테서 아무 소식 없다고,
공연히 다리 위의 점쟁이를 원망한다.

| 詩意 | 깊은 밤 여인 혼자서 등불을 켜고 자신의 그림자만 돌아보고 있다. 베틀에 올라가 베를 짜기도 싫을 것이고 제 그림자와 이야기를 한다.

위 詩에서 '回文機'란 '回文詩를 짜는 베틀'이란 뜻인데, 前秦시대 竇滔(두도)란 사람이 첩을 거느리고 지방관으로 나가자 집에 남은 아내가 남편을 그리는 시를 지어 비단에 짰는데, 앞에서 뒤에서 또 대각선으로 읽어도 뜻이 통하는 시였다고 한다. 여기서는 남편이 돌아오기를 기다리면서 짜는 베틀 정도의 의미이다.

《全唐詩》 494권 수록.

西山靜中吟(서산정중음)

重重道氣結成神，玉闕金堂逐日新.
若數西山得道者，連予便是十三人.

고요한 西山에서 읊다

겹겹으로 어린 仙道의 기운이 신령을 이뤘고,
道人의 玉闕(옥궐)과 金堂은 날마다 새롭다.
만약 西山에서 득도한 인물을 세어보면,
나를 포함하여 모두 열셋이 되리라.

| 詩意 | 지금 江西省 南昌市 옛 洪州의 西山은, 道家 十二眞君이 羽化 登仙한 곳이라 하였다. 시견오는 12진군의 仙風을 흠모하여 그곳에 은거했다고 한다.

008
姚合(요합)

姚合(요합, 779? – 846)은 元和 11년(816) 진사에 급제한 뒤 寶曆 중기에 監察御史, 戶部員外郞을 역임하였고 杭州刺史에 임용되었으며, 開成 연간에 秘書少監을 지냈다.

賈島(가도)와 친우였고 시풍도 비슷하여 후세에 '姚賈(요가)'라 함께 지칭하였으며, '姚賈詩派'라고도 부른다.

晦日送窮(회일송궁) 三首 (其一)

年年到此日，瀝酒拜街中.
萬户千門看，無人不送窮.

그믐날 가난 귀신을 보내다 (1 / 3)

해마다 이 날이 되면,
술을 따라 거리서 절을 올린다.
천문만호에서 모두 바라보며,
窮神을 보내지 않는 이 없다.

| 詩意 | 《全唐詩》 498권에 수록된 시. 送窮(송궁)이란 民俗의 하나이다. 窮은 가난이다. 가난을 몰고 다니는 가난의 귀신(窮鬼)은 본디 전설 속 五帝의 한 사람인 顓頊(전욱)의 아들이다.

전욱은 중국인들의 조상인 黃帝의 손자로 高陽(今 河南 杞縣) 땅에 봉해졌기에 보통 高陽氏라고 부른다.

고양씨는 여러 아들을 두었는데, 그중 한 아이는 맨발로 다니기를 좋아하고 헌 옷만을 골라 입었으며, 죽(糜, 죽 미)만 먹고 이불도 없이 잠을 잤는데, 이 아들이 정월 그믐날 거리에서 객사하여 窮鬼(궁귀)가 되었다고 한다. 이후 관청이나 민가에서는 이 궁귀가 좋은 곳으로 제발 떠나주길 빌면서 거리에서 술을 땅에 부으며 제사를 지낸다고 한다.

晦日送窮(회일송궁) 三首 (其二)

送窮窮不去，相泥欲何爲.
今日官家宅，淹留又幾時.

그믐날 가난 귀신을 보내다 (2 / 3)

궁귀를 보내도, 가난은 떠나지 않고,
다 함께 어울려 무엇을 해야 하는가?
오늘은 관리의 집에서 지내는 제사니,
한동안 그대로 머물러 있어 주오.

晦日送窮(회일송궁) 三首 (其三)

古人皆恨別，此別恨消魂.
只是空相送，年年不出門.

그믐날 가난 귀신을 보내다 (3 / 3)

옛사람은 이별을 한으로 여겼지만,
이 이별의 한은 혼령을 없애려 한다.
다만 건성으로 전송하기 때문에,
해마다 문밖으로 나가지 않는다.

| 詩意 | 매년 음력 정월 그믐날 지내는 궁귀에게 올리는 제사를 구경하는 사람들도 모두 자기 집에서 궁귀가 떠나주길 바라고 빌면서, 그 대신 財神이 찾아오기를 기다릴 것이다.

그렇지만 재물의 신은 돈은 알지만 친척은 모른다(財神爺認錢不認親). 그러나 궁귀는 웬만해서는 민가에서 떠나질 않는다고 한다. 곧 서민이 가난과 이별하기가 그렇게 어렵다는 뜻이다.

하늘에 3일 계속 오는 비 없는 것처럼(天無三日雨), 한평생 내내 가난한 사람 없다(人沒一世窮). 가난한 사람이 병이 없다면 반은 부자가 된 셈이다(窮人無病抵半). 그리고 가난뱅이에게도 가난한 보살이 있다(窮人自有窮菩薩).

한유가 지은 글에 〈送窮文(송궁문)〉이 있는데 한유는 窮鬼(궁귀)를 '智窮', '學窮', '文窮', '命窮', '交窮'의 5종의 이름을 지어 구분하였다. 한유의 다섯 궁귀 중 나에게는 어떤 궁귀가 있는지 한번쯤은 생각해 보아야 할 것이다.

閑居(한거)

不自識疎鄙，終年住在城.
過門無馬跡，滿宅是蟬聲.
帶病吟雖苦，休官夢已清.
何當學禪觀，依止古先生!

한거

내가 미천한 줄 내가 모르지만,
늙도록 성 안에 살고 있다.
대문에 멈췄던 수레 자국도 없고,
집안에 가득한 매미 소리뿐.
병들어 힘들여 시를 읊곤 하지만,
벼슬을 쉬기에 꿈도 깨끗하도다.
언제쯤 참선과 달관을 터득하여,
옛 도를 따르는 先人에 의지하랴!

| 詩意 | 요합 자신의 청빈한 삶을 서술하였다. 참선과 달관은 마음의 욕심을 막을 수 있고, 그러면 청빈한 생활도 불편하지 않으리라.

揚州春詞(양주춘사) 三首 (其一)

廣陵寒食天，無霧復無煙.
暖日凝花柳，春風散管弦.
園林多是宅，車馬少於船.
莫喚遊人住，遊人困不眠.

揚州의 봄노래 (1 / 3)

廣陵(揚州)의 寒食날은,
안개도 없거니와 연기도 없다.
따뜻한 날씨에 꽃과 버들이 한창이고,
봄바람 타고서 풍악 소리가 퍼진다.
수풀이 무성한 곳에 저택이 많으며,
선박은 수레나 말보다 많다.
객인을 자리에 청하지 마시라,
나그넨 잠을 못자서 피곤하다오.

揚州春詞(양주춘사) 三首 (其三)

江北煙光裏，淮南勝事多.
市廛持燭入，鄰里漾船過.
有地惟栽竹，無家不養鵝.

春風蕩城郭，滿耳是笙歌.

揚州의 봄노래 (3 / 3)

長江 북쪽에 구름 속 햇살이 비치고,
淮水 남쪽에 좋은 일이 많다오.
거리 점포는 촛불을 밝혀두고,
이웃 마을엔 배 타고 왕래한다.
공터 있다면 대나무를 심었고,
거위를 기르지 않는 집이 없다.
춘풍이 성내에 불어오면 어디든,
생황에 노랫가락이 귀에 들린다.

| 註釋 | 본래 양주는 군사와 행정의 거점 도시로 번영하였는데, 특히 수 煬帝(양제)에 의해 장강과 황하를 연결하는 운하가 개통된 이후 양주는 경제활동의 중심도시로 크게 번영하였다. 온난한 기후, 광활한 경작지, 수려한 풍광과 함께 교통의 중심지에서 환락의 도시로 발전하였다.

이 시는 봄날의 양주 풍경을 서술하였지만 그런 번영과 환락 속에 나그네 시인의 울적한 심경으로 결론을 맺었다.

009
崔郊(최교)

헌종 元和 연간(806－820)에 秀才였다. 생졸년 기타 인적사항 미상.

《雲溪友議》에 의하면, 지금의 湖北省 襄陽에 崔郊(최교)라는 秀才(수재)는 집안이 가난하여 고모 집에서 생활을 하였고, 그 집에 婢女(비녀) 하나가 용모도 곱고 행동거지가 매우 단아하였다. 최교와 비녀는 사랑하였지만 두 연인의 사랑이 맺어지기 전에 가세가 기운 최교 고모 집에서는 그 여종을 그곳 山南東道節度使 于頔(우적, ?－818. 아름다울 적)에게 팔았다. 于頔(우적)은 字가 允元으로 德宗때 호주 자사를 거쳐 貞元 14년(798) 襄州刺史 겸 山南東道節度使로 있었는데, 새로 사온 비녀를 매우 총애하였다.
최교는 무한 비통했지만 어찌할 도리나 방법이 없었다. 그해 봄 청명절에 공교롭게도 그 비녀가 심부름을 나왔고 마침 버드나무 아래서 하염없이 기다리던 최교와 만날 수 있었다. 최교는 떠나는 비녀에게 시를 한 수 지어 주었다.

贈去婢(증거비)

公子王孫逐後塵, 綠珠垂淚滴羅巾.
侯門一入深如海, 從此蕭郞是路人.

헤어진 婢女에게 주다

公子王孫은 먼지 속에 너를 따라갔고,
綠珠는 눈물을 흘려 비단 수건을 적셨다.
公侯의 대문 안은 바다보다 더 깊으니,
이로써 정을 주었던 蕭郞은 나그네로다.

| 詩意 | 시에 나오는 公子王孫은 최교 자신이며, 綠珠(녹주)는 본래 西晉의 부자 石崇(석숭)의 애첩인데, 여기서는 팔려간 婢女를 지칭한다. 蕭郞(소랑)은 여자에게 정을 준 남자를 지칭한다.

그런데 최교를 미워했던 어떤 젊은이가 그 시를 적어 가지고 절도사에게 밀고했다. 절도사 우적은 시를 읽어 보고 감탄하며 최교를 불렀다. 최교가 들어오자 우적은 최교의 손을 잡으면서 말했다.

"侯門一入深如海 從此蕭郞是路人, 이 구절을 자네가 생각한 구절인가? 내 집안이 그렇게 깊어 보이던가? 자네 같은 시인이라면 우리 집을 언제든지 출입할 수 있다."

절도사는 비녀를 불러 최교와 함께 돌아가게 하였다.

010
張祜(장호)

張祜(장호, 792? - 854?, 字는 承吉. 祜는 복 호)는 清河 張氏 명문인데다가 협객 기질도 있어 그때 사람들이 張公子라 불렀다고 한다. 文宗 大和 3년(829) 天平軍節度使인 令狐楚(영호초, 영호는 복성)의 추천을 받았으나 나아가지 않았다고 한다. 〈宮詞〉로 명성을 얻었으나 元稹(원진)은 장호에 대하여 '잔재주나 부리려 하니 壯夫가 할 짓은 아니다.' 라고 평했다고 한다. 《全唐詩》에 그의 시 340여 首가 수록되어 있다.

何滿子(하만자)

故國三千里，深宮二十年.
一聲何滿子，雙淚落君前.

하만자

고향을 떠나 삼천 리,
깊숙한 궁에서 이십 년.
〈하만자〉 한 곡조 부르며,
두 줄기 눈물만 임금 앞에 흘렸다.

| 註釋 | ○ 〈何滿子〉 – 〈하만자〉는 歌妓의 이름. 그녀가 부른 노래 曲調. 開元 연간에 宮에 들어온 歌妓 何滿子가 죄를 짓고 사형이 확정되었는데 하만자가 애달픈 이 곡조의 노래를 불러 면해보려 하였으나(臨刑進此曲以贖死), 현종이 허락하지 않았다고 한다. 제목이 〈宮詞〉로 된 책도 있다. 후세에 〈하만자〉는 궁녀들의 원한을 읊은 樂府詩로 자리 잡았다.

○ 故國三千里 – 故國은 고향. 백거이의 설명에 의하면, 고향이 滄州(今, 河北省 東南部 바닷가, 山東省과 경계)라고 하였다.

○ 雙淚落君前 – 雙淚(쌍루)는 두 줄기 눈물. 3, 4구를 그때의 河滿子의 일로 해석한다. 그리고 '하만자의 노래에 궁인들이 임금 앞에서도 눈물을 흘린다.' 로 해석해도 된다. 또 〈하만자〉노래 소리를 지금 시인이 듣는 것으로 풀이하면 '君' 은 시인과 동석

한 사람이 된다. '하만자 노래를 듣고, 그대 앞에 두 줄 눈물을 흘린다.' 로 번역이 된다. 장호의 시는 《全唐詩》 511, 512권에 수록되었다.

| 詩意 | 고향을 떠나왔고 모든 자유는 속박되었으며 군주의 총애는 기대도 못할 때 그런 궁녀의 千恨萬愁가 어떠했겠는가? 무슨 죄를 누구에게 어떻게 지었는지는 모르지만 슬픈 노래는 그 뒤에도 계속 불렸을 것이다.

武宗 때 孟才人이라는 후궁이 이 노래를 부르고 氣를 다해 죽었다는 이야기도 있는데, 슬픈 사연에 슬픈 곡조는 그만한 생명력이 있다는 뜻이다. 왜냐면 슬픔(悲)은 다른 어느 감정보다 진실하기 때문이다.

'三千' 과 '二十', 그리고 '一' 과 '雙' 등의 숫자는 實字이고 구체적이기에 詩의 事實性을 높여주는 효과가 있다. 시구는 간결하고 슬픔은 글자에 가득 배어 전체가 實情으로 느껴진다.

莫愁樂(막수악)

儂居石城下，郎到石城游.
自郎石城出，長在石城頭.

막수악

이몸은 석두성 아래 사는데,
낭군이 석두성에 놀러 왔네.
낭군이 석두성을 떠났지만,
언제나 석두성은 그대로네.

| 詩意 | 莫愁(막수)는 여인의 이름이다. '근심걱정을 하지 말라' 는 뜻이지만, 하여튼 노래를 잘 불렀다고 한다. 唐나라에서는 〈莫愁樂〉이 크게 유행하였다. 石頭城은 南京의 별칭으로 쓰일 정도로 남경을 대표하는 산이며 요새지이다. 儂(농)은 인칭대명사로 '나' 라는 뜻이다.

贈內人(증내인)

禁門宮樹月痕過, 媚眼惟看宿鷺窠.
斜拔玉釵燈影畔, 剔開紅焰救飛蛾.

內人에게 주다

궁궐 나무에 달그림자 지나갔고,
고운 눈으로 백로가 잠든 둥지를 본다.
등불 곁에서 가벼이 옥비녀를 빼서,
붉은 불꽃 갈라 날던 나방을 구해 준다.

| 註釋 | ○ 〈贈內人〉 – '내인에게 주다.' 궁중의 女官, 일을 하는 궁녀를 '內人' 이라 쓰고 우리말로는 '나인' 이라 하였다.

唐나라의 內人은 뽑혀서 宜春院(의춘원)에 들어와 가무를 익히고 전공하지만, 外界와 단절된 어린 소녀나 젊은 여인들이었다. 그들의 생활과 기쁨이나 슬픔은 시인의 관심사가 될 만하였다. 여기서 贈은 실제로 '시를 주다' 라는 의미보다 '假託(가탁)' 의 뜻이다. 宮怨을 읊은 詩의 하나이다.

○ 禁門宮樹月痕過 – 禁門은 宮門. 궁궐 안. 月痕過(월흔과)는 달빛에 그림자가 생긴다는 시적 표현. 月痕은 月影.

○ 媚眼惟看宿鷺窠 – 媚는 아첨할 미. 媚眼은 秋波. 여기서는 '고운 눈길로' 쯤 번역해야 한다. 窠는 보금자리 과. 둥지. 宿鷺(숙로)는 白鷺(백로, 해오라기)의 한 쌍이 잠을 잔다는 뜻으로 새겨

야 할 것이다.

○ 斜拔玉釵燈影畔 – 拔은 뺄 발. 釵는 비녀 채. 畔은 두둑 반. 斜拔(사발)은 슬쩍 뽑다. 玉釵(옥채)는 옥비녀. 燈影畔(등영반)은 등잔불의 곁.

○ 剔開紅焰救飛蛾 – 剔은 바를 척. 베어내다. 자르다. 焰은 불꽃 염. 紅焰(홍염)은 등잔의 심지. 蛾는 나방 아. 방에 날아온 나방을 宮에 갇힌 자신과 같다고 여겼을 것이다.

| 詩意 | 깊은 밤을 홀로 지새우면서 짝지어 자는 백로를 부러워하던 內人이 옥비녀로 등불 심지를 잘라내고 불에 뛰어들어 타 죽는 불나방을 구해 준다. 섬세하게 묘사한 詩이다. 임금의 총애를 받으면 궁녀들의 생활은 화려하지만, 총애를 받지 못하면 금궁(禁宮)에 갇힌 궁녀들은 가슴속에 상처만 남게 된다. 그래서 궁녀는 불속에 뛰어들어 상처를 입는 불나방을 구해주는 것이리라.

首句는 조용하다. 承句 역시 아무 소리도 들리지 않는다. 轉句에서도 소리를 낼 필요가 없다. 結句 역시 침묵 속에 잠깐 움직임이 있었다. 물론 이후로도 조용할 것이다. 愁와 怨, 그리고 同病相憐이 있을 뿐 다른 느낌은 모두 없애버렸다.

集靈臺(집영대) 二首 (其一)

日光斜照集靈台，紅樹花迎曉露開.
昨夜上皇新授籙，太眞含笑入簾來.

집영대 (1 / 2)

아침 햇살이 집령대를 비추면서,
붉은 단풍이 꽃처럼 새벽 이슬에 피었다.
어젯밤에 황제께서 새로 책봉을 내렸기에,
太眞은 웃음 머금고 주렴 안으로 들어선다.

| 註釋 | ○ 〈集靈臺〉 - 〈집령대〉. 장안 근처 驪山(여산) 아래의 온천궁을 華清宮이라 개칭하고, 그 안에 長生殿을 지었고 이름을 集靈臺라 하였다. 현종과 양귀비. 양귀비와 그 형제들을 소재로 한 일종의 풍자시이다.

○ 日光斜照集靈臺 - 日光斜照(일광사조)는 아침 햇살이 비추는 모습을 형용한 말.

○ 紅樹花迎曉露開 - 紅樹花迎(홍수화영)은 붉은 단풍이 든 나무를 꽃이 핀 것으로 묘사하였다. 曉露開(효로개)는 아침 이슬을 맞고 피었다.

○ 昨夜上皇新授籙 - 上皇, 여기서는 현종. 현종이 太眞을 귀비로 맞이한 것은 천보 4년(745년)이었다. 그때 楊貴妃는 26세로 두 아이를 출산했었다. 籙은 책 상자 록(녹). 대쪽. 新授籙은 새로

책봉하다.

○ 太眞含笑入簾來 – 太眞, 본 이름은 玉環. 太眞은 道姑(도고, 여도사)로서의 이름. 시에서는 대개 太眞이라 한다.

| **詩意** | 현종에게는 주는 사랑이고, 太眞(貴妃)은 받는 사랑이었다. 재위 33년에 태평성대를 이룩한 61세의 현종은 편히 쉬면서 즐기고 싶었을 것이다. 귀비가 자신의 18번째 아들의 아내였다는 사실은 지워버리고 싶은 기억이었다. 현종은 주어서 기쁘고 귀비는 받아서 즐거웠다. 귀비의 웃음은 앞으로 누릴 부귀영화에 대한 충만한 기대였을 것이다.

集靈臺(집영대) 二首 (其二)

虢國夫人承主恩, 平明騎馬入宮門.
卻嫌脂粉汚顏色, 淡掃蛾眉朝至尊.

집영대 (2 / 2)

괵국부인도 황제의 은총을 받아,
아침에 말을 타고 궁문에 출입했네.
오히려 얼굴 화장이 이상할까 걱정하여,
가벼이 눈썹만 그리고 지존을 알현했다네.

| 註釋 | ○ 〈集靈臺〉 – 양귀비 일가의 영화는 그때 사람들에게 '不重生男重生女' 하게 만들었었다.

○ 虢國夫人承主恩 – 虢은 범의 발톱 자국 괵, 나라 이름 괵. 虢國夫人(괵국부인)은 양귀비의 언니. 귀비의 큰 언니는 韓國夫人. 셋째는 虢國夫人(괵국부인)에 봉해졌는데, 이 괵국부인이 나중에 귀비의 사촌 오빠인 楊國忠과 그러니까 四寸 간에 私通했었다.

○ 平明騎馬入宮門 – 平明은 새벽. 외인이 말을 타고 궁문을 출입한다는 자체가 법도를 어기는 일이었다.

○ 卻嫌脂粉汚顏色 – 卻은 물리칠 각. 도리어. 嫌은 싫어할 혐. 脂粉(지분)은 화장품. 화장한 얼굴. 汚는 더러울 오, 더럽힐 오. 顏色(안색)은 미모.

○ 淡掃蛾眉朝至尊 – 掃는 쓸어낼 소. 바르다. 칠하다. 淡掃(담소)는 엷게 그리다. 蛾眉(아미)는 눈썹. 朝(조)는 朝覲(조근)하다. 뵙다.

| 詩意 | 白居易가 장편 七言古詩 〈長恨歌〉에서 묘사한 현종과 양귀비의 사랑을 張祜는 〈集靈臺〉(一)에서 28자로 요약했다. 〈集靈臺〉(二)에서는 양귀비 자매가 현종의 총애를 받고 기강을 문란케 함을 풍자했다. 이 시는 다만 史實을 기록하였지만, 이 시에는 풍자의 뜻이 가득하다.

金陵渡(금릉도)

金陵津渡小山樓, 一宿行人自可愁.
潮落夜江斜月裏, 兩三星火是瓜州.

금릉 나루

금릉 나루터 낮은 산의 누각에,
하룻밤 지새는 나그네, 홀로 걱정이 많다.
강물이 낮아진 밤중에 달도 기울었는데,
두세 개 등불이 반짝이는 곳 瓜州이리라.

| 註釋 | ㅇ〈金陵渡〉-〈금릉 나루〉. 金陵은 지금의 南京市인데, 남경시의 중심은 長江 남안이다.

ㅇ 金陵津渡小山樓 - 金陵津渡는 금릉으로 건너가는 나루터. 지금의 행정구역으로는 江蘇省 鎭江市. 금릉보다는 長江의 하류이다. 金陵이나, 鎭江이나 長江의 南岸에 있다. 小山樓는 작은 산의 누각.

ㅇ 一宿行人自可愁 - 一宿行人은 '行人一宿'이 平仄(평측)을 고려하여 도치된 것이다.

ㅇ 潮落夜江斜月裏 - 潮落(조락)은 조수에서 간만의 차이. 여기까지 바다 조수의 영향이 있다고 한다.

ㅇ 兩三星火是瓜州 - 瓜州(과주)는 長江 北岸, 지금의 행정 구역으로는 江蘇省 서남부 揚州市이다.

| 詩意 | 나루터에 묵으며 홀로 旅愁(여수)를 달래고 있다. 달도 지려는 새벽에 잠 못 이루는 나그네는 저 멀리 깜박이는 대안의 등불만을 바라보고 있다.

야경에 대한 서술을 통해 고향 그리는 마음을 표출하였다. 본래 고요한 밤에는 어느 누구든 어느 정도 침착해지고 착해진다. 아마 시적 감흥을 지닌 사람이었기에 느끼고 생각하는 것은 더 많았을 것이다.

夜江斜月과 兩三星火가 고독감을 더욱 돋아준다. 특히 마지막 구절 '兩三星火是瓜州'는 작자의 가슴속에 가물거리는 향수를 상징적으로 표현한 말일 것이다. 즉 瓜州(괴주) 너머 북쪽에 있는 자기 고향이 아득한 별빛으로 가슴속에서 가물거린다는 뜻이다.

畵家가 빨리 스케치한 한 폭의 작은 그림이며, 詩人이 조그만 수첩에 볼펜으로 쓴 짧은 詩句처럼 느껴진다.

縱遊淮南(종유회남)

十里長街市井連，月明橋上看神仙.
人生只合揚州死，禪智山光好墓田.

淮南을 두루 유람하다

십 리에 걸친 저잣거리에 샘물이 연이었고,
月明橋 위에선 신선을 만날 수도 있으리라.
人生은 오로지 양주에서 죽어야 하나니,
禪智寺 산천의 멋진 풍경이 최고 묘터이다.

| 詩意 | 淮南은 '淮水(회수)의 남쪽'이란 뜻이고, 淮水는 揚州(양주)에서 長江에 합류한다. 장강과 황하를 연결하는 대운하의 기본 바탕은 회수의 물길이었다.

그러니 회남의 중심지인 양주가 얼마나 경제적 중심지로 중요하고 번영했는가를 짐작할 수 있다. 거기다가 양주 일대의 풍광도 좋으니, 양주에서 죽어야 좋다는 말이 나왔을 것이다.

雨霖鈴(우림령)

雨霖鈴夜卻歸秦，猶見張徽一曲新.
長說上皇和淚教，月明南內更無人.

우림령 – 빗속의 방울소리

밤비에 방울소리와 함께 장안으로 돌아오며,
그래도 張徽(장휘)의 새 악곡 소리 들려온다.
上皇이 눈물로 일러준 악곡이라 늘 말했는데,
달 밝은 남쪽 궁궐은 적막하여 듣는 이 없다.

| 詩意 | 양귀비를 잃었고, 蜀에 피난하며 처량하게 지낸 현종이었다. 촉의 험한 산길과 棧道(잔도)를 따라 들어가고, 돌아오는 길에 말방울 소리만 들려왔다.

현종은 자신의 서글픈 심사를 〈雨霖鈴〉이란 악곡을 지어 張徽(장휘)에게 연주케 시켰다. 장안으로 돌아온 현종은 장휘가 연주하는 〈우림령〉을 들으며 얼굴 가득 눈물만 흘렸다.

《全唐詩》 511권 수록.

折楊柳枝(절양류지) 二首 (其一)

莫折官前楊柳枝, 玄宗曾向笛中吹.
傷心日暮烟霞起, 無限春愁生翠眉.

버들가지를 꺾다 (1 / 2)

궁궐 앞 버들가지를 꺾지 말지어니,
현종이 전에 피리를 만들어 불었다.
날도 저물며 저녁노을 짙으면 상심하나니,
봄날 버들잎 눈썹 그리워 시름만 깊어진다.

| 詩意 | 唐代에 많은 시인들이 〈楊柳枝〉라는 제목으로 시를 읊었다. 장호도 현종 元和 연간에, 현종과 귀비의 荒淫(황음)으로 인한 失政을 풍자하기 위하여 이 시를 지었다. 비록 실정의 과오가 크지만 그 생사를 달리한 이별에는 무한히 동정하며 애석히 여겼다. 여기서는 버들을 묘사하여 현종의 귀비에 대한 그리움을 서술하였다.

題潤州金山寺(제윤주금산사)

一宿金山寺, 超然離世羣.
僧歸夜船月, 龍出曉堂雲.
樹色中流見, 鐘聲兩岸聞.
翻思在朝市, 終日醉醺醺.

윤주 金山寺에서 짓다

금산사에서 하루 저녁을 잤는데,
속세의 무리를 초연히 떠난 듯했다.
스님은 달밤에 배를 타고 돌아왔고,
새벽에 법당선 구름 따라 용이 보였다.
우거진 수풀은 강의 중류에서 보였고,
종소리는 장강 양쪽까지 들렸다.
복잡한 상념은 朝市에 있었으니,
온종일 취한 듯 눈이 어지러웠다.

| 詩意 | 장호는 寺院을 소재로 한 시를 많이 지었다. 潤州는 지금의 江蘇省 남부 鎭江市로 장강의 남안에 있다. 여기서 上海까지 약 230km라고 한다. 금산사는 長江 섬 안의 사원이었는데, 지금은 육지와 완전하게 연결되었다.

그때 속세와 단절된 사원의 모습과 속세 시장의 번잡한 모습을 대비할 수 있다.

011

李德裕(이덕유)

李德裕(이덕유, 787－849, 字는 文饒)는 趙州(今 河北省 남부 邢台市 관할 柏鄉縣) 출신이다. 일찍이 부친(李吉甫)의 관직에 의거 校書郎이 되었고〔蔭補(음보)〕 여러 막료직을 거쳤다. 뒷날 翰林學士와 浙西(절서), 義成, 西川 등 여러 절도사를 역임하였다. 武宗의 會昌 연간(841－846)에 재상의 반열에 올라 절도사의 세력을 꺾으며 무종을 보좌하여 太尉를 제수 받고 衛國公에 봉해졌다. 牛李黨爭(牛僧孺, 이덕유)에서 李黨의 영수였다. 宣宗 大中(847－859) 초반에 牛黨에 밀려 潮州 司馬로 폄직되었다가, 다시 崖州(애주, 今 海南省 海口市 琼山區)의 召戶參軍이 되었다가 거기서 죽었다.

시문의 雕琢(조탁)이나 聲律의 제약에 반대하였고 詩文을 잘 지었으며 많은 문장을 남겼다. 《李文饒文集》(又名 會昌一品集)이 있다.

登崖州城作(등애주성작)

獨上高樓望帝京，鳥飛猶是半年程．
青山似欲留人住，百匝千遭遶郡城．

崖州(애주) 성에 올라

홀로 높은 누각에 올라 장안 쪽을 바라보니,
새가 반년 걸려서 날아가야 할 거리이리라.
청산은 나그네를 머물라 잡으려는 듯하니,
애주의 성곽을 백 겹 천겹으로 감싸고 있다.

| 詩意 | 당나라의 폄직은 그래도 조선시대 귀양보다는 나은 것 같다. 고향을 떠나 수천 리(새가 날아가도 반년은 걸릴 것 같은) 밖, 지방관의 보조 직책이지만, 그래도 활동은 할 수 있었다. 물론 그 울분을 이겨내고 참으면서 세상이 뒤바뀌기를 기다려야 했다. 그래서 이덕유는 바다를 건너가야 할 海南島의 성곽을 백 번이고 천 번이고 감싸고 있는 산천을 바라볼 수밖에 없었다.

《全唐詩》 475권 수록.

謫嶺南道中作(적영남도중작)

嶺水爭分路轉迷，桄榔椰葉暗蠻溪．
愁沖毒霧逢蛇草，畏落沙蟲避燕泥．
五月畬田收火米，三更津吏報潮雞．
不堪腸斷思鄉處，紅槿花中越鳥啼．

오령 남쪽으로 유배 가는 길에 짓다

五嶺의 강물은 길을 나눠 이리저리 흐르고,
桄榔(광랑)과 야자 그늘이 남쪽 강을 덮었다.
근심처럼 짙은 안개와 풀섶의 뱀에 놀라고,
홀로 있는 독충은 제비가 무서워 흙에 숨었다.
오월의 비탈 밭에선 火田한 곡식을 거두고,
삼경엔 나루터 관리가 潮水 맞춰 피리를 분다.
애간장 태우며 고향 그리워 견딜 수 없는데,
붉은 무궁화 사이로 남방의 새가 운다.

| 詩意 | 五嶺산맥은 지리와 자연적으로 중국의 남북을 구분하는 경계선이다. 오령산맥의 남쪽의 강물은 長江과는 상관이 없다. 당시 中原에서 五嶺 남쪽으로 좌천된 관리가 가장 무서워한 것은 남방의 풍토병인 瘴氣(장기)였다. 시에 나오는 沙虫은 독충이며, 政敵인 小人을 지칭한다는 주석이 있다.

012

李賀(이하)

李賀(이하, 790－816)의 字는 長吉이고, 河南 福昌縣(今 河南省 洛陽市 관할 宜陽縣) 사람으로, 昌谷이란 곳에 살았기에 '李昌谷' 으로 불리기도 한다. 요절한 천재 시인으로 보통 '詩鬼(시귀)' 라 불린다. 이는 李白과 비슷한 천재이기에 '太白을 仙才라 한다면 長吉은 鬼才' 라는 의미로 해석할 수 있다.

이하는 장안에서 겨우 3년간 奉禮郎이라는 말직에 근무한 뒤 각지를 유람하고 고향 南園에 돌아와 살다가 27살이라는 아까운 나이에 병사하였다.

이하는 어려서부터 신동으로 소문났었는데, 그는 좋은 시를 얻기 위해 부단히 노력하는 '苦吟(고음)' 을 지속하였다. 건강이 좋지 않은데도 스스로 '밤새 날이 밝을 때까지 시를 읊었다(吟詩一夜東方白).' 고 하였고, 나귀를 타고 다니면서 좋은 구절이 떠오르면 즉시 써서 비단 주머니에 넣었다. 그리고 집에 돌아와서는 비단 주머니를 꺼내 시를 완성하곤 했었다. 그리하여 그 모친이 '이 아이는 제 속마음을 모두 토해내야만 그만둘 것이라(是兒要當嘔出心乃已爾).' 고 하였다. 이하는 젊은이지만 시간을 무척 아꼈다. 어쩌면 그의 타고난 命줄이 짧았기에 그러했는지도 모른다. 이하가 언젠가 탄식하였다.

"내 나이 이십이 되도록 뜻을 얻지 못했으니, 일생이 愁心 속에 오동잎처럼 질까 걱정이다.(我年二十不得意, 一生愁心, 謝如梧葉矣.)"

전해 오는 이야기로는, 그가 27살에 죽을 때 대낮인데 붉은 비단옷을 입은 사람이 붉은 용이 끄는 수레를 타고 이하 앞에 나타나서는 '上帝께서 백옥의 누각을 새로 만들고 시를 지을 이하를 데려오라 하셨기에 모시러 왔다.' 고 말했다고 한다.

當時 문단은 한유, 유종원, 백거이, 원진 등이 주도하였다. 이하는 한유를 만나 자신의 〈雁門太守行〉을 보여주고 인정을 받았다. 한유의 천거로 진사과에 응시하였으나 避諱(피휘) 문제로 응시를 포기했다. 이하의 부친이 李晋肅(이진숙, 晋jìn肅sù)인데, 그 발음이 進jìn士shì와 비슷하다는 희한한 논리가 문제되었다.

이하는 독특한 개성적 시풍으로 일가를 이루었는데, 이하는 楚辭의 낭만주의 정신과 漢魏의 악부와 南朝 艷體詩(염체시)의 전통을 섭취, 바탕으로 자신의 풍부한 상상력과 언어를 자유자재로 구사하여, 기이하면서도 환상적인 시를 지었다. 그는 귀신, 亡魂(망혼)을 즐겨 노래하여 '詩鬼' 라는 별호로도 불린다. 이하의 이러한 감각적이고 상징적인 표현 기법은 李商隱(이상은) 등 晩唐(만당)의 시인에게 영향을 주었다.

懷才不遇(회재불우)는 이하 시의 중요한 주제이다. 이하가 겪은 현실 속의 좌절과 좋지 않은 건강, 그리고 무상한 세월에 따른 우울과 고통을 시로 표현하였다.

이하의 시에서 볼 수 있는 뛰어난 상상력은 천재의 환상과도 같아 보통 사람의 생각을 초월하였다. 그리고 이하는 언어와 意象의 새로움을 추구하였는데 적절한 古字와 僻字(벽자)를 활용하여 읽는 사람에게 심리적으로 자극을 주었으며, 때로는 암울한 詩語를 자주 사용하였다.

이하의 시는 짜임새가 특별하고 構想의 跳躍(도약)이 뛰어난 특색도 보여준다. 하여튼 이하의 시는 보통 사람과 달리 내심의 정서와 감각, 환상을 자연스럽게 표현했다고 요약할 수 있다.

현재 그의 시는 200여 수가 전하는데, 〈雁門太守行〉, 〈金銅仙人辭漢歌〉 등이 널리 알려졌고 〈老夫采玉歌〉는 貧民의 가난과 고통의 생활을 묘사하였으며, 〈秋來〉는 그의 독특한 개성을 엿볼 수 있는 秀作이다.

莫種樹(막종수)

園中莫種樹，種樹四時愁.
獨睡南牀月，今秋似去秋.

나무를 심지 마오

뜰에 나무는 심지 마시오,
나무 심으면 사철 걱정이라오.
홀로 잠든 남쪽 침상을 비춘 달,
올해 가을도 작년 가을 같겠지!

| 詩意 | 시인의 뜻이 분명한데 무어라 명확하게 서술하기가 쉽지 않다. 어딘지 모르게 고독이 밀려오는 느낌이다. 種樹(종수)는 나무를 심다. 睡는 잠잘 수. 牀은 평상 상. 침상.

이하의 시는《全唐詩》390 – 394권에 수록되었다.

將發(장발)

東牀卷席罷, 護落將行去.
秋白遙遙空, 日滿門前路.

떠날 즈음에

동쪽 방에서 자리도 말아 챙겼고,
홀로 쓸쓸히 갈길을 떠나가련다.
가을 저멀리 하얗게 텅빈 듯한데,
햇볕 가득한 대문 밖 걸어가련다.

| 詩意 | 중국의 나그네는 자신의 이부자리(席, 行李)를 가지고 다녔다. 이하도 먼 길 떠나려 짐을 챙겼다.

가야 할 길 걷는 것이 문제가 아니라 앞날이 보이지 않는 것이 걱정이었다. 그래서 하얗게 텅 빈 가을이라 했는가? 그래도 대문을 나서서 햇볕 가득한 길을 걸어가야 한다. 護落(호락)은 濩落(호락). 곧 퍼지다, 흩어지다의 뜻. 이 구절은 약간 의역하였다.

《全唐詩》 392권 수록.

塘上行(당상행)

藕花涼露溼, 花缺藕根澀.
飛下雌鴛鴦, 塘水聲溘溘.

연못에서

연꽃에 흠뻑 내린 차가운 이슬,
꽃 지면 연뿌리는 떫어지리라.
수컷 원앙이 날아와 앉으면서,
연못에 푸드덕 물소리가 났다.

| 詩意 | 〈塘上行〉은 악부 相和歌의 하나라고 한다. 溼은 축축할 습, 濕과 同. 澀은 떫을 삽, 쓴맛과는 약간 다른 맛. 溘은 갑자기 합. 溘溘은 갑자기 들리는 물소리.

貴公子夜闌曲(귀공자야난곡)

裊裊沈水煙, 烏啼夜闌景.
曲沼芙蓉波, 腰圍白玉冷.

귀공자의 밤놀이

가늘게 피어 오르는 沈香 연기,
까마귀 울어 한밤을 지새운다.
曲池의 연꽃 물결에 씻기고,
허리를 감싼 여인의 팔이 차다.

| 詩意 | 詩에 들어있는 시인의 숨은 뜻을 찾아내어 새롭게 해석한다면, 그것은 독자의 능력이고 기쁨일 것이다. 우선은 글자가 갖고 있는 뜻으로 해석하되, 제목이나 지을 시점의 상황을 기록한 내용이 있다면 그에 따르면 될 것이다.

曲沼를 曲房, 곧 '閨房'으로, 芙蓉(부용)을 '아내의 설레는 마음'으로, 그리고 白玉을 아내의 '하얀 팔뚝'으로 해석한다면 李賀가 '내 속마음을 어떻게 알았지?' 하고 감탄하겠는가?

귀공자의 밤샘 놀이가 酒樓나 妓房에서만 이뤄지겠는가? 술집의 정원 조경은 아마 예나 지금이나 비슷할 것이다. 정원의 조그맣게 굽은 연못가에서 놀다 보면 귀공자에게 매달리는 여인의 차가워진 팔뚝을 느낄 수 있을 것이다.

馬詩(마시) 二十三首 (其一)

龍脊貼連錢，銀蹄白踏烟.
無人織錦韂，誰爲鑄金鞭.

말을 노래하다 (1 / 23)

용마 허리에는 연이은 엽전 무늬,
하얀 銀발굽은 안개를 밟는 듯.
비단 말다래를 짤 사람은 없었고,
누굴 위하여 쇠채찍을 만들었나?

| 詩意 | 말(馬)을 주제로 한 詠物詩이다. 23수에 걸친, 連作詩로도 장편이다. 말을 빌려서 시인의 희로애락과 삶은 여러 상황을 비유적으로 묘사 표현하였다.

우리가 보통 가축으로 牛馬를 대하지만, 農牛는 순박하여 주인에 헌신하는 머슴과 같다는 생각이 든다. 그러나 말에 대한 사람들의 느낌은 百人百想이며, 말의 능력은 千差萬別이다. 그러기에 名牛라는 말은 없지만 역사상 名馬는 많았다.

말을 보면 우선 그 몸에서 힘을 느낀다. 몸이 허약했던 시인은 말을 동경하고, 말에 애정을 가지고 관찰했다. 그러기에 23편의 연작시를 지을 수 있었다. 그 당시 부귀를 누리는 사람들은 명마를 다투어 소유하려 했고, 또 화려하게 치장하였으니 요즈음 사람들이 자동차에 대한 열광 그 이상이었다.

《全唐詩》 391권 수록.

馬詩(마시) 二十三首 (其二)

臘月草根甛，天街雪似鹽.
未知口硬軟，先擬蒺藜銜.

말을 노래하다 (2 / 23)

선달 시든 풀의 뿌리라도 달고,
장안에 내리는 눈은 소금이란다.
질긴 지 연한 지 알 수 없지만,
우선 납가새부터 씹어본다.

馬詩(마시) 二十三首 (其四)

此馬非凡馬，房星本是星.
向前敲瘦骨，猶自帶銅聲.

말을 노래하다 (4 / 23)

이 말은 범상한 말이 아니니,
하늘의 房星이 본래 이 말이었다.
다가가 마른 척추를 두드렸더니,
구리 그릇 울리는 소리가 났다.

馬詩(마시) 二十三首 (其五)

大漠山如雪，燕山月似鉤.
何當金絡腦，快走踏清秋?

말을 노래하다 (5 / 23)

큰 사막의 산은 눈이 내린 듯,
燕然山의 달은 굽은 칼 같구나.
언제 말머리에 금장식을 하고,
청명한 가을을 마음껏 달려볼까?

馬詩(마시) 二十三首 (其八)

赤兎無人用，當須呂布騎.
吾聞果下馬，羈策任蠻兒.

말을 노래하다 (8 / 23)

적토마를 탈 사람이 없었기에,
결국은 呂布가 탈 수 있었다.
내가 알기로 果下馬란 작은 말은,
東夷 아이들께 맡긴다고 하였다.

馬詩(마시) 二十三首 (其十)

催榜渡烏江，神騅泣向風.
君王今解劍，何處逐英雄?

말을 노래하다 (10 / 23)

강나루에서 烏江을 건너라 재촉할 때,
騅(추)는 바람을 맞으며 눈물 흘렸다.
君王께서 검을 풀어 자결하였으니,
어디에서 영웅을(項羽) 다시 모시겠나?

馬詩(마시) 二十三首 (其十四)

香襆赭羅新，盤龍蹙鐙鱗.
廻看南陌上，誰道不逢春?

말을 노래하다 (14 / 23)

안장 덮개인 새 붉은 비단,
등자에 새긴 용의 비늘무늬.
남쪽 산마루서 되돌아보니,
봄이 아니 왔다고 누가 말하나?

馬詩(마시) 二十三首 (其十六)

唐劍斬隋公, 拳毛屬太宗.
莫嫌金甲重, 且去捉金風.

말을 노래하다 (16 / 23)

唐의 군사가 隋 대공을 죽였고,
명마 권모왜는 太宗이 타게 되었다.
황금 갑옷이 무겁다 탓하지 말고,
폭풍을 따라 잡으려 달려보자.

※ 拳毛騧(권모왜) – 唐 太宗의 名馬 이름.

馬詩(마시) 二十三首 (其二十)

重圍如燕尾, 寶劍似魚腸.
欲求千里脚, 先采眼中光.

말을 노래하다 (20 / 23)

두겹 겹친 腰帶는 제비꼬리 모양,
보검은 옛날 魚腸(어장)과 비슷하다.
천리마를 구하려 한다면,
먼저 말의 眼光을 살펴야 한다.

馬詩(마시) 二十三首 (其二十三)

武帝愛神仙, 燒金得紫烟.
廄中皆肉馬, 不解上青天.

말을 노래하다 (23 / 23)

무제는 신선되기를 갈구하였지만,
鍊金으로 보랏빛 연기만을 얻었다.
마구간에 살찐 말들만 가득했으니,
青天에 오를 길을 깨닫지 못했다.

| 詩意 | 말은 가장 빠른 이동 수단이면서 전쟁의 방편이었다. 역사상 수많은 영웅이 말과 함께 전장을 누볐고, 역사의 현장에는 명마가 가끔씩 등장했다. 천리마를 감별하는 것은, 곧 인재의 등용과 같았다. 천리마로 짐수레를 끌다가 마구간에서 죽어갔고, 뛰어난 인재가 등용되지 못하고 초야에 묻혔다. 이하는 인재와 천리마를 같은 시각에서 바라보았을 것이다.

덩치가 작은 果下馬는 부족국가 東濊(동예)의 특산물로 陳壽의 《三國志 魏志 烏丸鮮卑東夷傳》에 기록되었다. 후한 桓帝(환제) 때 낙랑군을 통해 이를 헌상했다는 기록이 있다. 이 果下馬를 이하가 알고 있어 그의 시에 수록했으니 놀라운 일이다.

蝴蝶舞(호접무)

楊花撲帳春雲熱, 龜甲屛風醉眼纈.
東家胡蝶西家飛, 白騎少年今日歸?

나비춤

버들개지 휘장에 날리고 봄구름 더워지는데,
대모 병풍에 취안힐로 꾸민 머리를 기댄다.
이쪽 집 나비가 저쪽 집으로 날아갔는데,
백마를 탄 젊은 낭군 오늘은 돌아오려나?

| 詩意 | 이하의 시에는 가끔씩 희한한 詩語가 사용된다.

龜甲(귀갑)은 玳瑁(대모)이니, 귀족이나 富家에서 장식용 병풍을 만든다.

醉眼纈(취안힐)은 장황한 설명이 있는데, 여인들의 머리 염색방법이며 헤어스타일의 일종이다.

'東家胡蝶西家飛' 는 나비〔胡蝶(호접)〕의 단순한 동작이 아니라, 이집 저집 술집을 찾아다니며 집에 들어오지 않는 낭군의 행태를 그렸다.

南園(남원) 十三首 (其四)

三十未有二十餘, 白日長飢小甲蔬.
橋頭長老相哀念, 因遺戎韜一卷書.

남쪽의 뜨락 (4 / 13)

서른 살은 아니지만 스물은 넘었으며,
한낮에도 채소가 모자라서 굶주린다.
교량에서 만난 노인네가 불쌍히 여겨,
병법서 한 권 주면서 읽으라 했다.

| 詩意 | 7언절구로 된 이 連作詩는 李賀가 자신의 고향의 경치나 소회를 묘사 서술하였다. 南園은 李賀가 살던 河南省 福昌縣 昌谷의 마을 이름이다. 때로는 막연히 남쪽을 지칭할 수도 있다.

위 원문의 甲蔬(갑소)는 채소. 戎韜(융도)는 군사에 관한 병법서. 이하는 고향의 다리에서 留侯(유후) 張良(장량)의 故事를 떠올렸다. 자신에게 그만한 이상과 능력이 있다는 자부심과 함께, 그러한 기회와 主君의 출현을 상상했을 것이다.

南園(남원) 十三首 (其五)

男兒何不帶吳鉤, 收取關山五十州?
請君暫上淩煙閣, 若箇書生萬户侯?

남쪽의 뜨락 (5 / 13)

대장부가 어찌 명검 吳鉤(오구)도 없이,
關中과 山東 50여 주를 정벌하겠는가?
그대가 잠시 능연각에 가보라 청하나니,
어느 書生이 일만 호 제후가 되었는가?

| 詩意 | 吳鉤(오구)는 반달 모양의 창이며, 능연각은 당 태종이 貞觀 17년(643)에 閻立本(염입본)을 시켜 개국공신 魏徵(위징) 등 24명의 초상화를 그리게 하여 보관한 전각이다. 그 24명에 書生은 한 명도 없다는 뜻이다.

사나이라면 나라에 큰 공을 세워야 한다는 대 명제를 생각했을 것이다. 그렇다면 명검과 명마가 필요하고 …, 자신을 인정하고 등용해줄 明君도 …, 그리하여 淩煙閣(능연각)에 24명의 개국공신으로 초상화가 보관되고 …, 書生으로서는 그런 꿈을 이룰 수 없다. 이하의 이룰 수 없는 空想이다.

참고로, 後漢의 개국공신으로는 '雲臺二十八將' 의 초상화가 있고, 전한 宣帝를 옹립한 공신 11명의 초상화는 麒麟閣(기린각)에 그려졌다.

南園(남원) 十三首 (其六)

尋章摘句老雕蟲, 曉月當簾掛玉弓.
不見年年遼海上, 文章何處哭秋風.

남쪽의 뜨락 (6 / 13)

문장을 따지고 늙도록 시문을 짓는데,
주렴에 새벽달이 玉弓처럼 걸렸구나!
보지 못했는가? 해마다 요동의 바닷가에,
가을을 슬퍼하는 문장이 어디에 있던가?

| 詩意 | 尋章摘句(심장적구)란, 남의 시문에서 큰 뜻이나 근본은 따지지 않고 단편적인 미사여구만을 찾고, 자신에게 필요한 글귀만 따다 쓰는 일이다. 그리고 '雕蟲(조충)' 이란 雕蟲篆刻(조충전각)하는, 곧 하찮은 일이란 뜻이다. 말하자면, 이런 일은 사내대장부가 할 일이 아니라며, 李賀 자신에 대한 自嘲(자조)의 뜻이 들어 있다.

그 당시 서쪽 요동 땅의 거란족과는 소소한 전쟁이 계속되고 있었는데, 전국시대 楚辭(초사) 작가인 宋玉의 〈悲秋〉와 같은 글로 무엇을 하겠느냐는 뜻이다.

새벽 달이 주렴 사이로 보일 때까지 詩句를 다듬어 가지고 언제 무슨 공을 세우겠느냐고 묻고 있다.

南園(남원) 十三首 (其八)

春水初生乳燕飛，黃蜂小尾撲花歸.
牕含遠色通書幌，魚擁香鉤近石磯.

남쪽의 뜨락 (8 / 13)

봄물이 넘쳐나자 제비가 날고,
꿀벌은 작은 꼬리에 꽃을 더듬고 나른다.
먼산의 풍경은 서재 휘장 사이로 보이고,
낚시에 걸린 물고기, 물가 돌밭에 누웠다.

| 詩意 | 봄날 물이 불어나고 제비가 날아다니며, 꿀벌도 꽃 사이를 누빈다. 서재에서 먼 산의 풍경이 보인다. 냇가에 낚시꾼이 있고 잡은 물고기는 냇가 얕은 물에 돌로 막이한 안에 갇혀있다.

이 시의 요점은 결국 낚시꾼에 걸린 물고기이다. 이래저래 아무 것도 할 일이 없다 곧 죽을 줄도 모르고 얕은 물 돌 가운데서 입을 뻐끔거리고 있다.

이하는 잡힌 물고기가 자신의 신세와 비슷하다고 느꼈을까?

昌谷北園新笋(창곡북원신순) 四首 (其三)

家泉石眼兩三莖, 曉看陰根紫脈生.
今年水曲春沙上, 笛管新篁拔玉青.

창곡 북원의 새 죽순 (3 / 4)

집안 우물 돌 틈에도 두세 개의 죽순이,
새벽 누런 흙 사이로 새로 솟는 죽순을 보았다.
올해 봄날 물 굽이진 모래 밭에 죽순이,
피리 퉁소 새 죽순이 푸른 옥처럼 자라나리라.

| 詩意 | 죽순(笋, 죽순 순)은 그 母竹의 굵기대로 솟는다. 왕대밭에 죽순은 처음부터 굵게 나오고, 가는 대는 그 죽순도 가늘다. 껍질을 쓴 죽순이 나오는가 싶더니 3, 4일 내로 어미 대만큼 굵게 높이 자란다. 죽순 껍질이 떨어져 나가고 잔가지와 잎이 나와 커진다. 이후 대나무는 더 커지거나 굵어지지 않는다.

北園의 곳곳에 죽순이 나왔다. 이하는 그 죽순이 나중에 피리나 퉁소가 될 것을 생각하고 있다. 이하는 대나무의 속성을 잘 알고 있었으니, 재능은 이처럼 타고난 것이다.

示弟(시제)

別弟三年後, 還家十日餘.
醁醽今日酒, 緗帙去時書.
病骨猶能在, 人間底事無?
何須問牛馬, 抛擲任梟盧!

아우에게

아우와 헤어지고 3년이 흐른 뒤,
본가에 돌아와 열흘이 지났구나.
오늘은 술맛이 좋다는 醁醽酒(녹영주)이니,
지난번 읽던 책은 담황색 표지였다.
병들은 몸이나 아직 살아 있나니,
세상사 할일이 여하튼 없겠는가?
나올만한 패를 물어 무엇 하리?
던져서 나오는 그대로 두어야지!

| 詩意 | 이는 元和 7년, 이하가 昌谷(창곡)으로 돌아왔을 때의 작품으로 알려졌다. 시 전체적으로 무슨 뜻인지 알 듯 모를 듯 한데, 바로 이런 特長이 이하의 시가 아니겠는가? 관직의 꿈이 좌절되어 귀향한 뒤, 불운에 겹치는 비통을 함께 노래하였다.

醁醽(녹영)은 名酒 이름이다. 緗帙(상질)은 담황색 표지의 책 표지인데 이 구절의 뜻이 무엇인가는 독자 나름대로 생각해야 한다. 尾聯의 牛馬는 골패 노름의 패 이름이다. '抛擲任梟盧' 의 抛擲(포척)은 던지다 뜻이고, 梟盧(효로)는 노름판에서 점수를 따지는 방법이다. 《全唐詩》 390권 수록.

題歸夢(제귀몽)

長安風雨夜, 書客夢昌谷.
怡怡中堂笑, 小弟栽澗菉.
家門厚重意, 望我飽飢腹.
勞勞一寸心, 燈花照魚目.

꿈속의 귀향

바람 불고 비 내리는 장안성의 밤,
나그네 書生은 昌谷을 꿈꾸었다.
어머니는 웃으며 기뻐하셨고,
어린 동생은 냇가의 풀을 베었다.
집안에서 나를 소중히 아껴주는 뜻은,
가족의 주린 배를 내가 채워줘야 했다.
힘들고 힘들어하는 나의 작은 정성,
등불은 감기지 않는 나의 눈에 어린다.

| 詩意 | 장안에 벼슬한다지만 말단의 한직이었다. 당나라 宗室의 후예였지만 가족의 끼니를 걱정하는 이하였다. 이하가 꿈속에서 고향에 돌아갔다. 어머니와 동생을 꿈속에서 보았다.

이하의 어깨에 얹힌 짐은 너무 무거웠다. 이리저리 온갖 걱정 속에 잠 못 드는 이하였다. 뜬눈으로 지새우는 물고기가 아니더라도 걱정으로 밤을 지새우는 이하였다.

仙人(선인)

彈琴石壁上，翻翻一仙人.
手持白鸞尾，夜掃南山雲.
鹿飲寒澗下，魚歸清海濱.
當時漢武帝，書報桃花春.

신선

절벽 위 바위에서 탄금하고,
가볍게 날아다니는 신선 한 분.
하얀 鸞(난)새의 꼬리를 손에 들고,
한밤엔 종남산 구름을 쓸어버린다.
사슴은 차가운 시냇물을 마시고,
물고기는 맑은 물가로 모여들었다.
그 옛날 한무제에게 仙人은,
봄날 도화가 피었다고 서신을 보냈다.

| 詩意 | 신선은 不老長生 하고픈 인간의 꿈을 성취한 사람이다. 그런 신선은 없었지만, 신선에 대한 이야기는 끝없이 창작되고 각색되어 후세에 전해졌다.

이하는 그런 신선을 추종하려는 뜻보다는 신선을 흉내 내며 이름이나 낚으려는 사람을 풍자했다고 해석할 수 있다.

《全唐詩》 392권 수록.

感春(감춘)

日暖自蕭條，花悲北郭騷.
楡穿萊子眼，柳斷舞兒腰.
上幕迎神燕，飛絲送伯勞.
胡琴今日恨，急語向檀槽.

봄날의 感傷

따사한 볕 속에 혼자서 쓸쓸하나니,
꽃들도 가난한 北郭騷를 슬퍼했다.
느릅나무는 동전 같은 새싹을 틔우고,
버들은 꺾일 듯 춤추는 여인의 허리이다.
집안에 장막치고 제비를 맞아 제사하고,
안개가 짙게 끼면 때까치를 전송하리라.
오늘도 무슨 한이 있는지 胡琴(호금)은,
높은 음조로 檀香(단향) 나무통을 울린다.

| 詩意 | 北郭騷(북곽소)는 齊의 가난한 효자라는 주석이 있다. 제비를 맞이하고 때까치(伯勞, 百勞, 鵙. 때까치 격)를 전송하는 등은 모두 典故가 있다. 때까치는 惡鳥로 때까치가 울면 집안에 흉사가 생긴다고 하였다.

《全唐詩》 392권에 수록.

雁門太守行(안문태수행)

黑雲壓城城欲摧，甲光向日金鱗開.
角聲滿天秋色裏，塞上燕脂凝夜紫.
半卷紅旗臨易水，霜重鼓寒聲不起.
報君黃金臺上意，提攜玉龍爲君死!

안문태수의 노래

새까만 구름이 성을 무너트릴 듯 잔뜩 끼었어도,
갑옷의 광채는 태양 아래 금비늘처럼 번쩍인다.
뿔고동 소리는 가을 풍경 속 하늘에 가득 차고,
밤들어 변새의 성곽은 엉긴 연지처럼 자주색이다.
易水의 강변엔 반쯤 휘말린 깃발이 펄럭이고,
된서리 내린 추위에 북소리도 들리지 않는다.
황금대에 인재를 초빙한 주군의 뜻에 따르려,
옥룡검을 잡고서 주군을 위하여 목숨 바치리.

| 詩意 | 雁門(안문)은 漢代의 郡 이름으로, 今 山西省 북부 朔州市(삭주시) 일대에 해당한다. 이 〈안문태수행〉은 악부시 相和歌의 詩題이니, 이하의 본 작품은 형식상 擬古樂府(의고악부)이다.

이 시는 헌종 元和 9년(814)에 張照(장조)가 절도사가 되어 옛 안문군 지역에 출동할 때, 이하가 장조를 전송하며 지은 시이다.

나중에 이하는 이 시를 가지고 한유를 찾아갔다. 마침 한유는 종일 손님 접대에 피곤하여 옷의 띠를 풀고 편안하게 읽다가는 옷을 다시 챙겨 입고서 이하를 만났다고 한다. 이하는 한유의 인정과 추천을 받았다.

미련에 나오는 黃金臺는 전국시대 燕 昭王이 인재를 초빙하기 위하여 지은 누각이었다.

《全唐詩》 390권 수록.

秋來(추래)

桐風驚心壯士苦, 衰燈絡緯啼寒素.
誰看青簡一編書, 不遣花蟲粉空蠹.
思牽今夜腸應直, 雨冷香魂弔書客.
秋墳鬼唱鮑家詩, 恨血千年土中碧.

가을이 되다

오동잎에 바람 불자 대장부의 마음은 놀라 괴롭고,
가물대는 등잔불에 귀뚜라미 울음도 쓸쓸하도다.
푸른 竹簡의 책을 읽어볼 사람 누구이겠나?
뒷날 좀 벌레가 슬어 남지도 않을 책을!
오늘 밤의 끊을 수 없는 시름을 풀어주고,
차가운 빗속, 옛 시인의 혼령은 나를 위로한다.
무덤에 가을 들자 귀신이 鮑照(포조)의 시를 읊고,
한 맺힌 피는 천년 두고 푸른 옥으로 맺혔다.

| 詩意 | 가을(秋)은 수심(愁)이다. 대장부도 書生도 가을에는 수심이 많아진다. 귀뚜라미 울음에 놀라 덮었던 책을 다시 펴야 한다. 오늘 밤만이라도 나의 수심을 재워줄 수 있는 사람은 누구일까? 시속이 香魂(향혼)은 책을 지은 옛사람이다.

南朝 宋의 鮑照(포조, 414 – 466. 字는 明遠, 人稱 鮑參軍. 詩人)는 〈蒿里吟(호리음)〉을 지었기에 무덤 속 귀신들이 포조의 시를 읊는다고 하였다. 하여튼 가을은 悔恨(회한)의 계절이다.

夢天(몽천)

老兎寒蟾泣天色，雲樓半開壁斜白.
玉輪軋露濕團光，鸞珮相逢桂香陌.
黃塵淸水三山下，更變千年如走馬.
遙望齊州九點煙，一泓海水杯中瀉.

꿈속의 하늘

하얀 토끼, 홀로된 두꺼비가 우는 하늘,
높은 누각 반쯤 열리며 달빛 비친 벽이 하얗다.
멋진 수레는 이슬에 젖어서도 빛이 나고,
난새 허리띠 매고 향기로운 桂樹 언덕서 만나다.
三神山 아래 속세의 티끌과 깨끗한 물이,
달리는 말처럼 천년의 세월 속에 바뀌었다.
멀리로 보이는 중원엔 九州에서 연기가 솟고,
넓다는 바다는 한 잔의 술잔처럼 찰랑거린다.

| 詩意 | 천재의 공상은 凡人과 그 스케일이 다를 것이다. 이하는 꿈속에 저 높은 하늘에 올라가서 중원을 내려다보았다. 老兎(노토, 토끼)와 寒蟾(한섬, 두꺼비)은 달이다. 하늘에 뜬 달도 땅을 내려다보며 한숨짓는다고 생각했다. 삼신산도 하늘에서 내려다보면 속세와 다를 것이 없다고 하였으니, 이 또한 천재의 안목일 것이다. 末聯의 齊州(제주)는 中州로 中原과 같은 말이고, 9州의 인간 세상을 아홉 군데서 피어오르는 연기로 보았다.

野歌(야가)

鴉翎羽箭山桑弓, 仰天射落銜蘆鴻.
麻衣黑肥衝北風, 帶酒日晚歌田中.
男兒屈窮心不窮, 枯榮不等嗔天公.
寒風又變爲春柳, 條條看卽烟濛濛.

들녘

까마귀 깃을 꽂은 화살과 뽕나무 활로,
하늘에 갈대를 물고 날아가는 기러기를 쏜다.
삼베옷, 검은 때 묻은 옷에 북풍을 마주하고선,
저물녘 술잔 들고선 들판 가운데서 노래한다.
사나이 가난해도 마음만은 가난하지 않나니,
쇠락과 영화가 다르다고 하늘을 원망하리오!
찬바람 바뀌어 또 봄버들의 계절이 오나니,
여러 가지마다 봄기운이 진하게 배었구나.

| 詩意 | 사나이는 높이 나는 기러기라도 쏘아 떨어트리겠다는 의지가 있다. 비록 가난에 초라한 형색이지만 광야의 한 가운데서 소리를 지를 배짱이 있고, 가난하다고 하늘을 원망하지 않는다. 어차피 계절이 바뀌듯 사나이의 의지로 그 처지도 바뀔 것이다.

사나이는 曠野(광야)의 한가운데 서서, 하늘과 땅을 우러러 큰 소리를 칠 수 있어야 한다. 《全唐詩》 393권 수록.

羅浮山父與葛篇(나부산부여갈편)

依依宜織江雨空，雨中六月蘭臺風.
博羅老仙時出洞，千歲石牀啼鬼工.
蛇毒濃凝洞堂溼，江魚不食銜沙立.
欲剪湘中一尺天，吳娥莫道吳刀澀.

나부산의 노인이 갈포를 준 시

가볍게 정성으로 江雨처럼 성글게 짰으니,
유월 우중에도 蘭臺에 부는 바람처럼 시원하리.
博羅山의 老仙이 때맞춰 계곡에서 갖고 나올 때,
천 년 된 돌 평상의 귀신같은 工人이 울었으리라.
뱀의 독이 진하게 모이고 골짜기 집도 눅눅하며,
강의 물고기도 먹이가 없어 모래를 물고 있다.
湘水에 비친 하늘을 한 자쯤 자르려 하니,
吳의 아가씨야! 吳刀가 무디다는 말을 마오.

| 詩意 | 羅浮山(나부산, 一名 東樵山)은 道教 10대 명산 중 하나인데, 今 廣東省 동부 博羅縣에 위치했는데, 주봉인 飛雲頂은 해발 1,296m로 알려졌다. 풍광이 수려하고 사계절의 기후가 적당하여 風景名勝區이며 避暑勝地로 '嶺南第一山'의 명성을 누리고 있다.

李賀는 역시 천재이다. 나부산의 어떤 노인이 葛布(갈포)로 짠

천을 이하에게 선물했고, 이하는 기뻐하며 이 시를 지었을 것이다.

여기에 蘭臺, 신선, 鬼工, 독사를 등장시켰고 물고기가 먹이를 못 찾고 모래를 물고 있다는 등 온갖 상상을 보태었다.

시인 자신은 자신의 작품에 만족하고, 후세에 이를 읽는 사람은 그 무한한 상상력과 공상의 세계에 감탄하게 된다.

《全唐詩》 391권에 수록되었다.

蘇小小墓(소소소묘)

幽蘭露，如啼眼.
無物結同心，煙花不堪剪.
草如茵，松如蓋.
風爲裳，水爲佩.
油壁車，夕相待.
冷翠燭，勞光彩.
西陵下，風吹雨.

蘇小小의 묘

의젓한 난초에 맺힌 이슬은,
눈물 머금은 눈동자!
同心으로 맺어줄 물건도 없다만,
안갯속 꽃이라도 잘라버릴 수 없네.
깔 자리 같은 풀밭,
수레 덮개 같은 소나무.
그녀의 치마는 바람이고,
물결처럼 찰랑대는 패옥.
기름 먹인 천의 수레,
밤이 오기를 기다린다.
무덤 안에 켜는 촛불은,

힘겨운 듯 빛을 발한다.
서쪽의 무덤 근처엔,
바람이 비를 몰고 왔다.

| 詩意 | 蘇小小(소소소)는 錢塘(蘇州)의 유명한 기녀였다. 南朝 고악부에 〈蘇小小歌〉가 있다고 했다. 소소소의 무덤은, 今 杭州市 西湖에 있다고 한다. 冷翠燭(냉취촉)은 무덤 안에 켜놓은 촛불이다.

옛날 前代의 名妓에 대한 이런 찬사를 통해 이하의 감정이 얼마나 다양하고 풍부한가를 알 수 있다. 그런 미인에 대한 사랑과 찬사는 허물이 아니다.

感諷(감풍) 五首 (其二)

奇俊無少年，日車何躃躃.
我待紆雙綬，遺我星星髮.
都門賈生墓，青蠅久斷絶.
寒食摇揚天，憤景長肅殺.
皇漢十二帝，唯帝稱睿哲.
一夕信豎兒，文明永淪歇.

느낌으로 풍자하다 (2 / 5)

뛰어난 인물 중에 젊은이가 없지만,
해를 실은 수레는 어찌 이리 빠른가?
나는 높은 자리에 오르고 싶지만,
세월 따라 흰머리만 내게 남았다.
도성 밖 賈誼(가의)의 무덤에는,
헐뜯던 소인들 사라진 지 오래다.
하늘에 봄기운 일렁이는 한식날,
분노의 그림자는 늘 스산하도다.
漢의 황제 열둘 중에서,
오직 文帝만 예지에 사려 깊었다.
어느 날 간신의 말을 믿었기에,
文雅와 총명을 영원히 잃어버렸다.

| 詩意 | 賈誼(가의, 前 200 – 168)는 漢文帝(재위 前 180 – 150년)에 의해 등용되었지만, 周勃(주발)과 관영 등 원로 武臣이 가의를 모함하자, 가의는 長沙王의 태부라는 직책으로 밀려나 지방으로 방출되었다.

영명한 황제, 검소한 생활로 모범을 보였던 文帝도 소인의 말을 믿는 실패가 있었다. 이하는 남을 헐뜯는 소인들을 미워했다.

浩歌(호가)

南風吹山作平地, 帝遣天吳移海水.
王母桃花千遍紅, 彭祖巫咸幾回死.
青毛驄馬參差錢, 嬌春楊柳含細煙.
箏人勸我金屈卮, 神血未凝身問誰.
不須浪飲丁都護, 世上英雄本無主.
買絲繡作平原君, 有酒惟澆趙州土.
漏催水咽玉蟾蜍, 衛娘髮薄不勝梳.
看見秋眉換新綠, 二十男兒那刺促.

호탕한 노래

南風이 산을 날려버려 평지로 만들고,
天帝는 天吳를 보내 海水를 옮기게 했다.
西王母 桃花는 천 번이나 꽃을 피웠고,
彭祖와 巫咸은 여러 번 죽었다가 회생했다.
푸른 갈기 青驄馬는 동전 무늬가 엇갈렸고,
날렵한 봄버들은 연한 아지랑이 머금었다.
箏(쟁)을 타는 미인은 내게 金屈 술잔을 권하고,
神血은 응결치 않았는데 이 몸을 누구에 의탁하나?
〈丁都護〉의 가락 속에 마구 마시지 말지니,
이 世上의 英雄에게는 본래 主君이 없다.

비단 실꾸리 사서 平原君을 수놓고,
술이 있다면 오로지 趙州의 땅에 뿌려야 한다.
바삐 떨어지는 물 받느라 옥 두꺼비는 목이 메고,
衛娘은 머리가 빠져 빗질을 감당하지 못한다.
보아하니 젊고 검은 눈썹은 흰 눈썹이 되었으니,
이십 대의 사나이가 어찌 이리 빨리 늙었나?

| 詩意 | 이 시에는 典故가 많이 인용되었다.

天吳(천오)는 물을 관리하는 신(水伯)인데, 얼굴이 여덟 개에 다리와 꼬리도 8개라 하였다. 彭祖(팽조)는 8백 년이 넘게 살았다는 신선이고, 巫咸(무함)은 옛날 신통력을 가진 무당의 이름이다. 金屈卮(금굴치)는 손잡이가 굽은 술잔(卮는 술잔 치)이고, 〈丁都護〉는 악부의 제목이다. '漏催水咽玉蟾蜍'는 물시계의 물방울이 자주(빨리) 떨어지기에 그것을 받아야 할 옥으로 만든 두꺼비〔蟾蜍(섬서)〕가 목이 막힌다는 말이다. 또 '衛娘髮薄不勝梳'의 衛娘(위랑)은 무제의 총애를 받았던 황후 衛子夫를 지칭한다.

산과 바다를 옮기고, 천년 동안 몇 번을 죽었다가 회생하는 거창한 뜻과 내용이 끝에 가서는 젊은 뜻을 잃어버리고 노쇠한 신세를 한탄하는 노래가 되었다.

하여튼 이하의 자유분방하고 천재적인 낭만은 그 끝이 없는 것 같다.

《全唐詩》 390권에 수록.

唐兒歌(당아가)

頭玉磽磽眉刷翠, 杜郎生得眞男子.
骨重神寒天廟器, 一雙瞳人剪秋水.
竹馬梢梢搖綠尾, 銀鸞睒光踏半臂.
東家嬌娘求對値, 濃笑畫空作唐字.

眼大心雄知所以, 莫忘作歌人姓李.

당나라 아이 – 杜豳公(두빈공)의 아들

옥같이 야무진 얼굴에 그린 듯 진한 눈썹,
杜郎(두랑)은 정말 잘생긴 아들을 두었다.
묵직한 골격, 맑은 정신은 종묘의 祭器 같고,
한쌍의 눈동자 가을 물처럼 해맑더라.
竹馬는 뛰면서 푸른 꼬리를 흔들고,
은으로 만든 난새는 팔뚝 아래서 번쩍인다.
이웃집 예쁜 아가씨 짝을 구할 마음으로,
진하게 웃으며 허공에 唐字를 써본다.

안목과 心志가 원대하여 큰 그릇이라 알만하니,
잊지 말아라. 이 노래 지은 사람은 李賀란다.

| 이하 |

| 詩意 | 唐兒는 杜豳公(두빈공)의 아들을 말한다. 두빈은 당 현종의 신하였다.

아이들 중에도 잘생긴 외모에 특히 영특하여 눈에 띄는 경우가 있다. 이 시의 주인공이 그랬을 것이다. 그 아이가 뒷날 어떻게 되었는지는 모르나, 잘생긴 외모라면 그만한 인물값을 했을 것이라 추정할 수 있다.

本 작품은 《全唐詩》 390권에 수록되었다.

啁少年(조소년)

青驄馬肥金鞍光, 龍腦入縷羅衫香.
美人狹坐飛瓊觴, 貧人喚云天上郞.
別起高樓臨碧篠, 絲曳紅鱗出深沼.
有時半醉百花前, 背把金丸落飛鳥.
自說生來未爲客, 一身美妾過三百.
豈知劚地種苗家, 官稅頻催勿人織.
長得積玉誇豪毅, 每揖閑人多意氣.
生來不讀半行書, 只把黃金買身貴.
少年安得長少年, 海波尚變爲桑田.
榮枯遞傳急如箭, 天公不肯於公偏.
莫道韶華鎭長在, 髮白面皺專相待.

젊은이를 비웃다

살찐 青驄馬(청총마)에 금빛 안장 번쩍이고,
龍腦(용뇌) 향 먹인 비단 적삼이 향기롭다.
바짝 껴안은 미인이 옥 술잔을 받드니,
貧人은 그런 公子를 天上郞이라 부른다.
또 다른 높은 누각은 푸른 대밭 곁에 있는데,
낚시에 걸린 붉은 잉어 깊은 연못서 올라온다.
때로는 꽃밭에서 얼큰하게 취하고,

짊어진 금 탄환으로 나는 새를 떨어트린다.
태어난 이후 집 떠난 적 없다고 자랑하며,
자신이 거느렸던 미인이 3백 명이 넘는단다.
그러니 땅 파는 농부를 어떻게 알 수 있겠는가?
관아에서는 부세 독촉에 남의 비단도 앗아간다.
金玉을 늘려 재산이 많다고 자랑하고,
언제나 한량과 인사 나누며 콧대만 높아진다.
태어나 반줄의 책도 읽지 않았고,
다만 황금으로 제 몸만 귀하게 만들었다.
그런 젊은이가 어찌 끝까지 젊을 수 있으며,
파도치는 바다가 정말로 뽕밭이 된단다.
榮枯盛衰(영고성쇠) 뒤집기가 화살보다 빠르고,
하늘도 그대들 편만 들어주지는 않으리라.
아름다운 꽃이 언제나 핀다고 말하지 말지니,
흰머리와 주름살이 오직 너희를 기다린단다.

| 詩意 | 〈嘲少年〉의 嘲는 비웃을 조. 부잣집 한창 젊은이가 어찌 인간의 영고성쇠를 짐작하겠는가? 태어나 반줄의 책도 읽지 않은 젊은이가 술과 여인의 가슴 말고 또 무엇을 알겠는가?

젊음이 영원하지 않다는 사실을 알만한 젊은이이라면 세월과 인생을 낭비하지 않을 것이다.

苦晝短(고주단)

飛光, 飛光, 勸爾一杯酒.
吾不識青天高, 黃地厚,
唯見月寒日暖, 來煎人壽.
食熊則肥, 食蛙則瘦.
神君何在? 太一安有?
天東有若木, 下置銜燭龍.
吾將斬龍足, 嚼龍肉.
使之朝不得迴, 夜不得伏.
自然老者不死, 少者不哭.
何爲服黃金, 呑白玉?
誰似任公子, 雲中騎碧驢.
劉徹茂陵多滯骨, 嬴政梓棺費鮑魚.

짧은 낮이 괴롭다

날아가는 빛, 날아가는 빛이여,
그대에게 술 한 잔 권하노라.
하늘 높고, 땅 두꺼운 줄을 나는 모르지만,
차가운 달빛, 따슨 햇볕이,
인간의 수명을 줄이는 것만 안다오.

곰 발바닥을 먹으면 비대하고,
개구리나 잡아먹는다면 수척하다.
神君은 어디에?
太一神은 어디에 있나?
하늘 동쪽에 若木(약목)이 있고,
그 아래 용이 촛불을 입에 물고 있다네.
내가 그 용의 다리를 자르고,
그 고기를 씹어먹을 것이다.
그래서 아침이 다시 돌아오지 못하고,
밤이 다시 찾아오지 못하게 하리다.
그러면 저절로 늙은이는 죽지 않고,
죽은 젊은이 때문에 통곡하지 않으리라.
황금과 백옥의 선단을 어찌 복용하는가?
구름 속으로 흰 나귀를 타고 간,
任公子는 어떤 사람인가?
武帝(劉徹)의 茂陵엔 유골이 많이 남았고,
진시황(嬴政)의 관에는 포를 뜬 생선만 낭비했다.

| 詩意 | 낮이 짧다면 긴긴밤 때문에 괴롭다는 뜻이다. 긴 밤에 잠을 못 이루고 온갖 공상으로 날밤을 새고 있는 이하의 모습이 떠오른다.

이하는 흘러가는 세월을 탓하면서, 지상에서 신선술이나 연금술에 의한 仙丹이 아무 소용이 없다고 말한다. 물론 사후의 세계도 인정하지 않기에 진시황〔嬴政(영정. 嬴이 성씨, 政은 名)〕의 무덤 속에 포를 뜬 생선만 낭비했다고 일침을 가했다.

《全唐詩》 392권 수록.

致酒行(치주행)

零落棲遲一杯酒，主人奉觴客長壽.
主父西遊困不歸，家人折斷門前柳.
吾聞馬周昔作新豐客，天荒地老無人識.
空將牋上兩行書，直犯龍顏請恩澤.
我有迷魂招不得，雄雞一聲天下白.
少年心事當拏雲，誰念幽寒坐嗚呃.

술을 마시며

몰락하여 그럭저럭 술이나 마시는데,
주인은 술잔 들어 나그네 건강을 빌어준다.
변경서 곤경에 처한 主父偃이 돌아오지 못하자,
집안에선 대문 앞 버드나무를 베어버렸다.
듣기론, 옛날에 馬周가 新豐의 나그네였을 때,
하늘과 땅 위에 알아주는 한 사람 없었다.
할 일 없어 종이에 글 두 줄을 써가지고,
직접 황제께 은택을 베풀어달라 요청했었다.
나는 잃어버린 내 혼령을 불러오지 못했고,
수탉이 한 번 울자 천지에 날이 새었다.
젊은이 기백에 응당 구름을 잡아야 하거늘,
누가 알겠나! 어두운 구석에서 흐느끼는 나를!

| 詩意 | 이는 元和 5년(810), 李賀 21세 때 한유가 이하에게 과거 응시를 권할 무렵에 지은 시로 알려졌다. '至日長安里中作(동짓날에 장안에서 짓다)' 라는 부제가 있다.

主父偃(주보언, ? – 前 126, 主父는 복성)은 前漢 齊國 臨菑(임치) 사람으로 빈한했으나 등용된 뒤에 武帝에게 제후의 세력 삭감을 위하여 '推恩令(추은령)의 시행' 을 건의했었다.(《漢書》 64권, 上〈嚴朱吾丘主父徐嚴終王賈傳〉에 입전.)

馬周(마주, 601 – 648, 字는 賓王)는 唐 태종을 도운 名臣으로, 태종이 "잠깐이라도 마주를 못 보면 금방 보고 싶어진다(暫不見周, 卽思之)."라고 말한 사람이다.

이하는 술을 마시면서 가난하고 불우했지만 뜻을 이룬 옛사람을 회상하며 자신의 큰 뜻을 표출하였다.

《全唐詩》 391권 수록.

| 이하 |

將進酒(장진주)

琉璃鐘, 琥珀濃, 小槽酒滴眞珠紅.
烹龍炮鳳玉脂泣, 羅幃繡幕圍香風.
吹龍笛, 擊鼉鼓, 皓齒歌, 細腰舞.
況是青春日將暮, 桃花亂落如紅雨.
勸君終日酩酊醉, 酒不到劉伶墳上土!

술을 권하며

유리 술잔에 호박향이 진한 술,
작은 항아리에 술 방울은 붉은 진주로다.
삶은 용, 구워낸 봉황에 기름이 떨어지고,
비단 휘장 수놓은 가림막에 향내가 난다.
용의 피리를 불고, 악어가죽 북을 치며,
이가 하얀 미인의 노래, 가는 허리 여인의 춤.
지금 청춘의 하루가 지려 하고,
桃花가 붉은 비처럼 어지러이 쏟아진다.
권하노니, 종일토록 술에 흠뻑 취하여,
남은 술이 劉伶(유영)의 묘까지 못 가게 해야지!

| 詩意 | 좋은 술과 안주, 풍악과 미인의 노래와 춤 – 이 정도면 완비된 술자리이다.

세속의 재물, 미인, 기생집에서 마시는 술(世財, 紅粉, 歌樓酒), 이 세 가지에 미혹되지 않는 사람이 있는가?(誰爲三般事不迷). 여색에 미혹되지 않으면 참된 군자이지만(爲三般事不迷), 술을 보고도 마시지 않는다면 대장부가 아니다(見酒不飮非丈夫). 그리고 술이 들어갈 창자는 바다만큼이나 넓고(酒腸寬似海), 여색을 탐하는 마음은 하늘만큼 크다(色膽大如天).

실제로 술잔에 빠져 죽은 사람은(酒杯裏淹死的人), 바다에 빠져 죽은 사람보다 오히려 더 많다(比大海的還要多). 한 잔 술로 온갖 근심을 풀고, 술 두 잔에 온갖 근심을 잊는다(一飮解百結, 再飮破百憂). 그리고 술 석 잔에 만사를 다 좋게 만들고(三杯和萬事), 한번 취하면 모든 근심을 풀어버린다(一醉解千愁).

그러니 오늘 이 저녁에 술이 있다면 오늘 취하고(今夕有酒今夕醉), 내일 걱정거리가 생긴다면 내일 걱정해야 한다(明日愁來明日愁).

詩 마지막에 등장하는 劉伶(유영)은 竹林七賢의 한 사람으로 유명한 술꾼이다. 죽은 뒤 헛된 명성을 누리는 것은(與其身後享那空名), 살아 있을 때 뜨거운 술 한 잔만 못하다(不若生前一杯熱酒).

013
李涉(이섭)

李涉(이섭, ? - 830?)은 호가 清溪子이다. 廬山(여산)에 은거하다가 나중에 절도사의 막료로 일했었고, 穆宗 長慶 원년(821)에 太學博士를 역임했었다. 평소에 여행을 즐겨했는데, 시와 인품이 모두 뛰어났었다.

再宿武關(재숙무관)

遠別秦城萬里遊, 亂山高下出商州.
關門不鎖寒溪水, 一夜潺湲送客愁.

다시 武關에서 숙박하다

秦城을 멀리 두고 일만 리를 왔는데,
높고 낮은 산을 거쳐 商州를 지났네.
關門도 차가운 냇물을 막아두지 못하니,
밤새워 소리내 흐르며 객수를 실어 보낸다.

| 詩意 | 今 西安市(漢 長安)를 중심으로 동쪽 函谷關(함곡관), 남 武關, 서 散關, 북 蕭關(소관)으로 둘러싸인 땅을 關中이라 부른다. 潺은 물 흐르는 소리 잔. 湲은 물 흐를 원. 潺湲은 물이 졸졸 흐르는 모양, 눈물이 하염없이 흐르는 모양. 나그네의 여행과 객수를 잘 표현했다는 생각이 든다. 이섭의 시는 모두《全唐詩》477권에 수록되었는데, 五言絶句나 律詩는 하나도 없고 모두 七言詩이다.

井欄砂宿遇夜客(정란사숙우야객)

暮雨蕭蕭江上村，綠林豪客夜知聞.
他時不用逃名姓，世上如今半是君.

정란사에서 자다가 밤손님을 만나다

밤비가 부슬부슬 내리는 강가 마을에서,
녹림의 사나이가 밤에 인사한다고 왔네.
다른 날 이름을 감출 필요가 없나니,
요즈음 세상 절반은 그대 같은 사람이라오.

| 詩意 | 이섭이 九江縣 皖口(환구)란 곳에서 綠林豪客(녹림호객)을 자처하는 밤손님을 맞이하게 되었다. 녹림호객은 갖고 있는 재물을 달라고 했을 것이고, 이섭은 담담하게 도둑 일행을 훈계했다. 도둑은 감격하면서 '박사님의 시' 한 수를 부탁했다.

題鶴林寺僧室(제학림사승실)

終日昏昏醉夢間，忽聞春盡强登山.
因過竹院逢僧話，又得浮生半日閒.

학림사 승방에서 짓다

종일 심란한 마음이 꿈속을 헤매듯 하다가,
홀연 봄날이 다한다 하여 억지로 산에 올랐다.
지나며 竹院의 스님을 만나 이야기하면서,
浮生은 우연히 한나절을 한가로이 즐겼네!

| 詩意 | 鶴林寺는 江蘇省 鎭江市에 있는 절이라고 한다. 시인이 얻은 짧은 시간의 한가함을 놓치지 않고 마음에 새겨둔 셈이다.

014
楊敬之(양경지)

楊敬之(양경지, 생졸년 미상, 字는 茂孝)는 젊은 시절에 韓愈(한유)의 인정을 받았고, 憲宗 元和 2년(807)에 진사 급제하였다. 이후 여러 관직을 역임했는데 國子監 祭酒를 지냈다.

贈項斯(증항사)

幾度見詩詩總好，及觀標格過於詩.
平生不解藏人善，到處逢人說項斯.

항사에게 보내다

시를 몇 편 보았는데 모두가 우수했고,
풍모와 도량은 그 시보다도 더 뛰어났다.
평생에 선행 쌓기를 게을리하지 않아서,
도처에 만나는 사람마다 항사를 칭송한다.

| 詩意 | 起句 '幾度見詩詩總好' 에서 보듯 많은 시인들이 자신의 시 작품을 고관이나 유명 시인에게 보내 인정을 받고 천거되기를 희망했다. 이렇게 詩卷을 보내는 것을 行卷(행권)이라 했다.

項斯(항사, 人名)도 양경지에게 여러 번 시를 보냈던 모양이다. 시인 張籍(장적)도 〈贈項斯〉라는 시에서 항사를 칭송하였다.

'단정히 앉아 시를 읊으며 배고픔을 잊으니(端坐吟詩忘忍飢),
만인 중에 그대 같은 사람 찾아보기 어렵다(萬人中覓似君稀).'

015

項斯(항사)

項斯(항사, 생졸년 미상, 字는 子遷)는 武宗 會昌 4년(844) 진사과 급제했고, 나중에 潤州 丹徒縣 縣尉로 근무하다가 현지에서 죽었다. 項斯는 水部員外郎 張籍(장적)의 인정을 받았고, 그 시풍은 장적을 닮아 清妙하고 특별하였다.

《全唐詩》 554권 수록.

江村夜泊(강촌야박)

日落江路黑，前村人語稀.
幾家深樹裏，一火夜漁歸.

강촌에서 밤을 지내다

해 지자 강변 길은 컴컴하고,
앞마을 사람 말소리도 드물다.
키큰 나무 사이로 몇 채 민가에,
고기 잡아 횃불 들고 돌아온다.

| 詩意 | 시인이 지켜본 江村의 밤 풍경이다. 나그네에게는 컴컴하고 낯선 길이지만 마을 사람에게는 익숙한 길이다. 횃불은 자신보다는 가족에게 보내는 '지금 돌아가고 있다' 는 신호일 것이다.

타향에서 온 나그네 - 잠을 못 이루고 횃불을 지켜보고 있다.

途中逢友人(도중봉우인)

長大有南北，山川各所之.
相逢孤館夜，共憶少年時.
爛醉百花酒，狂題幾首詩.
來朝又分袂，後會鬢應絲.

도중에 友人을 만나다

어른이 되어 남북을 다니며,
서로가 가는 산천이 있도다.
외진 객관에서 상봉한 밤에,
함께 어린 시절을 이야기한다.
흠뻑 百花酒에 취했고,
시 몇 수를 멋대로 읊었다.
내일 아침 또 헤어지면,
다음 만날 때 응당 백발이리라.

| 詩意 | 타향에서 어릴 적 벗을 만난다면 참 반가우리라. 어른이 되어 살길이 제각각이고 갈 곳도 다르다. 옛이야기하면서 술에 취하고, 시인이라고 시를 읊으며 – 모든 것이 눈에 보인다.

宿山寺(숙산사)

栗葉重重復翠微, 黃昏溪上語人稀.
月明古寺客初到, 風度閑門僧未歸.
山果經霜多自落, 水螢穿竹不停飛.
中宵能得幾時睡, 又被鐘聲催著衣.

山寺에서 자다

빽빽한 밤나무 푸른 잎사귀들 다시 시드는데,
해질 무렵 냇가엔 사람 말소리도 안 들린다.
달밝은 옛 절에 나그네가 찾아들었지만,
조용한 절간에 스님은 아직 안 돌아왔다.
숲속의 열매는 서리 맞아 저절로 많이 떨어졌고,
물나방은 대밭 사이로 쉬지 않고 날아다닌다.
한밤에 몇 번씩 깨었다가 잠이 드는데,
종소리 듣고서는 서둘러 옷을 찾아 입는다.

| 詩意 | 옛날, 강가 농촌 마을의 민가, 그리고 산속의 절에 밤이 들면 무엇으로 밤을 밝히는가? 밀랍의 초? 그것은 정말 귀하고 비쌌다.

들기름 등잔? 그러면 들깨 농사를 짓고 들기름을 짜야 한다. 그 비용도 만만치 않았다.

가는 싸리나무나 자작나무 가지에 불을 붙여 잠깐씩 어둠을 밝혔다. 그러니 달빛이 얼마나 고마운가를 알 수 있다. 횃불 들고 돌아오는 길은 쉽게 생각할 수 있다.

절에서는 혼자 어둠 속에 그냥 누워 있어야 한다. 그러니 나그네의 수심이 더 깊어지고 깊은 잠을 잘 수 없었을 것이다.

절에서 하루 일과는 새벽 3시부터 시작한다. 새벽 예불에 종을 치는데, 그 종소리에 나그네도 서둘러 옷을 입는다. 나그네는 밤새 잠을 설쳤다는 뜻이다.

016
朱慶餘(주경여)

朱慶餘(주경여, 799 – ?)의 이름은 可久(가구)이며, 慶餘는 그의 字이다. 敬宗 寶曆 2년(826)에 진사가 되어 校書郎 등의 직책을 역임하였다. 그 當時에 韓愈와 비슷한 명성을 누리고 있던 張籍(장적)이 그의 文才를 인정하여 그때에 제법 文名이 있었다고 한다.

宮詞(궁사)

寂寂花時閉院門, 美人相並立瓊軒.
含情欲說宮中事, 鸚鵡前頭不敢言.

궁사

꽃이 핀 적막 속에 출입문을 닫고서,
미인은 나란히 아름다운 난간에 섰네.
뜻이 있어 궁중 일을 말하고 싶지만,
앵무 앞이라서 말을 하지 못하네.

| 詩意 | 소재가 독특하다. 여인들의 세계는 말이 많은 곳인데 그곳의 특징 하나를 주제로 삼았다.

鸚鵡(앵무) 새처럼 소리와 말을 흉내 내는 것을(主見 없이 다른 사람의 말을 따라 하기) 學舌(학설)이라 한다. 여기저기 말을 퍼트리는 것도 학설이다.

이 시는 하고 싶은 말도 할 수 없는 宮怨을 묘사하였다. 여인들의 '붉은 입에 붉은 혀(赤口赤舌)'는 그들의 생리이고, 여자의 혀에는 뼈가 없다(女人舌頭上沒骨頭). 그리고 혀는 몸을 자르는 칼이고(舌是斬身刀), 입은 화복이 들어오는 문이다(口爲禍福之門).

《全唐詩》 514권 수록.

近試上張水部(근시상장수부)

洞房昨夜停紅燭, 待曉堂前拜舅姑.
妝罷低聲問夫婿, 畫眉深淺入時無?

시험 전에 張水部에게 올리다

신방엔 지난 밤새 촛불을 켜놓았고,
밝으면 시부모께 문안을 올려야 한다.
화장을 끝내고 나지막이 남편에게 묻는데,
그린 눈썹 짙기가 유행하고 맞나요?

| 詩意 | 一作 〈閨意 獻張水部〉. 張水部는 張籍(장적)이다. 장적의 관직은 工部 산하 水利와 土木공사를 담당하는 水部員外郎이었다.

이 시는 과거 응시자가 유명 문인에게 자신의 文才를 인정받기 위하여 보내는 시였다. 이런 뜻으로 보내는 시를 '溫卷(온권)' 이라고 하는데, 이런 과정이 과거 시험에 영향을 끼쳤기에 그때는 빼놓을 수 없는 절차였다고 한다.

이 시는 敬宗 寶曆 2년(826)에 지어졌다. 신혼부부가 신혼 후 첫 문안인사를 올리는 일을 소재로 삼아서 자신의 文才 천거를 희망하고 있다.

《全唐詩》 515권 수록.

自述(자술)

詩人甘寂寞, 居處遍蒼苔.
後夜蟾光滿, 鄰家樹影來.
豈知蓮帳好, 自愛草堂開.
願答相思意, 援毫愧不才.

혼자 말하다

시인은 적막을 즐기며,
거처엔 푸른 이끼가 덮였다.
밤 깊어 달빛만 가득한데,
옆집 나무 그림자가 드렸다.
어찌 알랴? 연꽃이 휘장처럼 둘렀으니,
혼자 좋아 초당을 열어놓았다.
서로 그리는 뜻을 답하려 하니,
재주 없어도 전혀 부끄럽지 않다.

| 詩意 | 시인의 자기소개서이다.

적막을 좋아하며 많은 사람이 왕래하지 않기에 거처에 푸른 이끼가 많습니다. 한밤까지 늦도록 달빛을 좋아합니다. 연꽃이 많아 휘장처럼 둘렀기에 초당의 문을 열고 즐깁니다. 벗을 그리는 마음을 전하려는데, 내 진심을 전하기에 글재주가 없어도 부끄럽지 않습니다. 《全唐詩》 515권에 수록.

017
盧仝(노동)

盧仝(노동, 795 – 835. 號는 玉川子, 仝은 한 가지 동, 同과 같음)은 初唐四傑의 한 사람인 盧照鄰(노조린)의 후손이다. 어려서부터 文名이 있었지만 20세 이전에 嵩山(숭산) 아래 少室山에 은거하면서 벼슬하지 않았다. 뒷날 한유로부터 詩才를 인정받고 낙양에 거주하였다.

文宗 大和 9년(835)에, 朝臣들이 환관에 의해 대량 학살되는 甘露之變(감로지변)이라는 정변이 일어난다. 노동은 재상 겸 領江南榷茶使(영강남각다사)인 王涯(왕애)의 집에 손님으로 머물다가 환관들에게 살해되었다.

그의 詩風은 奇詭險怪(기궤험괴)하여 사람들이 '盧仝體' 라고 부른다. 다만 악부시는 李益과 비슷하고, 근체시는 孟郊(맹교)와 서로 같다고 하였다. 그의 시집《玉川子詩集》이 전한다.

《全唐詩》387 – 389권에 수록.

喜逢鄭三游山(희봉정삼유산)

相逢之處花茸茸，石壁攢峰千萬重.
他日期君何處好，寒流石上一株松.

鄭三을 만나 즐겁게 游山(유산)하다

서로가 만났던 곳에 꽃이 한창이었고,
석벽이 쌓인 봉우리가 천만 겹이었다.
그대와 다음 만난다면 어디가 좋겠소?
시원한 냇가 바위 옆, 한 소나무 아래라오.

| 詩意 | 鄭三이 누군가는 모르지만 시의 내용으로 볼 때 隱士가 확실하다. 꽃은 수시로 변하는 것이니, 변치 않는 돌과 歲寒을 견디는 松으로 약속하는 것은 松과 石을 기리는 뜻일 것이다.

白鷺鷥(백로사)

刻成片玉白鷺鷥, 欲捉纖鱗心自急.
翹足沙頭不得時, 傍人不知謂閒立.

백로사 – 하얀 해오라기

옥돌 하나로 깎은듯 하아얀 해오라기,
작은 물고기 잡으려 마음만 다급하다.
물가 모래톱 한 다리 들고도 잡지 못했는데,
알지 못하는 옆사람 한가히 서있다 하네.

| 詩意 | 〈白鷺鷥〉 – 鷺는 해오라기 노(로). 鷥는 해오라기 사. 백로의 모습을 읊는 것으로 勢利나 俸祿(봉록)을 탐하는 세인들을 풍자하면서, 밖으로는 자신의 고결함을 강조한 뜻이 있다. 보통의 七絶은 平韻을 쓰지만 仄韻(측운)을 달아 古詩의 느낌이 있는 시라고 한다.

018

劉叉(유차)

劉叉(유차, 생졸년 미상, 叉는 깍지 낄 차. 엇갈리다. 叉名은 劉義)는 큰 체구에 협객 기질이 있어 술을 먹고 살인한 뒤, 숨어 지내다가 뒷날 사면을 받았다. 이후 독서하여 韓愈의 門客이 되었다.

유차의 시는 한마디로 '怪'로 표현하는데, 盧仝(노동)과 비슷한 시풍이었다.

《全唐詩》 395권에 그의 시 27首가 전한다.

代牛言(대우언)

渴飮潁水流，餓喘吳門月.
黃金如可種，我力終不竭.

소를 대신하여 말하다

목이 마르면 潁水(영수)의 물을 마시고,
굶으면 吳의 소처럼 달보고 헐떡거린다.
황금을 뿌려 농사지을 수 있다면,
나의 힘으론 끝내 마칠 수 없으리라.

| 詩意 | 인간의 욕망은 끝이 없다. 곡식 농사에 소의 힘으로 논밭을 경작한다. 만약 황금을 씨 뿌려 곡식처럼 농사지을 수 있다면 소는 쉴 겨를이 없을 것이며, 결국 인간의 욕망을 다 채울 수 없을 것이라고 소는 말하고 있다.

《全唐詩》395권 수록.

偶書(우서)

日出扶桑一丈高, 人間萬事細如毛.
野夫怒見不平處, 磨損胸中萬古刀.

우연히 쓴 시

해가 동쪽에서 한 길이나 솟아올랐고,
사람 사는 모든 일은 털처럼 많도다.
들판 농부는 세상 불공평하다 화를 내며,
가슴에 만년을 내려갈 칼을 갈고 있다.

| 詩意 | 1, 2 구에서는 이 세상에는 쇠털처럼 많은 일이 날마다 일어난다며 대략을 언급했다. 그리고 3, 4구는 시인 자신을 뜻을 서술하였다. 野夫는 유차 자신이며, 대의를 실현하며 불평을 바로잡고자 큰 뜻을 준비한다고 하였다.

019
崔涯(최애)

崔涯(최애, 생졸년 미상)는 吳楚 일대의 狂生으로 張祜(장호)와 친교가 있었고, 장호와 나란히 詩名을 누렸다.

揚州 청루의 기녀들이 최애의 칭송과 함께 최애의 시를 받으면, 그 기녀에게 손님이 몰렸다고 한다.

《全唐詩》 505권에 그의 시 12수가 수록되었다.

俠士詩(협사시)

太行嶺上二尺雪，崔涯袖中三尺鐵.
一朝若遇有心人，出門便與妻兒別.

협사의 시

太行山 고갯마루 눈이 두 자 쌓였지만,
崔涯는 소매 속에 석 자 칼이 들어있다.
어느날 만약 뜻이 통하는 사람 만나면,
집을 떠나며 처자와도 작별하리라.

| 詩意 | 가장 평범한 말로 협사의 단면을 그려내었다. 詩中에 자신의 성명을 넣는 경우가 매우 드문데, 최애는 자신의 이름을 넣었다. 하여튼 이백이나 王維 시 속의 少年 俠士, 또는 賈島의 협객과 다른 일면이 보인다.

別妻(별처)

隴上泉流隴下分, 斷腸嗚咽不堪聞.
嫦娥一入月中去, 巫峽千秋空白雲.

아내와 이별하다

隴西의 강물은 남쪽 강물과 따로 흐르는데,
애끊는 오열을 차마 들을 수가 없다.
嫦娥(항아)가 일단 달 속에 들어가 버리자,
巫峽(무협)엔 천년 흰 구름 공연히 떠있다.

| 詩意 | 아내와 영원한 이혼인지 일시적인 이별인지 알 수 없다.

隴郡(농군)의 산맥이 분수령이 되어 북쪽은 황하로, 남쪽은 장강으로 흘러간다. 嫦娥(항아)를 언급한 것을 보면 아내를 내쫓는 이별처럼 느껴진다.

020
皇甫松(황보송)

皇甫松(황보송, 생졸년 미상, 字는 子奇)은 皇甫湜(황보식)의 아들인데, 일생의 사적은 알려진 것이 없다. 《全唐詩》 369권에 18수가 수록되었는데 〈采蓮子〉, 〈怨回紇歌〉, 〈浪淘沙〉, 〈夢江南〉 등이 알려졌다.

勸僧酒(권승주)

勸僧一杯酒, 共看靑靑山.
酣然萬象滅, 不動心印閒.

승려에게 술을 권하다

승려에게 술 한 잔 권하고,
함께 푸르른 산을 바라본다.
즐기는 술에 萬象이 소멸하나니,
한가한 心印은 흔들리지 않는다.

| 詩意 | 술을 음식으로 권했고, 음식을 普施(보시)라 생각하여 받아 마셨을 것이다.

心印(심인)은 心心相印이니, 피차 마음과 마음으로 아는 것이다. 글이나 문자가 아닌 以心傳心(이심전심)으로 전해온(不立文字) 진리의 터득이 心印이다. 이때 心은 佛心이며 印은 印定이니, 마음으로 印章을 새기듯 확실하게 정한다는 뜻이다.

采蓮子(채련자) 二首 (其二)

船動湖光灩灩秋，貪看年少信船流.
無端隔水拋蓮子，遙被人知半日羞.

연밥 따기 (2 / 2)

배가 나아가며 호수 물결이 반짝이는 가을,
젊은이를 몰래 보며 물결에 배를 맡겼다.
까닭없이 물을 건너 연밥도 따지 않고서,
멀리서 사람이 알면 반나절은 부끄럽겠네.

| 詩意 | 〈采蓮曲〉은 樂府曲名으로 淸商曲辭에 속한다. 그 내용은 주로 순결한 애정생활의 묘사이다. 당의 시인들은 그 전통을 이어 賀知章, 李白, 王昌齡, 白居易 등 많은 시인들이 이 곡조에 맞춰 시를 지었다.

首句는 가을날 호수의 경치를 묘사하였다. 灩灩(염염)은 물결이 햇빛에 반짝이는 모양이다. 승구는 젊은이를 넋 놓고 바라보는 처녀의 모습이고, 轉句는 채련하는 처녀의 情念을 읊었으며, 결구는 떠나버린 젊은이에 대한 처녀의 원망이다.

전체적으로 청신한 격조에 意境이 아름다우며 民歌의 특장을 골고루 잘 갖춘 수작이라는 평가가 있다.

021
雍陶(옹도)

雍陶(옹도, 생졸년 미상, 字는 國鈞)은 文宗 大和 8년(834)에 진사과에 급제한 뒤에, 國子學 毛詩博士와 簡州刺史를 역임했다. 賈島, 徐凝(서응) 등과 가까웠다. 만당의 시인으로 분류되기도 한다. 《全唐詩》 518권에 그의 시가 수록되었다.

天津橋望春(천진교망춘)

津橋春水浸紅霞，煙柳風絲拂岸斜.
翠輦不來金殿閉，宮鶯銜出上陽花.

천진교에서 바라본 봄날

천진교 아래에 봄물은 저녁 노을에 물들었고,
안갯속 버들은 실처럼 흔들리며 강둑에 기울었다.
황제의 輦車가 오지 않자 궁궐은 문을 닫았고,
궁궐의 앵무는 상양궁의 꽃잎을 물고 날아왔다.

| 詩意 | 천진교는 낙양성내 洛水에 설치된 교량이다. 上陽은 副都인 낙양의 궁궐 이름이다. 저녁노을에 물든 낙양은 당의 쇠퇴를 상징적으로 예고하는 구절로 볼 수도 있다.

題情盡橋(제정진교)

從來只有情難盡，何事名爲情盡橋.
自此改名爲折柳，任他離恨一條條.

정진교에서

그전부터 정이란 끊기 어렵다고 하였거늘,
무슨 일로 정을 다한 다리라 이름 지었나?
오늘 이후 버들 꺾는 다리로 개명한다면,
버들가지마다 이별의 한이 남아 있으리라.

| 詩意 | 사실 情이란 합리적 논리로 설명할 수 없다. 왜 사랑하는지? 아니면 왜 미운지 따질 수가 없다. '그냥 싫다', '그냥 좋다' 는데 근거를 대라고 할 수 있는가? 이별의 정도 그렇다. 헤어지는 사람이 모두 이별의 한을 안고, 갖고 있는가? 그런 정이 일정한 시일이 경과하면 없어지는가? 하여튼 '정을 다한 교량(情盡橋)' 은 '정이 없어지는 교량' 인지도 모르겠다.

이 시는 그 무렵 인구에 널리 회자되었다. 사람이 초목이 아니거늘 누군들 정이 없겠는가?(人非草木, 孰能無情) 그리고 날씨가 춥고 더운 날이 있듯(天氣有冷熱), 인정에도 두껍고 얇음이 있다(人情有厚薄). 특히나 애정이 깊어지면 온갖 근심이 생겼다가(情極百病生), 애정이 이뤄지면 온갖 병이 낫는다(情舒百病除).

經杜甫舊宅(경두보구댁)

浣花溪裏花多處，爲憶先生在蜀時.
萬古只應留舊宅，千金無複換新詩.
沙崩水檻鷗飛盡，樹壓村橋馬過遲.
山月不知人事變，夜來江上與誰期.

두보의 옛집을 지나며

완화계 부근 꽃이 많이 핀 곳에서,
두보 선생께서 蜀에 살 때를 생각한다.
응당 이 옛집은 만고에 남아야 하고,
千金으로도 다시 新詩 바꿀 수 없다.
모래 둔덕이 무너지며 물새 모두 날아가고,
마을 교량에 나무가 늘어져 말도 천천히 간다.
山月은 세상 일이 바뀐 줄을 모르고,
밤들어 강에 뜨니 누구 함께 있겠는가?

| 詩意 | 숙종 乾元 2년(759), 대 시인 두보는 成都에 이주한 뒤, 성도 서남 교외의 浣花溪에 초당을 마련하고, 4년 가까이 지내는 동안 대량의 詩文 名篇을 창작했다. 후인들이 초당의 유적을 둘러보고 많은 시문을 지어 남겼는데, 시인 雍陶(옹도) 역시 詩聖의 평범하지 않았던 일생에 감동하여 이 칠언율시를 지었다. 이 시는 먼저 경치를 서술하고 자신의 뜻과 감개를 서술하는 방식으로 지어졌고, 대구를 적절히 선용하여 두보의 시와 같은 느낌을 남겨주었다.

제4부

晩唐(만당)의 詩

4부

晩唐의 詩風

일반적으로 晩唐(만당)은 文宗(재위 826 – 840)의 開成(836 – 840) 이후 약 70여 년으로 역사적으로는 당 제국의 완전 쇠퇴 및 멸망 시기에 해당한다.

이 시기에 내부적으로 궁궐 환관의 발호, 지역 절도사 등 군벌의 상호 충돌과 독자 세력의 형성, 黃巢(황소)의 난(875 – 884) 등을 거치면서 조정의 정치기강은 완전히 弛緩(이완)되었다. 결국 절도사 출신 朱全忠(주전충)에게 멸망되었다(907).

이 시기는 중당 시기 한유나 백거이 등의 질박, 강건한 시풍이 일변하여 艶麗(염려) 華麗(화려)한 시풍이 한때 크게 퍼졌던 시기였다. 詩壇뿐만 아니라 散文 분야에서도 화려한 修飾(수식)을 중히 여기는 駢麗文(변려문, 騈儷)이 다시 유행하였으니, 곧 唯美主義的(유미주의적) 문학이 우세하였다.

따라서 만당의 시단은 다른 시기보다 서정적이고 감상적이며 耽美

的(탐미적) 성격이 두드러졌다. 중당의 원진, 백거이는 문학의 가치를 사회의 교화라는 효용성을 강조하였지만, 만당의 시인들은 자신의 개인적 감정을 중시하고, 고민의 표출에 중점을 두었으며 문학의 미적 가치를 추구하고 중시하였다.

만당의 대표적 시인은 杜牧(두목)과 李商隱(이상은)인데, 그들에게서 이런 특징을 쉽게 찾아볼 수 있다. 이들은 문학의 예술적 성취를 위하여 문자의 彫琢(조탁)과 音律(음률)의 조화, 對句와 典故의 빈번한 사용 등 형식적 면에 많은 노력을 기울여 唐詩의 예술성을 크게 提高(제고)하였다.

그러나 만당의 시풍은 표면적인 修飾(수식)과 화려한 시구를 너무 추구하여 궁체시풍의 艷麗(염려)한 시가 나오게 되었으니, 韓偓(한악)과 溫庭筠(온정균)이 그 대표적 인물이라 할 수 있다.

만당 시단의 또 하나의 특징은 다수의 시인의 등장을 들 수 있다. 관직에 진출하여 이름을 남기지 못한, 곧 관직에 진출하지는 못했어도 시를 창작하고 감상할 시인 계층의 확대와 그들의 작품 속에 아주 훌륭한 佳句(가구)가 많았다. 이러한 상황은 盛唐 이후 중당을 거치면서 시의 보급과 창작이 무명의 은자나 승려, 농민과 부녀자 계층까지 보급 확산된 결과라 할 수 있다.

《全唐詩》에는 만당의 많은 시인들의 작품을 수록했고, 이어 唐 멸망 이후 五代十國의 시인들의 작품도 상당량을 수록하여 만당 시단의 영역을 확대하였다.

022
許渾(허혼)

許渾(허혼, 791 - 858?, 渾은 흐릴 혼)의 字는 用晦(용회, 또는 仲晦)이고, 潤州 丹陽(今 江蘇省 남부 鎭江市 관할 丹陽市) 사람이다. 文宗 太和 6년(832)에 진사에 급제하고, 宣宗 초에 감찰어사가 되었다가 睦州, 郢州(영주)의 자사를 역임하였다.

그의 많은 律詩와 絶句에는 대개 산림에 노닐거나 이별을 묘사한 작품이 많다. 시구가 원만하며 잘 다듬어졌다는 평을 들었는데, 當時의 유명한 시인인 杜牧이나 韋莊(위장) 등이 그를 따랐다고 한다. 그의 詩句 중에서 〈咸陽城東樓〉의 '山雨欲來風滿樓'가 아주 유명하며, 그의 시는 약 500여 수가 전해오는데, 《全唐詩》에는 528~538권에 수록되었다.

塞下曲(새하곡)

夜戰桑乾雪，秦兵半不歸.
朝來有鄕信，獨自寄征衣?

새하곡

상건하 雪原서 야간 전투를 했는데,
秦나라 군사의 절반이 못 돌아왔네.
아침에 고향서 편지가 왔는데,
겨울옷 부쳤다 썼으니 어쩌나?

| 詩意 | 이 시는 樂府題로 〈새하곡〉이라는 제목의 시는 매우 많다. 桑乾(상건)은 代郡 桑乾縣이고, 상건산에서 발원하여 북경 근처를 흐르는 蘆溝河(노구하)라는 주석이 있다. 하여튼 변방일 것이고, 여기서 秦兵은 당연히 唐兵이다.

楚宮怨(초궁원) 二首 (其二)

十二山晴花盡開, 楚宮雙闕對陽臺.
細腰爭舞君沈醉, 白日秦兵天上來.

초궁원 (2 / 2)

맑은 날 십이봉에 꽃은 활짝 피었고,
楚의 두 궁궐은 陽臺를 마주 보았다.
가는 허리 미녀 춤에 군왕은 취했고,
한낮에 秦 군사는 하늘서 내려왔다네.

| 詩意 | 巫山 神女와 楚 懷王(회왕)의 巫山之夢(무산지몽) 이야기는 아름다운 신화가 아니라 政事를 돌보지 않고 여색만을 추구했다는 뜻이다.

楚 靈王이 가는 허리의 미인들을 좋아하자 초나라 궁궐에 굶어 죽는 여인이 속출했다는 이야기 또한 게으른 정사에 여색을 추구한 결과가 나라를 멸망으로 이끌었다는 교훈으로 읽어야 한다. 전국시대의 楚는 前 223년에 秦에 멸망 합병되었다.

이 시 제목을 〈竹枝詞〉로, 또 李涉(이섭)의 詩라는 주장도 있다.

送宋處士歸山(송송처사귀산)

賣藥修琴歸去遲, 山風吹盡桂花枝.
世間甲子須臾事, 逢著仙人莫看棋.

송처사의 歸山을 송별하다

약재를 사고 琴 손질에 歸山이 늦어졌는데,
산바람 불면서 계수나무 가지를 뒤흔든다.
인간사 모두가 세월 따라 잠시면 뒤바뀌니,
신선을 만나도 바둑 구경은 하지 마시오.

| 詩意 | 處士는 才德을 갖추었으나 은거하며 出仕하지 않는 사람이다. 그가 약재를 사고 琴을 수리하는 일은 보통의 俗事와는 다르다. 그래도 기다리는 사람 쪽에서 보면, 시간이 오래 걸렸다는 느낌이리라. 시에 나오는 甲子는 육십갑자, 곧 인간 세상에 흘러가는 세월을 뜻한다.

《述異記》에 의하면, 西晉이 王質이란 사람이 산에 나무하러 갔는데 童子 몇 사람이 노래하며 바둑을 두고 있었다. 왕질이 서서 보고 있는데, 동자가 대추씨 같은 것을 하나 주워서 먹었더니 배가 고프지 않았다. 얼마 뒤에 동자가 '왜 가지 않느냐?' 고 묻자, 왕질이 도끼를 들고 일어서려는데 도낏자루가 다 썩어 부러졌다.

寄桐江隱者(기동강은자)

潮去潮來洲渚春，山花如繡草如茵.
嚴陵臺下桐江水，解釣鱸魚能幾人?

桐江의 隱者에게

물이 불었다 줄었다 하며 강가에 봄이 찾아오자,
꽃은 온 산을 수놓고 풀은 자리를 깔은 듯하다.
嚴陵臺(엄릉대) 아래 흐르는 桐江(동강)의 물에,
농어를 잡으려 낚시를 놓은 사람이 몇이런가?

| 詩意 | 桐江(동강)은, 睦州(목주)는 지금의 浙江省 杭州市 관할 桐廬縣, 建德縣 일대를 흐르는 강 이름.

後漢 건국자 光武帝 劉秀와 同門修學했던 嚴光(엄광, 字는 子陵)이 은거했고 노닐던 곳(嚴陵臺)이다.

엄광은 광무제의 관직을 끝까지 사양하고 富春山에 은거했다.

《全唐詩》 538권 수록.

謝亭送別(사정송별)

勞歌一曲解行舟，紅葉青山水急流.
日暮酒醒人已遠，滿天風雨下西樓.

사공정에서 송별하다

이별가 한 곡조 끝나 배를 풀어 떠나갔고,
단풍이 든 청산 아래 강물은 빨리 흐른다.
해질녘 술 깨니 떠난 사람은 이미 멀어졌고,
비바람 온 하늘 가득한데 西樓를 내려간다.

| 詩意 | 제목의 謝亭은 南朝 梁에서 宣城태수를 지낸 謝朓(사조, 464–499)가 세운 정자 사조루, 또는 謝公樓이다. 사조는 小謝라고 불리는 士族 문인으로 竟陵八友(경릉팔우)의 한 사람이다. 梁의 건국자인 武帝는 '삼 일간 사조의 시를 읽지 않으면 입에서 냄새가 난다.(三日不讀謝詩, 便覺口臭.)' 라는 유명한 말을 했다. 사조루는 安徽省 동남부 宣城市에 있는 江南 四大名樓의 하나이다. 본시의 勞歌는 남경의 유명한 송별 장소인 '勞勞亭의 노래', 곧 이별가이다.

《全唐詩》 538권 수록.

途經秦始皇墓(도경진시황묘)

龍盤虎踞樹層層，勢入浮雲亦是崩.
一種青山秋草裏，路人唯拜漢文陵.

진시황의 묘를 지나가며

龍虎처럼 위풍당당한 도성에 울창한 수풀,
하늘을 찌르던 기세는 어느새 붕괴되었다.
한줄기 청산에 시드는 가을 풀 사이로,
길 가는 사람들 漢文帝 능에만 참배한다.

| 詩意 | 진시황의 驪山(여산)의 陵을 조성하는데 70만 명을 동원했다고 한다. 황제의 시작이고 萬世에 이르도록 번영을 기대했지만 二世로 단명했다. 秦의 붕괴는 그 자체가 역사의 교훈이다.

근처 漢 文帝의 灞陵(파능)은 처음부터 부장품이 없는 검소한 능묘였기에 유일하게 도굴당하지 않았다.

길 가는 사람들이 파능에 참배하는 뜻을 시인은 잘 알고 있었으리라.

《全唐詩》 538권에 수록.

秋日赴闕題潼關驛樓(추일부궐제동관역루)

紅葉晩蕭蕭，長亭酒一瓢.
殘雲歸太華，疏雨過中條.
樹色隨山逈，河聲入海遙.
帝鄉明日到，猶自夢漁樵.

秋日에 長安에 가다가 동관역 누각에서 짓다

붉은 단풍은 저녁 바람에 휘날리고,
長亭에 쉬며 술 한 잔을 마신다.
조각구름은 華山으로 돌아가고,
조금씩 오는 비는 中條山에 내린다.
푸르른 빛은 산을 따라 멀어지고,
황하는 소리 내며 먼 바다로 간다.
장안에는 내일 도착하겠지만,
나는 아직 어부와 나무꾼을 그린다.

| 註釋 | ○ 〈秋日赴闕題潼關驛樓〉 – 〈秋日에 長安에 가다가 동관역 누각에서 짓다〉.

赴는 나아갈 부. 闕은 궁궐. 赴闕은 장안에 가다. 潼關(동관)은 지금의 陝西省 동남부 渭南市 潼關縣. '關中 땅의 東大門' 이라 할 수 있다.

○ 紅葉晩蕭蕭 – 蕭蕭(소소)는 바람소리.

○ 長亭酒一瓢 – 長亭(장정)은 10리 길마다 설치한 치안 시설, 검문소. 瓢는 바가지 표. 표주박.

○ 殘雲歸太華 – 殘雲(잔운)은 몇 조각의 구름. 歸 – 구름은 아침에 산에서 나왔다가 저녁에 산으로 돌아간다고 생각하였다. 太華는 西嶽, 華山.

○ 疏雨過中條 – 疏雨(소우)는 성긴 빗방울. 조금씩 내리는 비. 中條는 산 이름. 山西省 동북에서 서남으로 달리는 산맥. 동으로는 太行山, 남으로는 黃河에 닿았고, 서로는 황하를 사이에 두고 秦嶺을 마주보고 있다. 全長 약 400km. 最高峰은 海拔 2,321m. 도교의 聖地가 많다.

○ 樹色隨山逈 – 逈은 멀 형. 隨山逈(수산형)은 산을 따라 멀어졌다.

○ 河聲入海遙 – 遙는 멀 요. 멀어지다. 거닐다.

○ 帝鄕明日到 – 帝鄕은 長安.

○ 猶自夢漁樵 – 猶自(유자)는 여전히. 처음부터. 夢漁樵(몽어초)는 고기를 잡고 나무를 하는 생활을 꿈꾸다. 漁樵와 帝鄕은 對偶가 된다.

| 詩意 | 潼關(동관)은, 지금의 陝西省 渭南市 潼關縣이니 '關中 땅의 東大門' 이 바로 潼關이다. 長亭(장정)은 10리 길마다 설치한 휴게소이다. 中條는 山西省 南部에서 시작하여 동으로는 太行山, 남으로는 黃河에 닿았고, 서쪽으로는 황하를 사이에 두고 秦嶺과 마주보고 있는 산맥으로 그 안에 道敎의 聖地가 많다.

首聯의 두 구절은 가을의 여행길을 묘사했다. 흩날리는 낙엽과

길 주막에서의 한 잔이야 바로 가을 나그네의 이야기이다.

이어서 3－6句에 걸쳐 동관에서 바라본 풍경의 대강을 묘사하였다. 殘雲과 疏雨, 그리고 樹色과 河聲 어느 하나라도 빠져서는 안 될 것 같이 꽉 틀에 맞춘 그림과 같다.

그리고 마지막으로 필자의 마음이 펼쳐진다. 長安에는 내일 도착하겠지만 필자의 마음은 강변이나 농촌마을로 향해 있음을 알 수 있다.

본 작품은《唐詩三百首》에 실려 널리 알려졌다.

早秋(조추)

遙夜汎淸瑟, 西風生翠蘿.
殘螢栖玉露, 早雁拂金河.
高樹曉還密, 遠山晴更多.
淮南一葉下, 自覺老煙波.

초가을

긴긴밤 맑은 비파 소리 가득하고,
秋風은 푸른 담쟁이에 불어온다.
남은 반딧불이 찬 이슬에 숨고,
이른 기러기는 은하를 스쳐간다.
높은 나무는 새벽에 더 빽빽하고,
먼 산은 더더욱 깨끗하도다.
淮水 남녘에도 낙엽이 지니,
이 몸도 물결 따라 늙으리라.

| 註釋 | ○ 〈早秋〉 - 〈초가을〉. 동일 제목의 三首 중 하나이다. 초가을 경치를 그려 자신의 노년을 걱정하고 있다.

○ 遙夜汎淸瑟 - 遙는 멀 요. 遙夜는 長夜. 汎은 뜰 범. 泛流. 가득차다. 淸瑟은 청아한 거문고 소리.

○ 西風生翠蘿 - 西風은 秋風. 翠蘿(취라)는 푸른 담쟁이.

○ 殘螢栖玉露 - 螢은 개똥벌레 형. 반딧불. 栖는 깃들 서. 棲와

同. 委로 된 판본도 있다. 玉露(옥로)는 이슬.

○ 早雁拂銀河 – 拂은 털어낼 불. 스쳐 지나다.

○ 高樹曉還密 – 曉還密(효환밀)은 새벽에 다시 빽빽이 보이다.

○ 遠山晴更多 – 遠山은 더욱더 밝게 보인다는 뜻.

○ 淮南一葉下 – 淮南 회수의 남쪽. 회수에 낙엽이 하나 지는 것은, 곧 가을이 된다는 뜻이다. 한 해가 또 지나갈 것이다.

○ 自覺老煙波 – 老는 늙어갈 것이다, 늙을 것이다. 煙波(연파)는 물안개. 老煙波를 洞庭波로 한 판본도 있다.

| 詩意 | 1 – 7구가 모두 경치에 대한 서술이다. 이런 가을 풍경은 한 해가 지나간다는 뜻이고, 한 해가 지면 시인은 더 늙는다. 늙음에 대한 感傷이 나올 수밖에 없는 풍경이다.

전반 4구가 가을밤이고, 후반 4구는 낮의 풍경이다. 각각의 경물들이 모두 움직이고 있다. 시인의 세상을 보는 눈은 보통 사람과 다르다는 것을 알 수 있다.

記夢(기몽)

曉入瑤臺露氣清, 座中唯有許飛瓊.
塵心未盡俗緣在, 十里下山空月明.

꿈을 기록하다

새벽에 瑤臺에 드니 이슬 기운은 청량한데,
좌중에는 오직 許飛瓊(허비경)만 보였다.
속세의 정을 끊지 못해 남은 속연이 있어,
십 리 하산길에 실없이 달빛만 가득하다.

| 詩意 | 시인들의 생활이나 학문, 교제와 작품에 대해서는 세월이 지나면서 이런저런 이야기가 그럴싸하게 만들어지거나 꾸며진다. 이런 이야기를 보통 軼事(일사)라고 한다. 허혼에 대해서도 재미있는 이야기가 전해 온다.

어느 날 허혼이 술에 취해 잠이 들었는데, 허혼은 매우 높고 큰 산을 혼자 걷고 있었다. 산의 중턱을 지나 조금 더 올라가니 평평한 언덕이 나타나고, 거기에는 아주 멋진 궁전이 높이 솟아 있었다. 허혼은 처음 보는 곳이라서 어리둥절할 뿐이었다. 여러 사람들이 말하는 이야기를 들어 짐작하니 崑崙山(곤륜산) 같았다.

허혼은 사람을 따라 안으로 들어갔는데, 안에서는 큰 잔치를 하고 있었다. 허혼도 한편에 자리를 잡고 앉았다. 곧 허혼 앞에 산해진미가 차려지고 아름다운 여인들이 좋은 향기를 풍기며 허혼이 술과 음식을 즐기도록 도와주었다.

허혼은 여태껏 마셔 보지 못한 좋은 술을 서너 잔 연거푸 마셨다. 얼굴이 약간 화끈거리면서 기분이 좋아졌기에 허혼은 한 여인을 자리 앞에 앉히고 즐겁게 이야기를 나누었다. 좋은 술과 미인이, 그리고 온 자리에 유쾌한 웃음이 가득 하니 허혼은 하늘을 나는 기분이었다.

허혼이 여인의 이름을 물으니, 여인은 멈칫멈칫하다가 조그맣게 말했다.

"許飛瓊(허비경)입니다."

허혼은 그 이름이 어디서 익히 들었던 이름이라고 생각했지만 하도 이야기가 즐겁다 보니 더 캐묻지 않았다.

허혼은 허비경의 눈에 어떤 그리움 같은 것이 서리는 것을 보고 허비경의 손을 찾았다. 허비경은 아주 잠깐 손을 주었다가 뺐다. 허혼은 몹시 아쉬웠지만 더 어쩔 수가 없었다.

허혼이 잠깐 밖을 보니 해가 지려는 것 같았다. 허혼은 일어나 허비경에게 말했다.

"잠시 집에 좀 다녀와야 합니다."

허혼은 집 밖으로 나왔다. 그리고 산을 내려오다가 잠깐 발을 헛디뎠다. 허혼이 몸의 균형을 잡으려 움칫하다 보니 꿈이었다.

허혼은 몹시 아쉬웠다. 그러나 입에서는 술의 향기가 그대로 남아 있었다. 그리고 무엇보다도 여인의 눈이 또렷하게 보였고, 잠깐 잡았던 여인 손의 부드러운 촉감이 그냥 남아 있었다. 허혼은 자리에서 일어나 위의 시를 읊었다.

허혼은 붓을 놓고 다시 잠자리에 들었다. 새벽에 일어나 책을 잠깐 읽다가 다시 누워 꿀맛 같은 잠에서 허혼은 허비경을 다시 만났다. 허비경은 허혼에게 원망하듯 말했다.

"왜 내 이름을 속세의 詩文에 넣었습니까?"

허혼은 당황해서 얼떨결에 말했다.

"미안합니다. '天風吹下步虛聲(하늘 바람 불면서 발걸음 소리만 들렸네.)' 으로 고치겠습니다."

그러자 허비경도 만족한 듯 웃으며 말했다.

"정말 멋진 구절입니다."

허혼은 일어나 시를 다시 고쳐 썼다고 한다.

咸陽城東樓(함양성동루)

一上高城萬里愁，蒹葭楊柳似汀洲.
溪雲初起日沈閣，山雨欲來風滿樓.
鳥下綠蕪秦苑夕，蟬鳴黃葉漢宮秋.
行人莫問當年事，故國東來渭水流.

함양성의 동쪽 누각

높다란 함양성에 오르니 만리 고향이 그립다,
갈대와 버들은 고향의 모래섬과 비슷하구나.
구름이 막 내려앉은 시내와 해가 지는 누각에,
산속에 비가 오려는지 정자엔 바람이 가득하다.
새들은 풀밭에 놀고 秦의 궁터는 어두워지는데,
단풍 든 수풀에 매미 우는 옛 궁궐의 가을이다.
길 가는 사람들 그때 일을 묻지 마시구려,
흘러간 옛터의 동쪽으로 渭水는 흐른다.

| 詩意 | 제목을 〈咸陽城西樓晚眺(함양성서루만조)〉로 달리한 판본도 있다. 秦의 수도 咸陽은 長安에서 가깝지만, 이미 폐허이기에 동쪽 누각인지 서쪽 누각인지 알 수 없었던 것 같다.

詩의 溪는 '함양의 磻溪(반계)' 이고, 閣은 '慈福寺閣' 이라는 註가 있다. 마치 우리나라 흘러간 옛 노래 〈황성옛터〉를 듣는 느낌이다.

이 시의 주제는 '愁'이다. 첫 구의 '萬里愁' – 고향 생각에서 시작하여 가을 황혼의 폐허에는 바람이 불고 있다. 나그네가 아무도 秦과 漢代의 이야기를 묻지 않는다는 것은, 이제 완전히 잊힌 일이라는 뜻이다.

그렇지만 그때나 지금이나 성의 동쪽 渭水는 여전히 흐르고 있다. 옛 나라의 흥망성쇠에서 시인은 지금 唐나라의 쇠퇴를 확인하는 것 같다.

金陵懷古(금릉회고)

玉樹歌殘王氣終, 景陽兵合戍樓空.
松楸遠近千官塚, 禾黍高低六代宮.
石燕拂雲晴亦雨, 江豚吹浪夜還風.
英雄一去豪華盡, 唯有青山似洛中.

금릉에서 회고하다

玉樹歌가 끝나며 王氣 또한 종말이니,
景陽宮에 군사가 들어오며 수루는 비었다.
소나무 호두나무 사이에 수많은 관리 무덤,
기장이 심겨진 언덕은 6朝의 궁궐이었다.
石燕이 구름을 헤치면 맑은 날도 비가 오고,
江豚이 물결을 불으면 밤에도 바람이 분다.
영웅도 사라졌고 귀족 모두 죽어갔으나,
청산은 그대로 남았으니 낙양과 같구나.

| 詩意 | 玉樹歌는 6朝 陳의 마지막 황제인 後主가 지었다는 〈玉樹後庭花〉인데, 전형적인 亡國之音으로 알려졌다.

王氣는 새로운 왕조가 흥기할 기운. 楚의 威王(위왕)은 이곳의 왕기를 누르려고 황금을 묻었기에 金陵이라 불렀다.

景陽은 陳 後主의 궁궐 이름. 隋(수)나라 군사가 쳐들어올 때 진 후주는 張麗華(장려화)와 함께 마른 우물에 몸을 숨겼었다.

六代宮은 吳, 東晋. 宋, 齊, 梁, 陳朝의 궁궐.

石燕은 돌로 만들어진 제비인데, 풍우를 만나면 날아다니다가 그치면 돌로 변한다는 전설 속의 제비이다.

江豚(강돈)은 長江에 사는 돼지 모양의 짐승인데, 이 강돈이 장강의 풍파를 일으킨다고 믿었다. 여기의 江豚은 長江에 서식하는 돌고래일 것이다.

금릉을 배경으로 일어났던 6朝의 영웅이나 귀족 모두 죽고 없으나 산천은 그대로이며 洛陽의 산천과 똑같다는 시인의 감상으로 시를 마무리했다.

《全唐詩》 533권 수록.

023

雍裕之(옹유지)

雍裕之(옹유지, 생졸년 미상) - 成都 출신, 德宗 貞元(785 - 804) 무렵에 오랫동안 급제하지 못하고 사방을 떠돌았다. 악부시를 잘 지었고, 《全唐詩》 471권은 그의 시를 1권으로 묶었다.

自君之出矣(자군지출의)

自君之出矣，寶鏡爲誰明?
思君如隴水，長聞嗚咽聲.

그대 떠난 뒤로

그대 떠나가신 뒤로,
寶鏡을 누굴 위해 닦겠습니까?
그리운 마음은 산속 냇물처럼,
오래 들어 흐느껴 목이 멥니다.

| 詩意 | 〈自君之出矣〉는 樂府 舊題로 후한 말기 徐幹(서간)의 시 〈室思〉에서 비롯되었다. 〈室思〉는 「自君之出矣, 明鏡暗不治. 思君如流水, 無有窮已時.」라 하였다.

이후 6朝에서 唐代에 이르기까지 이를 본떠 지은 시가 매우 많았다. 낭군을 그리는 여인의 간절한 심사를 다양하게 그려낼 수 있어 크게 유행하였다.

春晦送客(춘회송객)

野酌亂無巡，送君兼送春.
明年春色至，莫作未歸人.

저무는 봄날 손님을 보내다

들에서 돌리는 술잔은 순서가 없고,
그대를 보내며 봄도 함께 보낸다오.
내년에 봄날이 다시 찾아오리니,
돌아오지 않는 사람이 되지 마시오.

| 詩意 | 실제로 봄날 들판이나 냇가에서 시작한 술자리는 술잔이 돌아가는 순서가 없다. 그런 격식을 찾아야 한다면 아예 들판에서 시작하지 말아야 한다.

들판의 술자리에 끼어 앉으면서 격식이나 대우를 바라는 사람이 팔푼이다.

이 술자리에서는 떠나는 사람과 저무는 봄날을 함께 아쉬워하면서 내년에 꼭 돌아오라고 당부하고 있다.

江邊柳(강변류)

嫋嫋古堤邊, 青青一樹煙.
若爲絲不斷, 留取繫郎船.

강가의 버들

산들산들 옛 둑 가장자리 버들은,
푸릇푸릇 온 나무가 안개에 묻혔다.
만약에 실이 끊어지지 않는다면,
낭군의 배에 매어 남겨 놓으리라.

| 詩意 | 버들은 이별의 상징이다. 버들은 다른 나무보다 먼저 잎이 피어 봄을 알린다. 그리고 서리가 내려도 다른 나무보다 늦게까지 잎이 푸르다.

내년 버들이 푸르면 꼭 다시 돌아오라고, 또 어디를 가든 쉽게 뿌리내리고 잘 살아달라는 의미도 있다.

1, 2구는 냇가 언덕의 버들을 그렸고, 3, 4구는 이별을 아쉬워하며 만류하는 뜻을 읊었다.

柳絮(유서)

無風纔到地，有風還滿空.
緣渠偏似雪，莫近鬢毛生.

버들 솜

바람이 없어야 겨우 땅에 내렸다가,
바람 불면 다시 날아 하늘을 채운다.
도랑을 따라 눈처럼 하얗게 덮이지만,
귀밑머리 난 듯 비슷하다 말하지 마오.

| 詩意 | 詠物詩(영물시) 중에는 버들개지, 버들 솜을 읊은 시가 많다. 꽃과 같으면서도 꽃이 아닌 것처럼 생각되는 버들 솜은 버드나무처럼 주체가 되지 못하는 부속물이다.

그러나 이 시는 버들 솜의 특징을 잘 파악하여 버들의 부속물이 아닌 주체로 격상시켰다.

냇둑을 하얗게 덮어 눈이 내린 것 같지만, 눈이 녹아 없어지듯 어느 날 아침 사라져 버린다.

누구도 주목하지 않는 사이에 자신이 스스로 숨어버린 듯 사라진다.

農家望晴(농가망청)

嘗聞秦地西風雨, 爲問西風早晩回.
白髮老農如鶴立, 麥場高處望雲開.

농가서 날이 개이기를 기다리다

전에 듣기로 關中에 서풍 불면 비 온다 했으니,
서풍이 조만간에 바뀌겠느냐는 물음을 들었다.
백발의 늙은 농부는 학처럼 우뚝 서서,
보리 타작 마당 높은 데서 구름 걷히길 기다린다.

| 詩意 | 농사는 경험이고, 농사는 때를 맞춰야 한다. 그러기에 농부에게 최고의 미덕은 근면이고, 부지런하다면 천하에 어려운 일이 없다(一勤天下無難事).

따라서 부지런하고 경험이 많은 늙은 농부는 어느 정도 날씨를 예측할 수 있는 예보 능력이 있다.

그러니 서풍이 언제쯤 바뀌고, 비가 언제쯤 그칠 것 같으냐고 물어보는 사람이 많을 것이다. 보리 타작철에 비가 많이 내린다면 물에 불은 보리가 싹이 나기도 한다.

그러니 늙은 농부는 자신의 경험과 지혜를 짜내어야 한다.

그래서 학처럼 고고히 서서 구름 걷히기를 갈망하고 있다.

024

徐凝(서응)

徐凝(서응, 생졸년 미상)은 睦州(목주, 지금의 浙江省 杭州市 관할의 桐廬縣) 사람으로, 어렸을 때 施肩吾(시견오)와 함께 龍門寺란 절에서 공부했다.

서응은 憲宗 元和 15년(820), 시견오와 함께 進士가 되었고, 관등은 侍郎이었다.

서응은 穆宗 長慶 3년(824)에 항주자사인 白居易를 만나 자신의 시를 보여주었다고 한다. 이후 文宗 大和 4년(830)에서 6년 사이 장안에서 白居易, 元稹과도 시를 주고받았는데, 백거이는 서응의 詩才를 아주 높이 평가했다고 한다.

廬山獨夜(여산독야)

寒空五老雪，斜月九江雲.
鐘聲知何處，蒼蒼樹裏聞.

廬山에서 홀로 밤을 보내다

차가운 하늘 五老峰에 눈을 뿌리고,
저무는 달에 九江郡엔 구름 끼었다.
종소리가 어디서 들리는 지 아나니,
울창한 수풀 사이서 들려온다.

| 詩意 | 五老는 廬山의 동남쪽 봉우리 이름이다.

九江은 後漢의 郡 이름이니, 지금 江西省 북부 지역에 해당한다.

廬山瀑布(여산폭포)

虛空落泉千仞直, 雷奔入江不暫息.
今古長如白練飛, 一條界破青山色.

여산 폭포

허공서 못으로 곧게 천 길을 떨어지니,
우뢰는 강물에 들어 잠시도 아니 쉰다.
예부터 지금껏 길게 흰 비단 날리는 듯,
한줄기 획으로 푸른 山色을 갈라놓았다.

| 詩意 | 廬山(여산, Lúshān)은 중국 江西省 九江市 남쪽의 명산으로 유네스코 지정 文化遺産이며, 世界地質公園으로 중국 최고급의 (5A) 旅遊景區이다. 여산은 雄壯, 奇異, 險難, 秀麗하기로 유명하다. 司馬遷 이후 이 산을 다녀간 명사들은 이루 다 열거할 수가 없다. 여산에서도 여산폭포가 가장 유명한 것은 아마도,

'飛流直下 三千尺하니, 疑是銀河 落九天이라.' 는 李白의 이 시 때문일 것이다.

이후로 어디서 무슨 폭포를 보든 사람들은 '飛流直下三千尺'을 떠올리게 된다. 그런데 이 여산 폭포를 읊은 또 하나의 명작으로 서응의 시가 있다.

폭포를 아래서 보면 근원을 볼 수 없으니, 서응은 허공에서 떨어진다고 했을 것이다. 7尺을 1仞(인)이라 한다는데, 1千仞이면 7

千尺이니 李白의 三千尺보다도 과장이 심하다.

그래서 이 시를 낮게 평가하는 사람도 있지만 상관하지 않아도 좋을 것이다. 폭포가 떨어지는 소리는 분명 우레(雷) 소리겠지만 잠시도 쉬지 않는다고 하였다. 그리고 폭포를 흰 비단으로 보았고 '今古長如' 라고 말했다. 또 비단 한 폭이 큰 획을 그은 것처럼 양쪽으로 산색을 갈라놓았다 하였으니 멋진 표현이 아닌가?

《全唐詩》 474권에 수록.

憶揚州(억양주)

蕭娘臉下難勝淚，桃葉眉頭易得愁.

天下三分明月夜，二分無賴是揚州.

양주의 추억

그리운 여인 뺨의 눈물 견딜 수 없고,

복숭아 꽃잎 눈썹에 금방 수심이 어린다.

천하의 밝은 달밤을 셋으로 나눈다면,

셋 중에 둘은 분명 양주의 달밤이리라.

| 詩意 | 隋 煬帝의 대운하 개통 이후, 당나라는 그 혜택을 제대로 누렸으니 대운하와 長江의 분기점 도시 양주는 경제적으로 또 유흥지로 크게 번성하였다.

이 시는 양주의 달밤을 읊은 서응의 詩인데, 양주는 이후 '二分明月' 이라는 아름다운 이름을 갖게 되었다.

025

杜牧(두목)

杜牧(두목, 803－852, 字는 牧之)은 장안 사람이다. 역사 理論書인 《通典》의 저자이면서 재상을 역임한 杜佑(두우, 735－812, 字는 君卿, 京兆 萬年縣 출신, 宰相 역임)의 손자이지만, 그가 10여 세에 부친이 죽어 어렵게 생활하였다고 한다. 두목은 26세에 진사가 되어 弘文館 校書郎을 지내고, 한때 절도사 牛僧孺(우승유)의 막료로 일했었고, 黃州, 睦州, 湖州刺史를 역임하고 中書舍人으로 관직을 마감하였다.

두목은 佳人美酒와 花柳趣味(화류취미)를 마음껏 즐겼던 風流才子로 알려졌지만, 그는 원래 강직한 성격과 고매한 정치적 포부를 가지고 있었다.

두목은 兵書에 주석을 달기도 했으며, 賦稅와 治亂에 대한 政論文을 짓기도 하였다. 지방관으로 오래 근무하면서 그의 포부를 펼 기회도 없었기에 실의 속에 강남의 아름다운 풍경에 취해 살았다.

그가 활동하던 시기는 唐의 국세가 날로 쇠약해지던 시기였으니, 재주는 뛰어났으나 시대를 잘못 만난 격이었다. 때문에 그의 시에는 우울한 정서와 인생에 대한 감상이 강하게 나타나 있다.

두목의 古詩는 호방하고 씩씩하며 七言 절구와 율시는 정취가 호탕하면서도 건실하다. 특히 역사적 사실을 읊은 詠史詩(영사시)는 자신의 感慨를 유감없이 발휘한 우수작으로 널리 애송되고 있는데, 〈阿房宮賦(아방궁부)〉, 〈題烏江亭停〉, 〈泊秦淮〉 등은 그의 詠史詩 중 대표작이라 할 수 있다.

杜牧은 그의 字를 써서 보통 '杜牧之' 라 호칭하는데, 그가 長安의 樊川(번천) 남쪽에 별장을 짓고 살기도 했기에 '杜樊川' 이라고도 부른다.

또 위대한 詩聖 杜甫는 杜牧에게 먼 宗親이라서 杜甫는 老杜, 杜牧은 小杜라 불리기도 한다. 두보가 율시에 뛰어났다면, 두목은 七言絶句에 특히 뛰어났다.

李白과 杜甫를 '李杜' 라고 병칭하는 것처럼 李商隱과 杜牧은 '小李杜' 라 한다.

獨酌(독작)

窗外正風雪, 擁爐開酒缸.
何如釣船雨, 篷底睡秋江.

혼자 마시는 술

창밖엔 마침 바람 불고 춥지만,
화로를 끼고 술항아리를 데운다.
낚싯배에 비가 얼마나 내리든,
뜸 아래엔 가을 강이 잠들었다.

| 詩意 | '篷底睡秋江' 의 篷은 대나무로 엮어 배나 짐수레를 덮는 일종의 지붕이다. 뜸 봉. 睡는 잠잘 수.

세상의 근심 걱정 다 잊어버리거나 상관하지 아니하고, 홀로 즐기는 은자의 모습을 떠올릴 수 있다. 벼슬자리에 나아가고, 또 승진하고 다툼하는 치열한 경쟁의 관직에서도 한 발짝만 옆으로 비껴서면 이런 세계를 누릴 수 있다.

《全唐詩》 521권 수록.

醉眠(취면)

秋醪雨中熟，寒齋落葉中.
幽人本多睡，更酌一樽空.

취해 잠들다

가을철 막걸리는 빗속에 익어가고,
한가한 서재에는 낙엽이 뒹군다.
본래 은자는 잠을 많이 자나니,
다시 한 잔을 하니 술독이 비었다.

| 詩意 | 두목은 인생을 즐길 줄 아는 낙천주의자였다. 술을 즐겼기에 술에 관한 시가 많고, 또 어리고 예쁜 기녀에게 사랑을 남겨주는 로맨스도 있었다.

술 취한 뒤에 한잠 늘어지게 자고, 깨어 일어나 다시 한 잔 – 그러다 보면 술독이 빌 수밖에!

題敬愛寺樓(제경애사루)

暮景千山雪，春寒百尺樓.
獨登還獨下，誰會我悠悠.

敬愛寺 누각에서 짓다

해 질 무렵 눈 덮인 온 산을 마주보며,
봄날 추위 속에 百尺 고루에 오르다.
혼자 올라갔다 혼자 내려왔나니,
깊고 깊은 내 생각을 누가 알겠나?

| 詩意 | 敬愛寺는 洛陽의 절이다. 이는 두목이 監察御使 東都分司에 근무할 적에 지은 시로 알려졌다.

정련된 언어로 작자의 고독한 心懷(심회)를 서술했는데, 유한한 인생에 대한 感慨(감개)가 들어있다.

長安秋望(장안추망)

樓倚霜樹外，鏡天無一毫.
南山與秋色，氣勢兩相高.

장안에서 바라본 가을

서리 맞은 나무들 사이로 높은 누각이,
거울 같은 하늘엔 한점의 구름도 없다.
종남산 산세와 가을 기운은,
모두가 함께 그 기세 드높아라.

| 詩意 | 장안에서 바라다 보이는 종남산과 가을의 풍경을 간결한 언어로 표현하였다. 종남산에 가을 기운이 들어, 또 종남산을 바탕으로 드높아진 가을 氣像(기상)은 서로를 돋보이게 한다.

시인의 심미안이 놀랍다.

江樓(강루)

獨酌芳春酒，登樓已半醺.
誰驚一行雁，衝斷過江雲.

강가의 누각

봄날 홀로 좋은 술을 마셨기에,
누각에 오르니 벌써 반쯤 취했다.
누가 기러기를 보고 놀라는가?
강에 걸친 구름을 뚫고 나른다.

| 詩意 | 이 시에는 젊은 시인의 기백과 함께 하늘 끝까지라도 오르겠다는 강한 의지가 느껴진다.

及第後寄長安故人(급제후기장안고인)

東都放牓未花開，三十三人走馬回.
秦地少年多辦酒，已將春色入關來.

급제한 뒤 장안의 벗들에게

東都에서 급제했으나 꽃은 아직 안 피었고,
삼십삼인이 말을 달려 장안으로 돌아간다.
長安의 젊은이 술을 많이 준비해야 하니,
봄빛과 함께 곧장 장안에 들어가리라!

| 詩意 | 두목이 '六王畢, 四海一 …'로 시작하는 그 유명한 〈阿房宮賦(아방궁부)〉를 지은 것은, 그가 23세 때로 진사과 합격 이전이었으니 그만큼 그의 문재는 뛰어났었다. 실제로 두목은 殿試에서도 우수한 성적을 얻어 장안에 그 이름을 날렸다.

두목은 文宗 大和 2년(828), 26세 때 낙양에 가서 진사과에 응시하여 합격자 33명 중에서 5등으로 합격하였다. 이어 殿試를 보러 長安으로 출발하기 전에 자신의 합격을 장담하는 이 시를 지었다.

두목은 자신의 학식과 文才에 긍지를 갖고 포부와 함께 자신감이 넘쳤었다.

贈終南蘭若僧(증종남난야승)

北闕南山是故鄉, 兩枝仙桂一時芳.
休公都不知名姓, 始覺禪門氣味長.

종남산 절의 스님에게 주다

집은 장안 남쪽 두씨 마을에 있으며,
두 번 합격하며 한때 이름을 날렸습니다.
선사는 나의 성과 이름도 모른다 하시니,
비로소 佛門의 깊은 뜻을 알 것 같습니다.

| 詩意 | 어느 봄날, 두목은 우인 몇 사람과 기세 좋게 종남산 기슭으로 유람을 나갔다. 두목 일행은 文公寺라는 절을 찾아갔는데, 절 안의 큰 전각에 눈을 반쯤 내리감은 노승이 앉아 있었다.

일행은 자신들의 비단 옷과 관모 등을 보고 노승이 나와 맞이하며 차를 권할 것이라 은근히 기대하고 있었다.

그러나 노승은 이들에게 아무런 눈길도 주지 않았다. 두목이 바로 눈앞에 다가서자, 노승이 '시주님 大名은?' 하고 겨우 한 마디 물었다. 두목은 이때다 생각하고서 당당하게 이름을 말했다. 그러나 노승이 별다른 반응이 없자, 옆 동료가 이 사람은 진사과 급제를 했으며, 전임 재상의 손자라고 장황히 설명하면서 '어찌 그리 고루하신가?' 라고 노승을 힐책했다.

그러자 노승이 말했다.

"소승은 평생 素食과 참선 속에 살며 속세의 명리를 생각하지 않았는데, 당신들이 말하는 才子니 시문의 명성이 세상을 뒤덮느니 하는 말이 나와 무슨 상관이 있겠소? 젊은 분들이 재주를 믿고 名利에 얽매여 고생하지 않기를 바랄 뿐이오!"

노승의 말에 충격을 받은 두목은 돌아와 위 시를 지었다.

제목의 '蘭若(난야)' 는 '阿蘭若' 의 약칭으로 '無諍處(무쟁처, 다툴 쟁)' 또는 '寂淨處(적정처)' 의 뜻인데, '불승의 거처' 인 절을 말한다.

이후로 두목은 자신의 文才를 자랑하거나 자만하지 않았다고 한다.

《全唐詩》 524권 수록.

杏園(행원)

夜來微雨洗芳塵，公子驊騮步貼勻.
莫怪杏園顦顇去，滿城多少插花人.

행원 / 살구나무 정원

밤들어 내린 보슬비가 꽃잎을 씻어내려,
귀공자 준마 발굽에 꽃잎이 밟혀 흩어진다.
초췌한 행색으로 행원에 간다고 허물치 마오,
성안에 어사화를 꽂은 사람이 몇이나 되는가?

| 詩意 | 장안의 慈恩寺는 진사과 합격자를 위한 잔치 장소였고, 曲江 또한 과거 宴樂(연락)의 장소였다. 그 중간에 경치가 아름다운 杏園(행원, 살구 행)이 있었다.

驊騮(화류)는 준마의 이름이고, 貼勻(첩균)은 붙었다가 떨어지며 흩어진다는 뜻이다.

顦顇(초췌)는 파리하다는 뜻이고, 揷花(삽화)는 御賜史를 머리에 꽂았다는 뜻이다. '나이 50에 진사과에 합격해도 젊은 것이다(五十少進士).' 라는 말이 있을 정도였으니 20대에 급제한 두목의 자긍심을 미루어 생각할 수 있다.

將赴吳興登樂游原(장부오흥등낙유원)

清時有味是無能，閑愛孤云靜愛僧.
欲把一麾江海去，樂游原上望昭陵.

吳興에 부임하면서 樂游原에 오르다

태평성대엔 벼슬하기 좋다지만 무능하기에,
한가로운 구름과 스님의 閒靜을 좋아한다.
깃발을 앞세우고 바닷가 吳興으로 가면서,
낙유원에 올라 昭陵(소릉)을 바라본다.

| 詩意 | 吳興은, 지금의 浙江省 북부 湖州市의 옛 이름이고, 樂游原은 長安을 조망할 수 있는 명소로 李商隱(이상은)의 〈登樂游原〉으로도 유명한 곳이다.

두목은 宣宗 大中 4년(850) 48세 때에 湖州의 자사가 되었다. 시에 나오는 昭陵(소릉)은 '貞觀의 治'를 이룩한 太宗(재위 626－649)의 무덤이다.

杜牧은 內職인 司勳員外郎에서 湖州刺史를 자청해서 外職으로 나갔다. 그가 왜 외직을 자청해서 江湖로 갔는지에 대해서는 자세히 알 수가 없다. 아마도 정치적 불만이 있었을 것이다.

비록 그가 말한 '자신이 무능하고 한가한 것을 좋아해서(是無能, 閒愛孤雲靜愛僧)'는 표면적인 이유일 것이다.

두목이 '貞觀之治'의 太宗의 무덤을 바라본다는 뜻은 그러한

賢君을 기다린다는 뜻이며, 이는 곧 그때의 '牛李黨爭'에 질렸다는 뜻을 포함하고 있다.

같은 곳에서 지은 또 다른 시는 두목이 역사적 인물의 치적, 그리고 유적에 대한 남다른 소회를 가지고 있었음을 말해준다.

《唐詩三百首》에 수록되어 널리 알려진 시이다.

登樂游原(등낙유원)

長空澹澹孤鳥沒, 萬古銷沉向此中.
看取漢家何事業, 五陵無樹起秋風.

낙유원에 올라

막막한 허공에 새 한 마리도 날지 않는데,
만고의 몰락을 여기서도 볼 수 있노라.
漢나라 치적을 본다면 무엇이 비슷한가?
나무도 없는 오릉엔 가을바람만 불어온다.

| 詩意 | 이처럼 두목은 역사 흥망을 시로 묘사하였고, 그의 그러한 작품들은 우리에게 많은 것을 생각게 해준다.

두목의 古詩는 호방하고 씩씩하며 七言 절구와 율시는 정취가 호탕하면서도 건실하다.

《全唐詩》 521권 수록.

柳絶句(유절구)

數樹新開翠影齊, 倚風情態被春迷.
依依故國樊川恨, 半掩村橋半掩溪.

버들

버들 몇 그루 푸른 새 모습 드리웠고,
바람에 흔들리며 봄날을 황홀케 한다.
버들은 무성하여 고향 번천을 그리게 하니,
절반은 마을 다리를, 나머지는 냇물을 가렸다.

| 詩意 | 두목의 조부인 杜佑(두우)는 장안성 남쪽을 흐르는 樊川(번천)에 별장을 지었고 이후 그곳을 고향으로 여겼다. 이 시는 두보가 지방관으로 나갔을 때 고향을 그리며 지었을 것이다. 고향은 누구에게나 그립고 소중한 대상이다.

달은 고향에서 보는 달이 더 밝고(月是故鄕明), 친하건 안 친하건 고향 사람이며(親不親 故鄕人), 좋건 안 좋건 내 고향의 물이(美不美 故鄕水), 맛있건 없건 내 고향의 술이(美不美 故鄕酒) 제일이다. 그러니 부귀해진 다음에 고향에 돌아가지 않는다면(富貴不歸故鄕), 비단옷을 입고 밤길을 가는 것과 똑같다(好似衣錦夜行).

漢江(한강)

溶溶漾漾白鷗飛，綠淨春深好染衣.
南去北來人自老，夕陽長送釣船歸.

한강

강은 출렁이고 넘실대며 흰 물새가 날고,
푸른 강물과 무르익은 봄빛이 옷에 스민다.
남북을 오가는 사이 나그네는 절로 늙으니,
석양에 돌아오는 낚싯배의 그림자가 길도다.

| 詩意 | 물이 불어난 푸른 漢江에 봄이 무르익었고, 지는 해에 돌아오는 낚싯배의 그림자만 길어졌는데, 浮生은 공연히 바쁘고 그 사이 인간은 실없이 늙어간다는 시인의 탄식이 절로 나온다.

題烏江亭(제오강정)

勝敗兵家事不期，包羞忍恥是男兒.
江東子弟多才俊，卷土重來未可知.

烏江의 정자에서 짓다

승패는 兵家常事로 기약할 수 없나니,
수치를 참을 줄 알아야 사나이리라.
江東의 젊은이들 뛰어난 인재 많았으니,
捲土重來 했다면 끝을 알 수 없었으리라.

| 詩意 | 項羽(항우, 前 232 – 202, 名 籍)는 '千古無二' 의 神勇에, '힘은 세발솥을 들을 수 있고(力能扛鼎), 재기는 누구보다도 뛰어난(才氣過人)' 사나이였다.

항우는 秦 二世 원년(前 209) 7월, 陳勝(진승)과 吳廣(오광)이 기병하자, 9월에 8,000명의 烏程兵(八千江東子弟)을 거느리고 長江을 건넜다.

乘勝長驅(승승장구)했고, 鴻門(홍문)에서 劉邦을 살려 주었지만, 霸業(패업)을 이룬 자신을 고향 사람들에게 자랑하고 싶어 '부귀하여 不歸故鄕이면 衣繡夜行(의수야행)과 같나니, 누가 이를 알겠는가?' 라 하여 '錦衣夜行' 의 고사를 만들어 낸 사람이었다.

그러나 '西楚霸王(서초패왕)' 항우는 楚漢전쟁에서 劉邦(유방, 漢 高祖)에게 밀렸고, 기원전 202년 垓下(해하)에서 '四面楚歌' 를 듣고, 虞美人(우미인)을 껴안고 〈垓下歌〉를 불렀다.

항우는 長江 북안의 烏江(오강) 나루에 이르러서 捲土重來(권토중래)를 끝내 마다하고, '지금 끝내 無一人生還하니, 江東父老를 볼 면목이 없다.' 며 자신의 허물을 인정하며, 渡江(도강)하지 않고 적진에 뛰어들어 최후를 맞이한다.

이런 역사의 현장에서 두목은 자신의 소회를 읊어 항우의 죽음을 평가하였다. 이 시 한 수를 통해 역사적 인물과 행적, 후세인의 감회를 모두 그려내는 시인의 능력은 한마디로 '탁월하다' 고 해야 할 것이다.

赤壁(적벽)

折戟沉沙鐵未銷, 自將磨洗認前朝.
東風不與周郎便, 銅雀春深鎖二喬.

적벽

모랫속 부러진 창끝 쇠는 아직 녹슬지 않아,
문지르고 씻어서 前代의 것이라 알았도다.
동풍이 周瑜(주유)의 편이 아니었다면,
늦은 봄 銅雀臺에 二喬가 거기에 있었으리라.

| 詩意 | 이 시는 적벽대전(漢 獻帝 建安 13년, 208)의 현장에서 역사적 감회에 시인의 상상을 보탠 詠懷詩(영회시)이다.

長江의 赤壁(今 湖北省 동남 咸寧市 관할 赤壁市 서북)에서 있었던 이 전투는 중국 역사상 以少勝多의 전투로 유명하며 《삼국연의》 중 가장 精彩나는 한 부분이다.

이 시는 대략 武宗 會昌 2년(842)에 지은 시로 알려졌다. 당시 두목은 나이 40세로 적벽에 가까운 黃州(今, 湖北省 동부 黃岡市)의 자사로 있었다.

銅雀(동작), 곧 동작대는 曹操(조조)가 지금의 河南省 臨漳縣(임장현)에 건립한 누각이다. 二喬(이교, 喬는 橋로 써야 맞다)는 橋玄(교현, 109 – 183)의 두 딸인 대교와 소교를 지칭하는데, 모두 國色으로 각각 孫策(손책)과 周瑜(주유)의 아내였었다.

〈삼국연의〉에서는 제갈량이 '조조가 二橋를 곁에 두고 만년을 보내고 싶어 한다.' 고 교묘히 꾸며대어 주유를 격분케 하여 유비 – 손권의 연합전선을 형성하는 것으로 되어 있다.

이 구절은 '조조가 만약에 적벽에서 주유에게 패하지 않았다면 그 두 미인들을 취하여 동작대에 살게 했을 것이라.' 는 뜻이다.

병법과 음률에 두루 통했던 周瑜(주유)라고 하지만 승리의 요인은 동풍이며, 적벽에서 패했더라면 나라와 집안이 모두 망했을 것이라는 의논을 전개하고 있다.

거기에는 우연이나 요행이 사람이나 나라의 흥망을 바꿀 수 있다는 뜻이 들어 있다.

사직을 걱정해야 할 대신이 아내를 뺏기지 않으려 참전하고 奮戰(분전)한 것이 옳은 것이냐? 요행이 제갈량의 동풍 때문에 이기긴 했지만 주유의 태도는 옳지 않았다는 주장이다.

역사적인 사건을 계기로 인간적인 삶을 되돌아보게 하는 시인의 능력이 돋보이는 시이다.

泊秦淮(박진회)

煙籠寒水月籠沙, 夜泊秦淮近酒家.
商女不知亡國恨, 隔江猶唱後庭花.

진회하에서 밤을 보내다

안개 낀 차가운 강물, 모래밭을 비추는 달빛,
저녁에 술집 가까운 진회하에 배를 대었다.
술을 파는 여인은 망국한도 모른 채,
강물 건너 여전히 後庭花를 부른다.

| 詩意 | 秦淮河(진회하)는 江蘇省 서남부에서 발원하여 南京 시내를 관통하는 長江의 한 지류이다. 특히 남경 성안의 진회하는 '十里秦淮'라 하여 성내에서도 가장 번화한 상업거리를 형성하고 있었다. 이백의 〈長干行〉에 보이는 장간리, 그리고 劉禹錫의 〈烏衣巷〉에 등장하는 '王謝의 집' 들이 모두 '十里秦淮'를 끼고 있다.

南朝의 陳(557－589)은 개국자 陳霸先(진패선)의 성씨를 국호로 사용한 유일한 나라인데 隋(수)에 의해 망했다.

멸망 당시 군주인 後主 陳叔寶(진숙보, 재위 582－589)는 뻔뻔하고도 무책임하며 무능한 군주의 대명사로 통한다.

진 후주가 만들고 즐겼다는 가곡 〈玉樹後庭花〉는 '妖姬臉似花含露(고운 여인의 뺨은 이슬 머금은 꽃이고), 玉樹流光照後庭(계수나무 밝은 빛은 뒤뜰을 비치고 있네).'의 뜻으로 낭만적이나 퇴폐적이다.

그래서 '亡國之音' 이라 하지만, 당나라 시절에도 불렸던 인기 가요였다.

'歌者는 無心하지만 聽者는 感慨(감개)를 느낀다.' 하였으니, 이러한 내력을 잘 알고 있는 두목은 逸樂(일락)을 좋아하는 晩唐의 풍조에서 망국의 기미를 예감했는지도 모른다.

金谷園(금곡원)

繁華事散逐香塵，流水無情草自春.
日暮東風怨啼鳥，落花猶似墜樓人.

금곡원

번화했던 지난 날 향내처럼 흩어졌고,
流水는 무정하고 봄풀은 절로 푸르다.
해질녘 동풍에 새들은 슬피 울고,
지는 꽃잎은 누각서 떨어지는 사람 같다.

| 詩意 | 금곡원은 西晋의 부호 石崇(석숭, 249 – 300)의 별장으로, 옛 터는 지금의 河南省 洛陽의 서북이라고 한다.

이곳에서 석숭이 사랑하는 여인 張綠珠(장녹주)는 석숭에게 절의를 지켜 '當效死於君前(당신 앞에서 응당 죽어야 할 것)' 이라 말하고 누각에서 몸을 던져 죽었고, 석숭도 죄에 얽혀 처형된다.

唐代에 그 황폐한 유적이 남아 있어 풍경을 보고 동정심으로 杜牧이 시로 읊었다.

석숭의 致富(치부)와 사치 놀음이 모두 한바탕의 꿈이었지만 가장 큰 비극은 미인 장녹주의 죽음이었다. 석숭이 돈을 번 것도 권력에 붙었기에 가능했고 또 그 파멸도 결국은 권력의 힘에 당했다.

본래 才士는 才女를, 영웅은 미인을 좋아한다. 젊은 시절 재기 넘치는 재사의 豪氣도 있었을 것이고 …, 하여튼 젊은 날의 두목은 사랑에도 열심이었다. 그러나 젊은 날의 그런 기분은 오래 가질 못했다.

遣懷(견회)

落魄江湖載酒行，楚腰纖細掌中輕.
十年一覺揚州夢，贏得青樓薄倖名.

心懷를 풀다

실의 속에 江湖에 술을 달고 다녔는데,
가는 허리, 섬세한 玉手, 늘씬한 여인들.
揚州 땅의 십 년간 꿈길 놀음서 깨어나니,
얻은 것은 靑樓의 박정하다는 이름뿐이라.

| 詩意 | 〈遣懷〉는 '胸中의 답답함을 풀어 버리다.' 라는 의미로, 젊었던 날의 遊樂을 후회하는 뜻을 담고 있다.

두목은 상업과 교통, 환락의 중심지인 揚州에서 江西관찰사의 막료로, 또 淮南節度使(회남절도사)인 牛僧孺(우승유, 779 – 848)의 막료로 총 9년간을 강남 일대에서 근무했었다.

杜牧은 명문가의 풍류남아로 젊은 30대 시절 주색에 耽溺(탐닉)했었다. 그 시절은 落魄(낙백, 넋을 잃음)하여 술통을 싣고 다녔다 했으니, 술을 좋아하면서 懷才不遇(회재불우)라는 생각만으로 원대한 포부를 잊었고, 楚腰(초요, 여인의 가느다란 허리)와 掌中輕(장중경, 날렵한 여인)이 두목의 관심사였던 시절이었다.

이 시기에 젊은 두목은 詩歌와 음주, 향락의 생활이었는데, 자신은 이를 '南柯一夢(남가일몽)' 처럼 '揚州夢' 이라 하였다.

贈別(증별) 二首 (其一)

娉娉嫋嫋十三餘，荳蔻梢頭二月初.
春風十里揚州路，卷上珠簾總不如.

헤어지며 주다 (1 / 2)

예쁘게 하늘거리는, 이제 열세 살 남짓,
2월 초 솟아나는 육두구 봉오리 같구나!
봄바람이 불어오는 양주의 십 리 길에,
주렴을 걷었지만 모두가 너만 못하구나!

| 詩意 | 贈別은 이별에 임하여 주는 시로 送別과 동의어로 떠나가는 사람에게 준다는 의미이다. 떠나가는 사람이 남은 사람에게 주는 시는 '留別(유별)' 이라고 하는데, 이 시는 제목과 달리 내용으로 보면 틀림없는 '유별' 이다.

이 시에 표현한 '娉은 예쁠 빙', '嫋는 예쁠 요(뇨)' 의 娉娉嫋嫋(빙빙뇨뇨)는 예쁜 여인의 아름다운 자태를 표현하는 말이다. 그리고 '豆蔻(두구)' 는 육두구라 하여 초여름에 담황색 꽃을 피우는데, 그 열매는 한약재로 쓰이는 풀이다. 열서너 살 어린 처녀의 나이를 표현하는 豆蔻年華(두구연화)라는 말이 있다.

이 시는 어린 미인과 헤어지면서 주는 시이다. 미모에 대한 칭찬과 別離(별리)의 아픔이 가슴에 와 닿는다.

13살 어린(?) 미인에게 풍만한 가슴은 아니었어도, 아마도 작은 꽃봉오리와 같은 그런 젖가슴이었기에, 그래서 더 푹 빠졌는지도 모르지만, 또 시인의 정감이 약간은 퇴폐적이라는 생각을 아니할 수 없으나, 하여튼 미인에 쏠리는 마음을 어이하겠는가?

열세 살에 남자의 사랑을 받았으니 소녀라고 해야 하나? 아니면 여인이라고 불러야 하는가?

열여덟 처녀는 한 떨기 꽃(女大十八一枝花)이다. '여자가 18세가 넘으면 후처로 들어가든지, 아니면 가난한 집에 시집간다.(女過十八, 不是續弦, 就是窮家.)' 는 그 시절이었으니 좀 조숙한 경우 열세 살이면 사랑을 받을만 했을 것이다.

그리고 사내의 입장에서 보면, '집안에서 키운 꽃(아내)은 들꽃(창녀) 향기만 못하다(家花不及野花香).' 하였으니, 속된 말로 여자는 남의 여자가 더 좋다는 뜻이다.

또 '집의 닭은 싫고, 들꿩을 좋아한다.(厭家鷄, 愛野雉.)' 는 말은 제 아내는 싫고 다른 여자를 좋아한다는 뜻이다.

하여튼 남녀의 색정은 비슷하나, 특히 남자는 바람을 피울 유전자를 타고났다는 말은 사실일 것이다.

贈別(증별) 二首 (其二)

多情卻似總無情，唯覺尊前笑不成.
蠟燭有心還惜別，替人垂淚到天明.

헤어지며 주다 (2 / 2)

多情이 되레 정이 전혀 없는 것 같나니,
술잔을 앞에 두고 마냥 웃지도 못하네.
촛불도 有心하여 이별이 서러운 양,
떠나갈 사람대신 밤새워 눈물 흘린다.

| 詩意 | 이 시에도 나이 어린 戀人에 대한 깊은 사랑을 情感있게 표현했는데 상당히 심각하게 이별을 아파하고 있다. 어린 여인에게 이토록 깊게 빠지는 사랑의 바탕은 무엇일까?

'多情은 病이 아니라 無情과 같을 것이라.' 는 말은 시인의 절절한 체험에서 나온 표현일 것이다. 가는 사람도 남은 사람도, 웃으며 가고 웃으며 보내는 일은 정말 마음대로 되지 않는다.

왜? 그것은 首句의 다정 때문이다. 촛불의 눈물이야 흔히 이별의 대역으로 곧잘 인용되기에 진부한 표현 같지만 사랑에 아파하는 마음을 어이하겠는가?

이 시가 835년에, 33살의 두목이 '十三餘' 의 어린 연인에게 주는 이별의 시라는 것을 고려한다면, 그 진부한 표현이 진실로 다가오는 것 같은 느낌이 온다. 시가 주는 감동은 문자보다 더 진하게 밀려올 때가 있다.

歎花(탄화)

自恨尋芳到已遲，往年曾見未開時.
如今風擺花狼籍，綠葉成陰子滿枝.

꽃을 보며 탄식하다

꽃을 찾았지만 너무 늦었기에 홀로 한탄하니,
옛날 처음 만날 때는 아직 피지도 않았었다.
지금 많은 바람 불어 꽃은 낭자하게 흩어졌고,
푸른 잎은 무성하고 열매는 가지마다 가득하구나.

| 詩意 | 情이 많은 미남자 두목은 湖州(호주)에서 어린 미녀를 만났다. 그러나 너무 어려 "10년 뒤에 이곳 호주에 다시 와서 너를 맞이하겠다." 말하고, 金幣(금폐)를 주며 약속했다.

그러나 두목은 14년 뒤에야 호주자사로 부임하였다. 옛날 어렸던 그 미인은 이미 결혼하여 출산까지 했다.

실망한 두목은 위 시를 지었다.

얽매인 情, 버릴 수 없는 정에 두목은 가슴이 아팠을 것이다.

江南春(강남춘) 絶句(절구)

千里鶯啼綠映紅, 水村山郭酒旗風.
南朝四百八十寺, 多少樓台煙雨中.

강남춘 절구

천리 땅에 꾀꼬리 울고 녹음에 붉은 꽃,
강촌 산기슭에 술집 깃발이 펄럭인다.
南朝 시절 사백팔십 개 절이 있었는데,
지금 누각 몇 개가 안갯속에 남았나?

| 詩意 | 이 시는 人口에 널리 회자되는 佳作이다.

南朝는 東晋 멸망 이후, 宋 – 齊 – 梁 – 陳의 4개 왕조를 말한다. 특히 梁나라 武帝 때 불교가 극성하였었다. 안개비 속에 묻혀 있는 지금이 바로 역사라는 의미도 있을 것이다.

광활한 강남땅에(詩에서 千里란 강남 천리 전 지역을 의미한다. 천리에 있는 새 울음을 어찌 들을 수 있느냐고 생각하면 안 된다.) 봄이 오니 꾀꼬리 울고 녹음에 붉은 꽃이 피었는데, 그 강남의 역사에 榮枯盛衰(영고성쇠)를 누가 어이 다 말하리오.

꾀꼬리 울음과 펄럭이는 술집의 깃발은 살아 있는 강남의 상징처럼 눈에 그려진다.

《全唐詩》 522권 수록.

清明(청명)

清明時節雨紛紛，路上行人欲斷魂.
借問酒家何處有，牧童遙指杏花村.

청명

청명 시절에 봄비는 오락가락하는데,
노상 행인은 마음이 끊어지는 듯하다.
잠시 묻나니 술집은 어디쯤 있는가?
목동은 멀리 살구꽃 핀 마음을 가리킨다.

| 詩意 | 清明 시절을 읊은 시 중에서 가장 유명한 시이다.

청명 시절은 완연한 봄이며, 寒食을 전후하여 나그네의 향수를 가장 자극하는 계절이다.

살구꽃이 핀 마을에 술집이 있고, 술집에 가야만 식사와 잠자리를 찾을 수 있다. 나그네는 머릿속으로 고향을 그리면서 천천히 걸어갈 것이다.

내가 만약 술집을 차릴 수 있다면 屋號(옥호)를 杏花村(행화촌)으로 정하고 싶다.

山行(산행)

遠上寒山石徑斜, 白雲生處有人家.
停車坐愛楓林晩, 霜葉紅於二月花.

산행

멀리 가을 산으로 자갈길이 이어졌고,
흰 구름 피는 곳에 인가가 있네.
멈춘 수레에서 해 지는 단풍 숲을 즐기니,
서리 내릴 적 단풍은 이른 봄꽃보다 붉더라.

| 詩意 | 한마디로 그림과 같은 풍경이다.

가을의 단풍이 이처럼 아름답다니!

시인이 그려냈으니 더 아름다울 것이다.

같은 경치라도 전문 사진작가가 찍으면 더 아름다운 것과 같으리라.

시인 두목은 그림처럼 아름다운 풍광을 우리에게 전해주고 있다. 아름다운 자연에서 착한 심성을 잃지 말고 열심히 살아가라는 뜻이 있을 것이다.

그리고 '停車坐愛楓林晩, 霜葉紅於二月花'는 이 시에서 아니 杜牧의 시에서도 최고의 名句이다.

지금 湖南省의 省會(省都)인 長沙市 嶽麓書院(악록서원, 북송 976년 건립, 中國古代 四大書院의 하나. 湖南大學의 모체)의 뒷산에 중

국 4대 名亭의 하나인 愛晩亭(애만정)이라는 정자가 있다.

이 애만정은 淸 乾隆 57년(1792)에 세워졌는데 '停車坐愛楓林晩' 에서 이름을 따왔다.

毛澤東이 湖南全省公立高等中學校에 재학할 때, 그리고 省立第一師範에 求學할 때, 늘 이곳에서 학우들과 담론하며 신체를 단련했었다고 한다.

이는 杜牧의 시가 얼마나 유명한가를 말해주는 자료로 여기에 첨부하였다.

秋夕(추석)

銀燭秋光冷畫屛，輕羅小扇撲流螢.
天街夜色涼如水，臥看牽牛織女星.

추석

가을 은촛대 불빛이 그림병풍에 차갑고,
얇은 비단 작은 부채로 반딧불을 좇는다.
노천 계단의 야경이 물처럼 차가운데,
앉아 견우와 직녀성을 바라본다.

| 詩意 | 〈秋夕〉은 명절 이름이 아니다. 〈七夕〉으로 된 책도 있다. 궁중의 哀怨을 읊었다고 풀이하는데, 꼭 그런 것은 아닐 거라는 생각이 든다. 이 시를 王建의 시라고 하는 사람도 있다.

왕유의 시가 '詩中有畵, 畵中有詩' 라고 하는데, 두목의 시도 그럴 만한 특색을 보여주고 있다.

언사가 깨끗하고 묘사된 정경이 선명하며, 상쾌한 리듬감이 있기에 고요한 정물이 아니라 움직이는 動畫를 보는 것 같다.

初冬夜飮(초동야음)

淮陽多病偶求歡, 客袖侵霜與燭盤.
砌下梨花一堆雪, 明年誰此凭闌干.

초겨울 밤에 술을 마시며

급암처럼 병이 많아도 우연히 즐기려 하나,
나그네 옷에 서리 내려도 촛대 하나뿐이다.
섬돌 아래엔 배꽃 같은 눈이 한 무더기,
누가 내년엔 여기 난간에 기대서겠는가?

| 詩意 | 淮陽이란, 漢나라의 汲黯(급암)이다. 급암은 東海太守로 폄직되었고, 임지에서는 병이 많아 방에서 나오지도 못했지만 고을은 잘 다스려졌다고 한다.

내년에는 누가 이 난간에 기대어 술을 마실까 하면서 시인은 슬픔에 쌓여 있다. 초겨울 밤에 홀로 마시는 술 - 지나고 보면 그것이 한바탕의 짧은 꿈이 아니겠는가?

꿈속의 꿈은 원래 꿈이 아니지만(夢中有夢原非夢),
인생은 꿈과 같고(人生如夢), 꿈은 인생과 같으니(夢如人生),
인생의 한 살이는(人生一世) 한바탕의 큰 꿈이다(大夢一場).

寄揚州韓綽判官(기양주한작판관)

青山隱隱水迢迢, 秋盡江南草未凋.
二十四橋明月夜, 玉人何處敎吹簫?

揚州의 判官인 韓綽에게 주다

청산은 아득히 멀고 강물은 끝을 모르는데,
가을이 짙으나 강남엔 아직 잎이 푸르리라.
이십사 다리 위에 달이 밝을 이 밤,
그대는 어디서 미인에게 퉁소를 풀게 시키는가?

| 註釋 | ○ 〈寄揚州韓綽判官〉 – 韓綽(한작, 너그러울 작)은 生平 미상. 判官은 절도사, 또는 관찰사의 막료.

○ 青山隱隱水迢迢 – 隱隱(은은)은 멀리 있어 흐릿하여 또렷하지 않은 모양. 迢는 멀 초. 迢迢(초초)는 遙遠(요원)한 모양.

○ 秋盡江南草未凋 – 秋盡(추진)은 늦가을. 凋는 시들 조. 조락하다.

○ 二十四橋明月夜 – 二十四橋는 揚州에는 24개의 다리(橋)가 있는 도시였다. 吳家塼橋(紅樂橋)라는 다리에서 24명의 미녀가 퉁소를 불었다는 이야기도 있다.

○ 玉人何處敎吹簫 – 玉人은 美人, 남녀 모두에게 쓸 수 있다. 敎吹簫(교취소)는 퉁소를 불게 시키다. 何處에서 玉人에게 吹簫하게 하는가? 풍류를 즐기고 있느냐고 물었다.

| 詩意 | 이 시는 두목이 양주의 회남절도사 막부에서 근무하다가 장안으로 귀임한 뒤 전의 동료였던 한작에게 文宗 大和 9년(835)에 보낸 시로 알려졌다.

1, 2구 강남 지역 양주의 산수와 계절을 묘사하여 전임지에 대한 추억을 새롭게 한 뒤에 3, 4구에서는 우인과의 추억을 회상하며, 지금도 어디선가 풍류를 즐길 것이라 하였다.

두 사람 간의 깊은 우정, 그리고 절제된 文字와 詩想으로 만당시의 수작으로 꼽히는 시이다.

贈漁父(증어부)

蘆花深澤靜垂綸，月夕烟朝幾十春.
自說孤舟寒水畔，不曾逢着獨醒人.

어부에게 주다

갈대 꽃핀 깊고 잔잔한 연못에 낚싯줄 드리고,
달뜬 저녁, 안개 낀 아침, 몇십 번 봄이 지났는가?
어부 말하길, 조용한 물가에 외로운 배를 띄우고,
아직 홀로 깨어있는 사람을 만나질 못했소.

| 詩意 | 이 시에 등장한 어부는 은자이다.

호숫가, 또는 강가에 낚시를 담그고 명상 속에 보낸 세월이 몇십 년?

온 세상 사람들이 모두 다 취했는데, 그간 屈原(굴원)처럼 깨어있는 賢者를 만나질 못했다고 한탄하고 있다.

《全唐詩》 524권 수록.

齊安郡後池絶句(제안군후지절구)

菱透浮萍綠錦池, 夏鶯千囀弄薔薇.
盡日無人看微雨, 鴛鴦相對浴紅衣.

齊安郡 後池를 읊은 절구

푸른 마름과 부평초가 비단처럼 펼쳐진 연못에,
여름 앵무새 마음대로 지저귀며 장미를 희롱한다.
하루 온종일 내리는 이슬비를 보는 이 없지만,
짝진 원앙은 어울려 붉은 깃털을 물에 적신다.

| 詩意 | 이슬비 소리 없이 내린 여름날, 뒤뜰 연못을 혼자 바라보고 있다.

세상사에 바쁜 사람들 누가 연못을 주시하겠나?

아마 한가한 사람이라도 이런 날은 그냥 낮잠을 즐기려 하지 시인처럼 시를 지으려 생각을 가다듬겠는가?

초여름의 싱그러움이 시 속에 그대로 담겼다.

《全唐詩》 522권 수록.

念昔游(염석유) 三首 (其三)

李白題詩水西寺，古木回岩樓閣風.
半醒半醉游三日，紅白花開山雨中.

옛날에 놀던 생각 (3 / 3)

李白은 水西寺에서 시를 지었는데,
古木은 산굽이에 섰고, 누각엔 바람이 분다.
반쯤 깨고, 반쯤 취해 삼 일 동안 놀았는데,
붉은 꽃과 흰 꽃이 산속 비를 맞고 피었다.

| 詩意 | 水西寺는, 今 安徽省 동남부 宣城市 관할 涇縣(경현)에 있는 절이고, 여기서 이백은 〈游水西簡鄭明府〉라는 시를 지었었다.

두목이 강남에서 10년 가까이 술에 빠져 한창 遊樂할 때의 옛 일을 回憶하는 시이다.

蘭溪(난계)

蘭溪春盡碧泱泱，映水蘭花雨發香.
楚國大夫憔悴日，應尋此路去瀟湘.

난계

늦봄 난계의 푸른 물은 깊고도 넓은데,
물에 비친 蘭花는 빗속에서도 향기롭다.
楚國 大夫 굴원이 초췌하여 行吟(행음)할 제,
응당 여길 지나 瀟湘(소상)에 갔으리라.

| 詩意 | 蘭溪는 두목의 임지이던 黃州(今 湖北省 중동부 黃岡市)의 이웃인 蘄州(기주)에 있는 長江의 지류이다.

泱泱(앙앙, 泱은 끝없을 앙)은 물이 깊고 넓은 모양이다. 屈原이 참소를 받아 방출되어 行吟澤畔(행음택반)할 때 그 형색은 매우 초췌했을 것이고, 湘水에 방출될 때 이 길을 거쳐갔을 것이라며, 굴원과 자신의 懷才不遇의 처지를 同一視하였다.

《全唐詩》 522권 수록.

漁父(어부)

白髮滄浪上, 全忘是與非.
秋潭垂釣去, 夜月叩船歸.
煙影侵蘆岸, 潮痕在竹扉.
終年狎鷗鳥, 來去且無機.

어부

백발의 창랑수 어부는,
인간사 시비를 완전히 잊었다.
가을 연못에 낚시를 놓았다가,
달밤에 배를 저어 돌아온다.
어스름 안개가 갈대밭에 내리고,
강물 나간 티는 대나무 발에 남았다.
세상 뜰 때까지 물새와 함께 놀면서,
오고 가면서 아무 機心도 없었다.

| 詩意 | 이는 굴원의 〈어부사〉에 나오는 어부의 형상을 시로 읊었다. 굴원에게 온 세상 사람이 다 취했으니 함께 술지게미라도 물에 타서 마시라고 권유했던 어부는, 창랑의 물이 맑으면 갓끈을 씻고, 창랑의 물이 탁하면 발을 씻으면 된다고, 곧 세상과 추이를 같이하겠다는 뜻을 말한 그 어부다. 물가에서 물새와 함께 평생을 지내지만 아무런 기심이 없으니 물새들도 어부를 가까이 했으리라.

旅宿(여숙)

旅館無良伴, 凝情自悄然.
寒燈思舊事, 斷雁警愁眠.
遠夢歸侵曉, 家書到隔年.
湘江好煙月, 門繫釣魚船.

여관에 묵으며

여관에 같이 든 일행이 없어,
골똘한 생각에 혼자서 조용하다.
희미한 등불에 옛일을 생각하고,
기러기 울음은 시름 잠을 깨운다.
고향 꿈은 새벽에 겨우 꾸었고,
家書는 해를 걸러 도착한다.
湘江에 구름 낀 달은 아름답고,
여관 문 앞엔 낚싯배만 매어졌다.

| 註釋 | ○ 凝情自悄然 – 凝은 엉길 응. 凝情은 凝思와 같음. 생각을 집중하다. 혼자 골똘히 생각하다. 悄는 근심할 초. 悄然(초연)은 조용한 모습.

○ 斷雁警愁眠 – 斷雁(단안)은 외로운 기러기, 무리를 잃은 기러기. 여기서는 기러기 울음소리. 愁眠(수면)은 시름 속에 드는 잠.

- 遠夢歸侵曉 – 遠夢은 고향을 찾아가는 꿈. 侵曉(침효)는 새벽이 되다.
- 湘江好煙月 – 湘江은 長江의 지류. 煙月(연월)은 風光.
- 門繫釣魚船 – 繫는 맬 계. 釣魚船(조어선)은 고기 낚는 배.

| 詩意 | 首聯은 무료한 여관에서 무료하여 혼자 생각에 잠긴다고 하였다. 頷聯(함련)에서는 밤이 깊어도 잠을 못 이루고, 頸聯(경련)에서는 고향 생각이 더 간절해지며 家書를 기다리고 고향 꿈을 꾼다.

그리고 尾聯(미련)에서는 여관 밖 경치를 서술하여 고향 생각을 애써 떨치고 싶은 나그네 마음을 그렸다.

시간에 따라 순차적으로 묘사한 여관의 하룻밤 정경은 꿈꾸는 듯 진행이 된다. 잠을 못 이루고 輾轉反側(전전반측)하는데, 그 자체가 꿈인지 생시인지 분간이 되지 않는다.

題揚州禪智寺(제양주선지사)

雨過一蟬噪，飄蕭松桂秋.
青苔滿階砌，白鳥故遲留.
暮靄生深樹，斜陽下小樓.
誰知竹西路，歌吹是揚州!

揚州의 禪智寺에서 짓다

비가 그친 뒤 매미 한 마리 울어대고,
솔과 桂樹 사이 소슬바람이 가을을 알린다.
푸른 이끼는 돌계단을 덮었고,
하얀 새들은 우물쭈물 거닌다.
저녁 안개가 깊은 숲에서 피고,
지는 햇살은 작은 누각을 비춘다.
누가 알겠나? 죽서로의 한적한 길이,
노랫가락 시끄러운 양주로 통하는 줄을!

| 詩意 | 文宗 開成 2년(837), 35세의 두목은 낙양에서 감찰어사로 근무했다. 두목의 동생 杜顗(두의)는 眼疾(안질)로 양주성 동쪽의 禪智寺에서 요양 중이었다. 두목은 선지사에 가서 동생을 만나보고 이 시를 지었다. 前 6句는 선지사의 주변을 묘사했고, 마지막 聯은 양주 성안의 번화한 거리와 연결된다면서 선지사 주변의 靜寂(정적)을 강조하였다.

過驪山作(과여산작)

始皇東遊出周鼎，劉,項縱觀皆引頸.
削平天下實辛勤，却爲道傍窮百姓.
黔首不愚爾益愚，千里函關囚獨夫.
牧童火入九泉底，燒作灰時猶未枯.

여산을 지나며

秦始皇이 동방을 순수하며 周鼎을 찾으려 하자,
劉邦, 項羽 모두가 목을 늘여 천하를 탐내었다.
세상천하 평정은 사실 쓰고 힘든 일이었으니,
실제로는 길가에 고통 받는 백성의 힘이었다.
백성들이 우매한 존재지만 당신은 더 어리석어,
천리 땅과 함곡관에 홀로 갇힌 사내와 같았다.
목동이 失火하여 무덤 안으로 번져 들어가서,
전부가 재가 될 때 시신은 마르지 않았다더라.

| 詩意 | 秦始皇의 동방 巡狩(순수)는 자신의 통치권 강화와 求仙의 뜻이었다. 그러나 60도 못 채우고 병사했고, 어리석은 2세가 즉위했다.

陳勝(진승)과 吳廣(오광)이 촉발한 농민 반란이 번지면서 항우와 유방이 천하 패권을 다투었다.

漢의 건국과 천하 차지는 사실 농민의 힘이었다.

關中 땅의 외로운 존재 秦이 그냥 무너진 뒤, 驪山에 조성된 진시황릉은 철저히 파괴되었다. 목동이 출입하고, 잃어버린 羊을 찾으려다가 失火하여 무덤 안이 모두 불탔다고 한다.

시신이 그때까지 마르지도 않았다는 뜻은 秦의 전복과 멸망이 너무나 빨랐다는 뜻이다.

첫 구의 周鼎(주정)은 周代에 주조된 청동의 솥(鼎, 세발 솥)인데, 이는 통치 권력의 상징이었다.

九日齊山登高(구일제산등고)

江涵秋影雁初飛, 與客攜壺上翠微.
塵世難逢開口笑, 菊花須插滿頭歸.
但將酩酊酬佳節, 不用登臨恨落暉.
古往今來只如此, 牛山何必獨沾衣?

중양절에 齊山에 오르다

강물에 가을 풍경이 잠겼고 기러기 처음 날아오는데,
손님과 술병 들고서 山氣가 푸르른 齊山에 올랐다.
속세에 살며 마음 놓고 웃을 일도 거의 없으니,
국화를 다만 머리에 가득 꽂고서 돌아가리라.
그러니 술에 취하여 좋은 명절을 지낼 것이니,
산에 오른 뒤 탄식하며 지는 해를 탓할 수는 없다.
옛일 지나가고 지금 사는 일이 모두 이와 같나니,
하필 牛山에서 홀로 눈물로 옷깃을 적셔야 하나?

| 詩意 | 이 시는 두목이 武宗 會昌 연간에(841－846)에 池州(今 安徽省 남부 池州市)자사일 때 지은 시로 알려졌다. 齊山은, 今 安徽省 남부 池州市 貴池區에 있는 산이다. 두목은 벗과 함께 齊山에 올라 자신의 삶을 되돌아보는 감회를 서술하였다. 그러면서 덧없는 인생의 비애와 좌절에서 벗어나 인생을 달관하고픈 의지가 시 속에 담겨 있다.

마지막 구의 牛山은, 今 山東省 중부 臨淄市(임치시)에 있는 산이다. 춘추시대 齊 景公은 우산에 올라 북쪽을 바라보며 감탄하였다.

"이 얼마나 아름다운가! 만약 옛사람이 죽지 않고 살아있다면, 나는 여기를 떠나 어디를 갈 수 있겠는가?"

그리고는 고개를 떨어뜨리고 눈물을 흘렸다고 한다.

두목은 이를 반대로 해석하여 사람은 누구나 죽어야 하거늘, 인간의 죽어야할 운명을 나만 홀로 탄식할 까닭이 있는가? 라는 뜻으로 사용했다.

※ 목종 長慶 2년(822), 張祜(장호)는 대 시인 白居易가 杭州刺史로 부임해 온다는 말을 들었다. 장호는 백거이가 대 시인이기에 자신의 시재를 인정해 줄 것이라 기대하면서 자신의 詩作을 가지고 백거이를 찾아뵈었다. 장호의 시고 중에는 그가 장안에서 失意했을 때 지은 시도, 또 元稹이 賢才를 알아보지 못한다는 비방의 뜻이 포함한 시도 있었다.

장호는 원진과 백거이가 그렇게 가까운 우의가 있는 줄을 알지 못했다. 백거이는 장호를 높이 평가하지도 않았고 또 천거도 없었다.

당 武宗 會昌 4년(844) 유명한 시인 杜牧이 池州(지금의 安徽省 남부 池州市)자사로 부임했다. 장호는 두목을 만날 생각을 갖고 있었다. 그러나 불쑥 방문할 수는 없는 일! 장호는 전날 자신이 宣州의 當塗(당도, 지금의 江蘇省 당도현) 牛渚(우저)란 곳에서 일박하면서 지은 시를 보냈다.

江上旅泊呈杜員外(강상여박정두원외) - 張祜

牛渚南來沙岸長, 遠吟佳句望池陽.
野人未必非毛遂, 太守還須是孟嘗.

강에서 자면서 杜 員外에게 보내다 - 장호

우저의 남쪽으로 길게 뻗은 모래 언덕,
멀리서 좋은 시를 읊으며 池州를 바라본다.

시골 사람이 꼭 毛遂와 같지는 않더라도,
태수는 그래도 맹상군과 같은 분이리라!

| 詩意 | 전국시대 齊나라 孟嘗君(맹상군)의 식객이 3천이라고 했었다. 그중에 毛遂(모수)는 아무런 장기도 없는 사람이었다. 모수는 맹상군이 사신으로 갈 때 자신을 수행원에 끼워 달라고 자청했다. 맹상군은 모수를 데리고 갔고 결국 일이 안 풀릴 때 모수의 결단으로 맹상군은 소기의 목적을 달성할 수 있었다.

여기서 장호는 자신을 모수로, 그리고 두목을 맹상군으로 생각하며 자신의 文才를 알아 달라는 뜻이었다.

두목은 장호의 시를 받고 매우 기뻤다. 두목은 장호의 〈何滿子〉와 장호의 詩名을 알고 있었다. 두목은 장호가 자신보다 연장자라는 사실 또한 알고 있었다. 두목은 곧바로 화답하는 시를 보냈다.

酬張祜處士見寄長句四韻(수장호처사견기장구사운)

士子論詩誰似公, 曹劉須在指揮中.
禰衡昔日知文擧, 乞火無人作蒯通.
北極樓臺長挂夢, 西江波浪遠呑空.
可憐故國三千里, 虛唱歌詞滿六宮.

張祜 처사의 長句 4운을 받고 답하다

문사로 시를 논하매 누가 公과 같으리오?
魏朝와 漢朝 시대에 인재를 등용했었다.
禰衡(예형)을 추천한 이는 옛날 孔融(공융)이었고,
曹參의 추천이 아니면 蒯通(괴통)도 없었을 것이요.
장안의 조정에 오랫동안 기대를 했었지만,
西江의 물결은 멀리 모든 것을 삼켜버렸다.
가련한 고국 삼천리 〈何滿子〉의 노래를,
무심코 부르는 가사만 六宮에 가득 찼도다.

| 詩意 | 이 시의 뜻은 장호의 열성을 높이 평가하며, 옛날 曹操의 魏나라에서 孔融(공융)이 禰衡(예형)을 조조에게 추천했으며, 또 漢의 曹參(조참)이 蒯通(괴통)을 천거한 사실을 예로 들었다. 그러면서 그동안 元稹(원진)이 장호의 추천을 가로막은 것에 대한 유감을 표시하면서 지금도 사람들은 뜻도 모르며 〈何滿子(하만자)〉를 부른다고 하였다.

두목의 화답시를 받은 장호는 즉시 두목을 예방했다. 아무런 벼슬도 없는 野人이며, 處士인 장호와 명문가의 후예이며 文名을 떨치고 있는 태수 두목은 바로 知己가 되었다. 두목과 장호의 知己의 교제는 晩唐 시단의 아름다운 이야기로 후세까지 남았다.

두목의 시에 〈登池州九峰樓寄張祜, 지주의 구봉루에 올라 장호에게 주다〉가 있는데, 이 시는 知己에 대한 思念과 동정, 존경의 뜻을 담고 있어 그 두 사람의 교정을 짐작할 수 있다.

만당의 시인 鄭谷(정곡, 851－911?)은 '장호의 고국 삼천리를 알아준 사람은 杜牧 한 사람 뿐이었다.' 고 술회하였다.

自宣城赴官上京(자선성부관상경)

瀟灑江湖十過秋, 酒杯無日不淹留.
謝公城畔溪驚夢, 蘇小門前柳拂頭.
千里雲山何處好, 幾人襟韻一生休.
塵冠掛卻知閒事, 終擬蹉跎訪舊遊.

宣城에서 부임하려 上京하다

세상을 초탈하여 강호에 떠돌기 십 년을 넘겨,
술잔을 앞에 두고 머뭇거려 망설인 날이 없었다.
謝公城 주변 냇물 흘러가니 술 취한 꿈을 깨었고,
蘇小小 대문 앞의 버들가지 매만져 스쳐 지났다.
구름낀 천리 산천 풍경은 어디가 가장 좋으며,
그러한 뜻을 품어 세상을 등진 사람 몇이던가?
속세의 관직 버려두고 평소 품은 뜻을 따라야 하나,
결국은 주저하다가 다시 옛날 놀던 곳을 찾아간다.

| 詩意 | 文宗 開成 3년(838), 두목은 조정 左補闕(좌보궐)의 관직을 받아, 4년에 宣城을 떠나 장안으로 부임하기 위해 상경하며 지은 시이다.

이때 두목은 37세, 그간 10년 세월을 선성과 양주 등지에서 아무 제약도 받지 않는 듯 주색에 마음껏 탐닉하였는데, 이 시에는 그런 생활에 대한 후회의 뜻이 들어있다.

위 시에서 謝公城은 謝朓(사조, 謝公)가 태수로 재직했던 宣城이다. 蘇小는 기녀 蘇小小를 말한다. 襟韻(금운)은 평소에 품은 큰 뜻을 말한다.

결국 관직을 버리지 못하고 옛날 놀던 장안을 다시 찾아간다 하여 관직에 대한 자신의 미련을 서술하였다.

商山麻澗(상산마간)

雲光嵐彩四面合, 柔柔垂柳十餘家.
雉飛鹿過芳草遠, 牛巷雞塒春日斜.
秀眉老父對罇酒, 蒨袖女兒簪野花.
征車自念塵土計, 惆悵溪邊書細沙.

商山의 麻澗(마간) 마을

채색 구름과 산기운이 사방으로 퍼지면서,
흔들리는 버들 사이로 농가가 십여 채.
꿩이 날고 노루가 뛰며, 멀리 뻗은 풀밭에,
소는 집에, 닭은 홰에 오르며 봄날은 간다.
짙은 눈썹의 노인은 술통과 마주 앉았고,
붉은 저고리 처녀는 들꽃을 머리에 꽂았다.
수레 멈추고 속세의 살림을 홀로 생각하니,
슬픈 상념을 시냇가 모래알에 써두었다.

| 詩意 | 두목이 宣城(선성)을 떠나 長安에 부임하러 가는 도중, 商山 기슭의 麻澗(마간)이란 마을을 지나다가 마을 풍경을 보며 잠시 수레를 멈추었다.

마을의 이런 저런 풍경을 보다가 결국 자신의 앞날을 생각하게 되고, 수많은 잡념을 냇가의 모래알 사이에 버려두고 다시 길을 떠난다는 내용이다.

여행길 나그네의 상념은 그 끝이 없다. 어쩌면 그런 상념에 빠질 수 있기에 사람은 홀로 나그네가 되는지도 모른다.

홀로 여행하기 – 필자가 좋아하며, 또 경험이었기에 공감이 가는 시이다.

齊安郡晩秋(제안군만추)

柳岸風來影漸疏，使君家似野人居.
雲容水態還堪賞，嘯志歌懷亦自如.
雨暗殘燈棋散後，酒醒孤枕雁來初.
可憐赤壁爭雄渡，唯有蓑翁坐釣魚.

齊安郡의 늦가을

언덕의 버들은 바람에 그림자 흔들리고,
그대 집은 村夫의 초가와도 비슷하군요.
구름이 생기고 흐르는 물이야 그냥 볼만하고,
노래로 읊은 마음속 큰 뜻은 혼자만 알겠지요.
비 오는 밤에 희미한 등불도 바둑 뒤에 꺼지고,
술도 깨면서 홀로 누운 밤, 첫 기러기 날아온다.
패권 다투던 적벽 나루서 서글픈 상념에 젖었는데,
도롱이 입은 노인만 낚시를 담근 채 앉아 있다.

| 詩意 | 齊安郡은, 唐 玄宗 天寶 원년(742)에 黃州로 개칭했는데 治所는 黃岡縣(今 湖北省 武漢市 新洲區)이었다. 자신의 청정한 거처와 자신의 취향을 묘사 서술하였다. 蓑翁(사옹)의 蓑(도롱이 사)는 갈대를 엮어 어깨에 걸쳐 입을 수 있게 만든 일종의 雨衣이다. 필자는 어렸을 때 이 도롱이를 입고 비오는 날 논밭에서 일하는 어른을 많이 보았다. 《全唐詩》 522권 수록.

早雁(조안)

金河秋半虜弦開，雲外驚飛四散哀.
仙掌月明孤影過，長門燈暗數聲來.
須知胡騎紛紛在，豈逐春風一一回.
莫厭瀟湘少人處，水多菰米岸莓苔.

일찍 온 기러기

金河의 가을 날, 만이들이 쳐들어왔는데,
하늘의 기러기도 놀라 슬피 사방에 흩어졌다.
金人의 손바닥에 밝은 달이 그림자를 만들었고,
長門宮 등불 아래 노랫소리 들려온다.
만이의 기병이 제멋대로 세상을 어지럽히나,
그들이 어찌 봄바람 따라 모두가 돌아가겠는가?
싫어하지 마오! 瀟湘에 사는 사람이 적기에,
물에는 물풀 열매가, 바위에는 이끼가 많다고!

| 詩意 | 武宗 會昌 2년(842) 8월, 위구르(回鶻, 회골)족이 金河(今 內蒙古 남부 呼和浩特市) 일대에 쳐들어왔다. 이때 두목은 黃州(今 湖北省 중동부 黃岡市)에서 이 소식을 듣고 일찍 찾아온 기러기에 비유하여 소감을 술회하였다.

詩에 나오는 仙掌(선장)은 전한 武帝가 甘露(감로)을 받기 위하여 만든 거대한 靑銅 仙人의 손바닥이란 뜻이다. 菰는 줄 풀 고.

부추. 水草 이름. 米는 쌀 미, 식물의 열매나 씨앗을 의미. 岸은 강가의 둑. 바위. 莓는 이끼 매. 莓苔(매태)는 이끼.

《全唐詩》 522권 수록.

雨中作(우중작)

賤子本幽慵，多爲儁賢侮.
得州荒僻中，更値連江雨.
一褐擁秋寒，小窗侵竹塢.
濁醪氣色嚴，皤腹甁罌古.
酣酣天地寬，怳怳嵇劉伍.
但爲適性情，豈是藏鱗羽.
一世一萬朝，朝朝醉中去.

雨中에 짓다

나는 본디 조용하고 한적한 뜻이 있어,
자주 걸출한 현인에게 무시당했다.
거칠고 외진 黃州 자사로 근무하면서,
연이은 長江 장마철을 만났다.
갈옷 하나론 가을 추위를 느끼는데,
작은 창밖엔 대나무 언덕이 이어졌다.
누런 막걸리 술기운에 거칠어진 마음,
옛날 술독을 다 비우니 배가 불룩해졌다.
술에 취하니 천지가 끝없이 넓어지고,
빙빙 돌면서 혜강과 주령의 짝이 된다.
그래도 나의 본성을 따라야 하나니,

어떻게 잠룡이나 봉황처럼 감추겠는가?
한세상 살면서 일만 번 날이 밝나니,
날마다 또 날마다 술에 취해 살아가련다.

| 詩意 | 두목이 黃州자사로 근무하며 지은 시라고 알려졌다. 계속되는 장맛비에 술로 시간을 보내고 울적한 심사를 달래야만 했다.

賤子本幽慵의 賤子는 두목 자신이다. 嵇康(혜강)과 朱伶(주령)은 竹林七賢으로 모두 유명한 술꾼이었다.

이 시는《樊川文集(번천문집)》1권에 수록되었다.

雪中書懷(설중서회)

臘雪一尺厚，云凍寒頑癡.
孤城大澤畔，人疎煙火微.
憤悱欲誰語？ 憂慍不能持.
天子號仁聖，任賢如事師.
凡稱曰治具，小大無不施.
明庭開廣敞，才儁受羈維.
如日月緪升，若鸞鳳葳蕤.
人才自朽下，棄去亦其宜.
北虜壞亭障，聞屯千里師.
牽連久不解，他盜恐旁窺.
臣實有長策，彼可徐鞭笞.
如蒙一召議，食肉寢其皮.
斯乃廟堂事，爾微非爾知.
向來躐等語，長作陷身機.
行當臘欲破，酒齊不可追.
且想春候暖，甕間傾一巵.

눈 온 뒤 감회를 적다

선달 눈이 한 자나 쌓였는데,

얼음 같은 추위가 매섭다고 한다.
외로운 이 성은 큰 늪지 곁이라서,
백성과 민가도 적은 곳이다.
울적한 마음을 누구에게 말하랴?
우려와 번뇌를 참을 수 없도다.
天子는 인자하신 聖君이시니,
賢者를 마치 스승 섬기듯 등용한다.
모두가 치국의 방책을 다 갖추었고,
크고 작은 조치를 다 했다고 말한다.
조정의 명당을 활짝 열었고,
재능 갖춘 인재가 관직을 차지하였다.
마치 해와 달이 뜨고 차오르듯,
봉황이 깃들 듯 인재가 모였다.
나는 썩은 나무 같은 하등인재이니,
포기 방치한 것이 당연하였다.
북방 흉노가 우리 성벽을 파괴하였고,
우리 군사는 천리에 걸쳐 주둔했다.
전쟁 폐해는 오래고 해결책이 없으며,
다른 도적도 틈을 엿볼까 걱정이다.
내게 사실 좋은 방책이 있어,
적을 소리 없이 매질할 수 있다.
만약 부름 받아 논의할 기회 있다면,

적의 세력을 완전히 없앨 수 있다.
그러나 이는 조정의 대사이고,
미약한 내가 관여할 바가 아니니다.
그전에 분수를 넘어선 건의는,
언제나 일신을 망치는 계기였다.
섣달이 끝나갈 이때에 응당,
술을 담글 시기를 놓칠 수 없다.
일단 봄날 따뜻한 날씨에 맞춰,
옆의 항아리서 한잔을 마셔야 한다.

| 詩意 | 두목의 관직 생활이 비교적 평탄했고, 또 지방관으로 오래 나가 마음껏 인생을 즐길 수 있었던 것은 두목의 사고가 매우 현실적이고 분수를 지켰기 때문이다.

이는 두보의 관직생활과 비교하면 금방 알 수 있다. 두보는 자신의 은인이라 할 수 있는 房琯(방관)을 변호하다가 숙종의 미움을 받아 좌천된 이후, 그 관직 생활이 풀리질 않았다.

물론 두목은 젊은 나이에 급제한 이후, 중앙 관직보다 지방관을 자청했고, 또 때로는 철저한 방관자의 신념을 견지했기에 풍파에 휩쓸리지 않았다.

위 시에서도 보면, 자신의 관직이 낮으며 자신이 주관할 일이 아니라는 사실을 알았고(爾微非爾知), 분수를(官等을) 넘어서는 말을 하면(向來躐等語), 늘 자신을 함정에 빠트리는 계기가 된다(長作陷身機)고 하였다. 그러면서 조정에 대한 건의보다는 봄에 마실 술 담그는 시기를 놓쳐서는 안 된다(酒齊不可退)면서 철저한 방관자의 철학을 견지하였다. 정말 아무것도 몰라서 방관하는 것이 아니고, 자기 주관을 갖고 방관한다면 그것은 아마 적절한 保身策일 것이다.

이 작품은《樊川文集》1권에 수록되었다.

026

李群玉(이군옥)

李群玉(이군옥, 813? - 860?)의 字는 文山이며, 湖南省 澧縣(풍현) 사람이다. 진사과에 급제하지 못하고 布衣로 장안에 유람하다가 宣宗에게 시를 바치고, 令狐綯(영호도)의 천거로 弘文館校書郎이 되었다.

나중에 다른 사람의 모함을 받자 관직을 박차고 고향으로 돌아왔다. 이군옥의 시에는 名句가 많아 많은 사람들이 傳誦(전송)하였으며 書法에도 일가를 이루었다고 한다.

放魚(방어)

早覓爲龍去，江湖莫漫遊．
須知香餌下，觸口是銛口．

물고기를 놓아주며

빨리 용이 될 길을 찾아가며,
江湖에선 느긋하게 놀지 말라.
꼭 알아야 하나니 좋은 먹이에,
입을 대면 바로 뾰족한 갈고리다.

| 詩意 | 鱓魚(선어, 드렁허리 – 민물장어 비슷한 물고기)가 황하를 거슬러 올라가 登龍門에 오르면 용이 되어 승천하고, 올라가지 못하면 몸에 점이 찍혀 살던 곳으로 돌아온다고 한다.

용이 되느냐 못되느냐? 급제하느냐 못하느냐? 이에 따라 사람의 팔자가 달라진다는 뜻일 것이다.

잡은 물고기를 방생하면서 부탁하는 말이지만 물고기에 빗대어 그 寄託(기탁)하는 바가 많아 여러 가지 생각을 하게 된다.

火爐前坐(화로전좌)

孤燈照不寐，風雨滿西林.
多少關心事，書灰到深夜.

화로 앞에 앉아서

외등 아래 잠을 못 드는데,
비바람은 西林에 가득하다.
이런저런 마음 가는 일을,
재(灰) 위에 써 보니 한밤이로다.

| 詩意 | 화롯불 – 그 따뜻한 온기가 그립다. 화롯불이 식어가면서 재가 된다. 그 재를 인두로 꾹꾹 눌러 평평하게 한 뒤에 인두 끝이나 막대기로 글씨를 써본다.

이런 경험이 없는 젊은이야 이해하기 힘든 정경이지만, 시름 많은 시인이 얼마나 많은 생각을 했겠는가?

靜夜相思(정야상사)

山空天籟寂，水榭延輕凉.
浪定一浦月，藕花閒自香.

고요한 밤에 생각하다

空山에 넓은 하늘 바람도 없는데,
물가 정자엔 서늘한 바람 불어온다.
포구 달빛에 물결도 조용한데,
연꽃은 조용히 제 향기를 뿜는다.

| 詩意 | 天籟(천뢰)는 하늘을 뜻한다. 水榭(수사)는 물가의 정자, 藕花(우화)는 연꽃이다.

참 조용한 풍경이다.

引水行(인수행)

一條寒玉走秋泉，引出深夢洞口烟.
十里暗流聲不斷，行人頭上過潺湲.

물 끌어오는 노래

한 줄기 푸른 대나무 통을 맑은 샘에 대어서,
深夢洞 골짜기 물을 끌어온다.
십 리 길 흐르며 아니 보여도 소리는 이어지니,
행인의 머리 위에 졸졸대며 흘러간다.

| 詩意 | 산속의 샘물을 대나무 통으로 이어 십 리 떨어진 마을까지 흐르게 하는 정경을 머릿속에 그리며 읽어야 한다.

寒玉은 푸른 대나무이고, 秋泉은 맑은 샘물, 承句의 烟은 구름이나 연기가 아닌 샘물이다. 深夢洞은 시인이 지어낸 골짜기 이름일 것이고, 潺湲(잔원)은 물소리의 형상이다.

우리나라에서는 아무데나 깊이 파면 샘물이 나오지만, 중국은 그렇지 않다는 것을 염두에 두어야 한다.

그러니 10리 길 먼데서 물을 끌어올 것이다.

黃陵廟(황릉묘)

黃陵廟前莎草春，黃陵女兒茜裙新.
輕舟短棹唱歌去，水遠山長愁殺人.

황릉묘

황릉 사당 앞 물가 풀밭에 봄이 들었고,
황릉 처녀들의 붉은 치마가 눈에 띈다.
작은 배 짧은 노에 노래하며 가버렸고,
긴 강과 뻗은 산등에 나그네는 시름한다.

| 詩意 | 湘水 북쪽, 今 湖南省 岳陽市와 長沙市의 북부, 洞庭湖 남쪽 湘陰縣에 舜의 두 딸을 모신 사당을 黃陵廟라 부른다는 주석이 있다.

詩題는 사당이지만, 민간 처녀의 건강하고 활달한 모습이 詩의 주요 내용이 되었다.

'茜裙新' 의 茜(꼭두서니 천)은 붉은색을 내는 염료이니, 茜裙(천군)은 붉은 치마이다. 멀리 이어진 강이 있고 그 강가에 길게 뻗은 산이 있을 것이니, 그 산과 강의 길이만큼이나 나그네는 시름이 많을 것이다.

雨夜呈長官(우야정장관)

遠客坐長夜, 雨聲孤寺秋.
請量東海水, 看取淺深愁.
愁窮重於山, 終年壓人頭.
朱顏與芳景, 暗赴東波流.

비 내리는 밤에 官長에게

먼길 갈 나그네 긴 밤을 함께 하는데,
적막 가을 山寺에 빗소리만 들린다.
바라건대 동해의 물을 헤아려 보소,
깊고 얕은 걱정을 한번 보아주시오.
끝없는 수심은 산보다도 무겁고,
한해가 가도록 사람 머리를 누른다오.
젊은 얼굴과 아름다운 풍경은,
어느 새 동해 波浪에 휩쓸려 갔다오.

| 詩意 | 비 오는 가을밤 적막한 山寺에 먼 길을 갈 사람과 함께 앉았다. 사람 살아온 또 살아갈 이야기가 이어지고 …, 결국 삶은 걱정이고 愁心이다. 불그레하게 紅潮(홍조)를 띤 고운 얼굴도, 피어난 꽃도 어느새 – 나도 모르게 흘러 동해의 물결 속에 휩쓸리는 것 – 인생은 그래서 허무하다고 말한다.

《全唐詩》 568권에 수록.

027
陳陶(진도)

陳陶(진도, 812 – 885)의 字는 嵩伯(숭백)으로, 福建 南平縣(今 福建省 南平市 延平區) 사람이다. 과거에 급제하지도 또 관직에 있었다는 기록은 없고, 장안에 유학했다가 나중에 南昌에 은거했다고 한다.

그의 시 〈隴西行〉이 《唐詩三百首》에 수록되었는데, 이는 福建省에 본적을 둔 사람의 유일한 작품이라고 한다. 지금의 복건성 지역은 과거 합격자도 거의 없을 정도로 문화적 미개지였다.

續古(속고) 二十九首 (其十七)

戰地三尺骨，將軍一身貴.
自古若弔冤，落花少於淚.

옛일을 기록하다 (17 / 29)

싸움터에 뒹구는 석 자의 백골,
장군의 한몸은 고귀해졌다.
예부터 만약 원한을 위로하자면,
지는 꽃잎이 눈물보다 적으리라.

| 詩意 | 〈續古〉는 옛일을 회고하며 뒤를 이어 짓는다는 뜻이다. 본래 29수인데, 그중 한 首만 수록했다. 본래 병졸의 죽음을 딛고 장군은 영달한다. 백성들이 흘린 눈물이 지는 꽃잎보다도 많은 것이 사실일 것이다.

《全唐詩》 746권 수록.

隴西行(농서행) 四首 (其二)

誓掃匈奴不顧身, 五千貂錦喪胡塵.
可憐無定河邊骨, 猶是深閨夢裡人.

농서행

흉노 소탕을 맹서하며 몸을 돌보지 않더니,
오천 정예병 모두가 오랑캐 흙 속에 죽었네.
가련하나니, 無定河 강변의 백골이여!
아직도 깊숙한 안채 꿈속의 사람이리라!

| 註釋 | ○ 〈隴西行〉 – 〈농서행〉. 악부의 옛 제목으로 〈相和曲詞〉에 속한다. 邊塞(변새)에 동원된 사람들의 고통을 노래했다. 隴西는 지금의 甘肅省의 天水, 蘭州 等地와 河西走廊 및 실크로드 지역을 포함하는 지역 명칭이다.

○ 誓掃匈奴不顧身 – 誓掃(서소)는 소탕을 맹서하다.

○ 五千貂錦喪胡塵 – 貂는 담비 초. 貂錦(초금)은 담비 가죽옷과 비단옷을 입은 정예병. 喪은 죽을 상. 漢代의 일을 읊은 시라고 해석도 가능하다.

○ 可憐無定河邊骨 – 無定河는 내몽고에서 발원하여 陝西省의 황토 고원 지대를 지나 황하에 유입되는 지류.

○ 猶是深閨夢裡人 – 夢裡人은 꿈속에서 그리는 사람.

| 詩意 | 1구에는 출정 장졸의 기개가 넘쳐나니 '誓掃', '不顧身' 에는 비장한 느낌이 온다.

2구는 그들의 죽음이다. 사실 죽음은 모든 것의 끝이니, 젊은 기개도 고향 그리움도 모두 끝이다.

3구의 無定河邊骨은 4구의 深閨夢裡人이니, 同一人이다. 그러니 그 슬픔은 閨怨으로 남게 된다. 전쟁의 비참을 상세하게 묘사하지는 않았다. 그러나 전쟁의 끝은 대부분 죽음이다.

강변의 백골에는 참혹한 전투의 모습이 다 들어있을 것이다.

歌風臺(가풍대)

蒿棘共存百尺基，酒酣曾唱大風詞.
莫言馬上得天下，自古英雄盡解詩.

가풍대

쑥대와 가시풀이 높은 기단 위에 자랐는데,
예전에 술에 취해 大風歌를 불렀던 곳이다.
천하를 마상에서 차지한다고 말하지 말지어니,
자고로 영웅들은 모두 시를 알았었다.

| 詩意 | 漢 高祖 劉邦은 천하를 차지한 뒤, 기원전 195년 英布의 반란을 평정하고 고향 沛(패)에 들러 잔치를 하고 父老들을 위로한다. 고조는 술에 취해 楚歌로 '大風起兮雲飛揚하고, 威加海內兮歸故鄕이라. 安得猛士兮守四方하리오!' 라고 〈大風歌〉를 지어 부르면서 춤을 추며 뜨거운 눈물을 흘렸다고 한다. 그 자리에 세운 누각을 歌風臺라고 했다.

028
薛逢(설봉)

薛逢(설봉, 생졸년 미상, 字는 陶臣)은 蒲州 河東(今 山西省 서남부 永濟市) 사람이다. 武宗 會昌 원년(841)에 진사과 급제했고 秘書省 校書郎, 秘書郎 등을 역임했지만 관직에서 뜻을 얻지 못했다. 《全唐詩》 548권은 그의 시를 수록했다.

河滿子(하만자)

繫馬宮槐老, 持杯店菊黃.
故交今不見, 流恨滿川光.

하만자

말을 매던 궁궐 홰나무 고목이 되었고,
누런 국화 있는 술집서 잔을 들었다.
고인의 사귐 이제는 볼 수가 없고,
설움은 번쩍이듯 냇물 가득 흐른다.

| 詩意 | 흐르는 세월, 흘러버린 인정, 모두가 슬픔으로 남았다. 옛사람의 진실한 교제를 지금은 볼 수가 없기에 더 슬플 것이다.

宮詞(궁사)

十二樓中盡曉妝，望仙樓上望君王.
鎖銜金獸連環冷，水滴銅龍晝漏長.
雲髻罷梳還對鏡，羅衣欲換更添香.
遙窺正殿簾開處，袍袴宮人掃御床.

궁사

열두 누각 궁궐에서 아침 화장을 마치고,
궁궐 望仙樓에 올라가 君王을 기다린다.
궁문 짐승 모양 자물쇠의 테두리도 차갑고,
청동 비룡 모양 물시계는 낮에도 돌아간다.
구름 모양 올림머리 빗고 거울을 마주하며,
비단 의상 갈아입으려 향내를 배게 한다.
멀리 正殿의 주렴이 열려진 데를 바라보니,
화려 의상의 궁인이 군왕의 침상을 소제한다.

| 詩意 | 宮詞는 제왕 궁궐의 일상을 소재로 하며, 궁중의 사치와 향락을 풍자하거나 궁인들의 한을 서술하였다. 형식은 대개 칠언절구가 많으며, 古樂府의 〈怨歌行〉, 〈玉階怨〉, 〈長信怨〉 등이 궁사의 원형이라 할 수 있다.

王昌齡(왕창령)의 〈西宮春怨〉이나 〈長信秋詞〉 및 崔國輔의 〈怨詞〉 등은 宮詞의 일반적 특징을 갖춘 시가라 할 수 있다. 이어 王

建의 〈宮詞詩〉가 창작되면서 체제와 명칭이 확정되었다. 또 白居易, 張祜(장호), 朱慶餘, 李商隱 등도 모두 宮詞를 남겼다.

029

趙嘏(조하)

趙嘏(조하, 806? - 852?, 嘏는 클 하)는 字가 承祐(승우)로 武宗 會昌 4년(844) 진사에 급제하였다. 과거에 급제하고도 별다른 관직 없이 지내다가 850년경 渭南 縣尉(위남 현위)로 관직을 마감하였다.

젊어서부터 벗인 두목은 조하의 〈長安晩秋〉의 '殘星幾點雁橫塞(보이는 별 몇 개 사이로 기러기 날아가고), 長笛一聲人倚樓(피리 긴 가락에 나그네는 누각에 기댄다).' 구절을 좋아하여 칭찬을 그치지 않았기에 사람들은 조하를 '趙倚樓(조의루)' 라고 불렀다는 이야기가 전해 온다.

寒塘(한당)

曉髮梳臨水，寒塘坐見秋.
鄕心正無限，一雁度南樓.

차가운 연못

새벽에 물가에서 머리를 빗고,
차가운 연못가에 앉아 가을을 본다.
고향의 그리움은 정말 끝이 없으니,
외기러기는 누각을 지나 남으로 간다.

| 詩意 | 가을이면 더더욱 그리운 고향을 노래했다.

江樓舊感(강루구감)

獨上江樓思渺然, 月光如水水如天.
同來望月人何處, 風影依稀似去年.

강변 누각에서의 옛 생각

홀로 강가 누각에 오르니 그리움만 아늑하고,
달빛은 물과 같고 물은 하늘과 같구나.
같이 와서 달을 봤던 그 사람은 어디에 있는가?
풍경은 어슴푸레 옛날과 비슷하도다.

| 詩意 | 하늘과 하나가 된 물, 어스름 달빛 아래 희미한 풍경, 시인의 미어지는 가슴, 시인의 탄식, 그리고 '同來望月人何處' 라는 시인의 절규가 들리는 듯하다.

이 시에는 행복에 이르지 못한 젊은 남녀의 사랑 이야기가 들어 있다.

轉句의 '同來望月人何處?' 은 '千古의 大問' 이라며 名句로 여러 사람에 알려졌다.

이 시는 《全唐詩》 550卷에 수록되었다.

西江晩泊(서강만박)

茫茫靄靄失西東，柳浦桑村處處同.
戍鼓一聲帆影盡，水禽飛起夕陽中.

늦게 西江에서 일박하다

끝없는 안갯속에 동, 서쪽을 알 수 없지만,
포구의 버들과 뽕밭 마을은 어디든 비슷하다.
수루의 북소리에 오가던 돛배도 없고,
석양을 안고 물새들만 날아오른다.

| 詩意 | 알고 있는 문제를 풀듯이 시인이 쉽게 써 내려갔다. 강변 마을 풍경을 전체적으로 설명한 뒤, 가까이 보이는 풍경을 그렸다. 《全唐詩》 550권 수록.

落第(낙제)

九陌初晴處處春, 不能回避看花塵.
由來得喪非吾事, 本是釣魚船上人.

낙제

장안 큰길에 날이 개며 곳곳에 봄은 왔는데,
꽃을 구경한 인파 먼지를 피할 수가 없다.
오고 가며 얻고 잃는 모두가 내 뜻이 아니니,
나는 본래 배를 저어 낚시나 하던 사람이었다.

| 詩意 | 과거 급제 – 독서인의 지상 과제였다. 당 말기에 접어들며 과제에도 부정이 횡행하여 권문세가가 아니라면 급제가 사실상 어려웠다.

인생 한 살이에 태어나며 죽고, 얻고 잃는 것이 뜻대로 될 수 있겠나? 낙제했으니 무어라 自慰(자위)하겠는가?

본래 고기 잡는 어부였다며 낙제한들 어떻겠는가?

자기 위안은, 곧 자기 合理化이다.

經汾陽舊宅(경분양구택)

門前不改舊山河，破虜曾輕馬伏波.
今日獨經歌舞地，古槐疏冷夕陽多.

분양왕의 옛집을 지나며

대문 앞 옛 산하는 바뀌지 않았고,
적을 무찌른 공은 馬援보다 컸다.
오늘 가무하던 곳을 홀로 지나가니,
성기고 늙은 홰나무에 석양이 가득하다.

| 詩意 | 분양왕은 郭子儀(곽자의, 698－781)이다. 政治家, 軍事家로 안사의 난을 평정하는데 공을 세웠고 玄, 肅, 代, 德 四帝를 섬겼으며 汾陽郡王에 봉해졌다. 인간이 누릴 수 있는 복을 다 누렸다는 평가를 받는다. 그의 8子7婿가 모두 조정에 근무했다.

馬伏波는 後漢의 장군 馬援(마원)이다. 馬援은 '老益壯(노익장)' 故事의 실제 주인공이다. 노익장은 늙어가면서 의지가 더욱 굳건해진다는 뜻이지, 신체가 건장하고 힘이 강해진다는 뜻이 아니다.

쓸쓸한 감회는 結句보다 起句가 더 진한 것 같다.

長安晩秋(장안만추)

雲物凄涼拂曙流, 漢家宮闕動高秋.
殘星幾點雁橫塞, 長笛一聲人倚樓.
紫豔半開籬菊靜, 紅衣落盡渚蓮愁.
鱸魚正美不歸去, 空戴南冠學楚囚.

장안의 만추

쓸쓸히 지는 햇무리가 저녁 빛을 떨쳐버리고,
漢家의 궁궐 그림자를 멀리 늘려내는 가을이다.
보이는 몇 개 별 사이로 기러기는 날아가고,
늘어진 피리 가락에 나그네는 누각에 기댄다.
자줏빛 꽃잎 반쯤 피운 채 말없는 울타리 국화,
붉은 꽃잎 모두 잃은 물가 연꽃은 시름에 잠겼다.
한참 맛있는 농어 철에 고향에 가지 못하고,
南冠을 쓴 楚의 죄수를 공연히 본뜨려 한다.

| 詩意 | 雲物은 구름의 색채. 여기서는 저녁 해의 햇무리를 뜻한다. 漢家宮闕은 唐의 궁궐이고, 動高秋는 그림자가 길어지는 가을이란 뜻. 紫豔(자염)은 고운 자줏빛, 黃菊이 아닌 赤菊을 의미한다. 紅衣落盡은 연꽃의 붉은 꽃잎이 이미 다 졌다는 뜻이다.

鱸魚(노어)는 농어인데 長江 하류, 만물과 海水가 섞이는 곳에 나는 특산물이다. 南冠은 남쪽의 관인데, 楚의 사자가 북쪽에 가서 억류되어 있으면서도 늘 楚의 관을 쓰고 있었다. 죄수라는 뜻으로도 쓰이는데 《左傳》에 전고가 있는 말이다. 楚囚는 타향에 머물면서도 고향을 잊지 못하는 사람이다.

學은 본뜨다. 따라한다는 의미이다.

전체적으로 장안의 늦가을 풍경을 정밀하게 또 짜임새 있게 묘사하면서 가을에 느끼는 고향생각으로 마무리했다.

《全唐詩》 550권에 수록되었다.

030
盧肇(노조)

盧肇(노조, 818 – ?, 字는 子發)는 武宗 會昌 3년(843)에 진사과 급제한 뒤, 著作郎, 歙州(흡주) 刺史, 吉州 刺史를 역임, 재직 중에 죽었다.

送弟(송제)

去日家無擔石儲, 汝須勤苦事樵漁.
古人盡向塵中遠, 白日耕田夜讀書.

아우를 보내며

예부터 집에 별다른 비축이 없었으니,
너희는 오직 힘써 나무하고 고기를 잡아라.
옛사람 모두 속세 名利를 멀리하면서,
낮에는 밭일 하고 밤에는 독서를 했다.

| 詩意 | 儲는 쌓을 저. 비축하다. 다음. 예비.

耕讀 – 晝耕夜讀(주경야독)에 힘쓰라는 형의 당부는 그 의논이 매우 정당하면서도 진부하지 않다.

牧童(목동)

誰人得似牧童心，牛上橫眠秋聽深.
時復往來吹一曲，何愁南北不知音.

목동

그 누구가 목동과 같은 마음을 가질 수 있나?
소 등에서 잠자는 동안 가을의 소리 듣는다.
때로 여기저기 다니며 피리 한 곡조 불지만,
남북 어디에도 知音이 없다고 어찌 걱정하랴?

| 詩意 | 牧童의 無心 – 순수한 童心이리라. 소 잔등이에서 깜박 졸면서도 가을의 소리를 듣는다고 하였다!

시인의 생각이 목동만큼이나 단순하다. 목동의 피리 소리 – 알아주는 사람 없다고 걱정하랴? 세파에 부딪치며 아옹다옹하지 않는다는 超然(초연)이다.

031
嚴惲(엄운)

嚴惲(엄운, 惲은 도타울 운)의 字는 子重으로, 吳興 사람이다. 진사과에 급제하지 못했지만 杜牧과 함께 交遊했다.
《全唐詩》 546권에 딱 이 詩 한 수가 수록되었다.

落花(낙화)

春光冉冉歸何處, 更向花前把一杯.
盡日問花花不語, 爲誰零落爲誰開.

낙화

조금씩 흘러가는 봄볕은 어디로 가는가?
다시금 꽃을 찾아 술 한 잔을 마신다.
종일토록 꽃에 물어도, 꽃은 말이 없나니,
누구 때문에 졌다가 누구를 위해 피는가?

| 詩意 | 엄운의 이 시는 시인이 힘들이지 않고 자연스럽게 써내려간 시로, 造語가 참신하고 疊詞(첩사)를 잘 운용했기에 여러 사람의 칭송을 듣는 시이다.

《全唐詩》 038권에 〈送金竟陵入蜀〉 딱 한 수만 수록된 崔信明이란 사람이 있다. 그의 시 한 구절 중 '楓落吳江冷(楓葉이 落하니 吳江이 寒冷하다)' 라는 구절은 千古의 名句로 알려졌지만, 다른 詩作은 평판과 다르다는 이야기가 元 申文房의 《唐才子傳》에 전해온다.

032

方乾(방건)

方乾(방건, 809? – 888)은 字가 雄飛인데, 睦州의 桐廬(동려) 사람이다.

중국 본토에서 나온 책은 簡化字로 '方干' 으로 되어 있어 우리나라에서 '방간' 으로 표기하기도 하고, 심지어는 '方于(방우)' 라고 엉뚱한 사람으로 만들기도 했다. '干' 은 방패라는 본래의 의미 외에도, 乾(gān, 마를 건, 하늘 건)과 幹(gàn, 줄기 간)의 簡化字로 쓰인다. 簡化字로 '方干' 을 대만에서 출간된 책에는 '方乾' 으로 표기하고 있으니, 우리나라에서는 '방건' 으로 읽어야 맞을 것이다.('簡化漢字' 가 정식 명칭인데, 이를 簡化字라 줄여 쓰고, 簡體字는 '簡化漢字' 의 속칭이다.)

방건은 인물이 아주 못생겼고 입술이 너무 짧아(입이 작다는 뜻은 아니다) 사람들이 '缺脣先生(결순선생)' 이라고 했다니 그 생김새를 짐작할 수 있다.

하여튼 방건은 외모 때문에 과거에도 여러 번 낙방하였고 뛰어난 재능을 가지고도 관직에 나갈 수도 없었다. 그리하여 방건에 대하여 '官無一寸祿이나 名傳千萬里라.' 고 말했다. 방건은 고향 땅 會稽(회계)의 鏡湖에서 시를 지으며 은거하였는데, 당시 賈島(가도)나 姚合(요합) 등과 시를 주고받았으며 시인 徐凝(서응)의 인정을 받았었다. 《全唐詩》 648~653권에 수록.

題君山(제군산)

曾於方外見麻姑，聞說君山自古無.
元是昆侖山頂石，海風吹落洞庭湖.

君山을 읊다

일찍이 세상 밖에서 마고선녀를 만나,
君山은 본디 없었다는 말을 들었지.
원래는 곤륜산 위의 바위였었는데,
해풍에 날려 동정호에 떨어졌다네.

| 詩意 | 麻姑(마고)는 중국의 神話 속의 長壽女神으로 손가락이 길고 닭발처럼 생겼지만 絳珠河(강주하) 강변에서 영지로 술을 빚어 곤륜산에 살고 있는 여자 신선의 최고 지도자인 西王母의 장수를 빌었다고 한다.

하나의 전설이지만 아름다운 동정호, 그리고 호수 가운데의 절경인 君山은 시인들에게 좋은 詩材가 되었다. 劉禹錫(유우석)의 〈望洞庭〉에서도 君山을 묘사하였으니 같이 읽으며 비교하여도 괜찮을 것이다.

君不來(군불래)

遠路東西欲問誰，寒來無處寄寒衣.
去時初種庭前樹，鉄已勝巢人未歸.

오지 않는 임

먼먼 길에 東西를 누구에 물으랴?
추워졌지만 겨울옷을 보낼 곳이 없네.
떠날 때 처음 심었던 뜰 앞의 나무,
나무에 둥지를 틀었어도 임은 돌아오지 않네.

| 詩意 | 하소연할 데도, 그리고 또 아무런 방법도 없이 무작정 기다려야만 하는 여인의 심사를 읊었다. 이 정도 되면 산다는 것이 사는 것이 아닐 것이다.

題報恩寺上方(제보은사상방)

來來先上上方看，眼界無窮世界寬.
巖溜噴空晴似雨，林蘿礙日夏多寒.
衆山迢遞皆相疊，一路高低不記盤.
淸峭關心惜歸去，他時夢到亦難判.

보은사 상봉에서 짓다

뒷사람 오라 하며 앞서 상봉에 올라 바라보니,
눈앞이 끝없이 트였고 세상은 넓게 펼쳐졌다.
바위에 떨어져 튀어 오르니 맑은 날에 비오는 듯,
수풀과 넝쿨이 해를 가리니 여름에도 선선했다.
여러 산이 멀리 이어져 서로서로가 중첩되었고,
높고 낮은 산이 한길이나 골짜기는 셀 수도 없다.
깨끗 험준한 산세에 마음 쏠려 돌아가기가 아쉽고,
다른 날 꿈을 꾸어도 분간하기 역시 어려우리라.

| 詩意 | 上方에는 山寺, 절이라는 뜻도 있지만 여기서는 산꼭대기, 上峰의 의미이다. 報恩寺라는 절을 묘사하지 않고 보은사에서 몇 사람과 산 정상을 올라가, 보이는 경치를 묘사하였다.

맨 앞의 來來는 "따라와!(來啊). 빨리 와!" 하면서 뒷사람을 부르는 말이다. 先上은 다른 사람보다 앞서 정상에 올랐다는 말이다.

산 정상에서 바라본 세상, 바위로 떨어지는 물, 공중에 뿜어지니 구름 없이 비가 오는 것 같고 숲속에서 느끼는 서늘한 기운을 묘사하였다.

그리고 산 위에서 바라보는 원경과 지나온 계곡을 그렸으며, 마음이 끌려 하산하기 싫고, 꿈속에서 다시 볼 수 있을 것 같다는 기대를 서술하였다.

旅次洋州寓居郝氏林亭(여차양주우거학씨임정)

擧目縱然非我有，思量似在故山時.
鶴盤遠勢投江嶼，蟬曳餘聲過別枝.
凉月照窗欹枕倦，澄泉繞石泛觴遲.
靑雲未得平行去，夢到江南身旅羈.

여행 중 양주의 학씨 숲속 정자에서 묵으면서

눈을 들어 바라보니 내 고향은 아니지만,
생각으론 고향에 있을 때와 닮았구나.
학은 빙빙 멀리 돌아 강의 섬까지 날고,
매미는 소리를 늘려 다른 가지로 옮겨간다.
창에는 차가운 달빛, 지친 몸 베개에 기대니,
맑은 냇물은 돌 틈을 지나 천천히 흐른다.
청운을 얻지 못하고 평생 살아야 하나니,
꿈에선 강남 갔지만 몸은 나그네 되었네.

| 詩意 | 방건의 집은 강남이고, 洋州는 陝西省의 洋縣으로 漢水의 북쪽에 있다.

이 시에서는 시구가 잘 짜였고 시인의 失意와 처량한 모습이 잘 나타나 있다.

수련에서는 타향에서 나그네가 되었으니, 눈에 보이는 것은 모두가 내 것이 아니니 고향 생각이 간절하다는 뜻이다.

頷聯(함련)의 경치 서술은 아주 뛰어난 妙手와 같으니, 방건이 3년 동안이나 완성치 못했던 구절이다.

실제로 鶴의 비상은 보통 새와 다르다. 학은 빙빙 돌아 더 크게 더 높이 날아오른다. 이를 시인은 遠勢라고 하였다. 학의 둥지는 산기슭의 나무이지만 먹이는 강 가운데 섬에서 구한다.

이 구절에서는 소리 없이 나는 학의 힘찬 비상이 그려지며, 그 意態(의태)가 淸遠하며 갈고 닦은 듯 수없이 바꾸기를 계속한 시인의 모습이 느껴진다. 그러나 매미는 힘차게 울어대다가 소리를 낮추며 질질 끌다가 잠시 그치고 다른 가지로 날아간다.

큰 학과 작은 매미 힘찬 비상과 매미의 餘音이 대조를 이룬다. 가을 매미 – 이제 곧 죽어야 할 매미의 처량한 울음이 시인의 하소연처럼 느껴지는 구절이다.

頸聯(경련)에서는 전체적으로 나그네의 지치고 피곤한 모습이 그려진다. 그리고 마지막 尾聯에서는 靑雲 위를 평범하게 걸어갈 수 없는 시인의 아픈 가슴, 생계를 위한 벼슬살이가 아닌 시인의 포부를 펴 보고 싶은 그 관직을 향한 동경, 그러나 자신의 부족한 외모 때문에 유력한 權貴의 천거도 기대할 수 없는 그 슬픔을 이해해야 할 것이다.

사실 예나 지금이나 중국이나 우리나라나 우선은 외모를 보게 된다. 중국에 '七分人才, 三分衣飾' 이란 속담이 있는데, 사람의 7할은 학식이나 재능이고, 3할은 옷이나 외모라는 뜻이다.

또 '遠敬衣帽近敬財' 라는 말은 '먼데서 온 사람은 옷이나 모자를 보고 존경하고, 가까운데 사람은 재물을 보고 존경한다.' 하였으니, 외모는 상당한 자산이며 밑천이라 아니할 수 없다.

어느 무더운 여름 날 황혼 무렵, 방건은 더위를 견디지 못하고 목욕을 하는데, 밖에서 빗줄기가 쏟아지는 듯 수많은 매미가 한꺼번에 울기 시작하였다. 방건은 목욕을 하던 일도 잊은 채 멍하니 집 밖을 향해 생각에 잠겼다. 한참 뒤, 얼마나 지났는지 매미 소리도 들리지 않았다.

그때 방건은 갑자기 벌떡 일어나 아래옷만 하나 걸치고 이웃 마을의 우인 집을 향해 달려갔다. 방건은 대문을 두드렸고, 우인은 잠을 자다가 나왔다.

"아니 이 밤에 옷도 안 입고 무슨 일이신가?"

그러자 방건은 숨을 헐떡거리면서 말했다.

"삼 년 전에 이루지 못한 구절이 있었는데, 오늘 그 대구를 찾았네! 이 기쁜 소식을 자네한테는 꼭 알려야 하기에 이렇게 달려왔지!"

방건은 아주 기분 좋게 당당하게 말했다. 그 우인이 다시 묻자, 방건은 "에~, 蟬曳餘聲過別枝(매미는 소리를 길게 늘이며 다른 가지로 옮겨가네)야!"

이로써 방건의 〈旅次洋州寓居郝氏林亭〉이 완성이 되었다.

033

溫庭筠(온정균)

溫庭筠(온정균, 812 – 870?, 本名 岐. 字는 飛卿. 筠은 대나무 균)은 太原 출신이다. 晩唐의 유명한 시인인데, 그를 보통 花間派 詞人(화간파 사인)이라 부른다.

온정균은 대개의 문인이 그러했던 것처럼 어려서부터 호학하며 詩詞에 능했다. 또 權貴를 희롱하며 금기를 일부러 범하는 성격이었기에 '有才無行(재주는 좋으나 행실이 좋지 않다)' 이라는 말을 들어야만 했다.

외모가 못생긴 쪽으로 특이하여 '溫鐘馗〔온종규, 종규는 疫鬼(역귀)를 몰아내는 무시무시한 神〕' 라 불리기도 했다. 溫庭筠은 令狐綯(영호도)의 아들 令狐滈(영호호)와 절친했고 늘 相府에 출입하였다. 나중에는 영호호의 미움을 받았고, 과거에 여러 번 실패하였기에 관직은 겨우 國子監助教에 그쳤다.

온정균은 音律에 정통하여 음악가로 인정될 정도였고, 그 詞風은 濃綺豔麗(농기염려)한 기풍이 역력하다. 그 무렵의 李商隱(이상은), 段成式(단성식)과 함께 이름을 날렸는데, 이들 3인의 형제 排行이 모두 16째이고, 이들의 문장 스타일 – 綺麗(기려)하면서도 唯美主義的 시풍 – 을 '3인의 16번째' 라는 뜻으로, '三十六體' 라는 별칭으로 부르기도 한다.

온정균과 이상은 두 사람만을 지칭할 때는 특별히 '溫李' 라고 부른다. 물론 이상은과 온정균의 차이도 엄연하다. 이상은은 적지 않은 詠史詩(영사시)를 통해 농민들의 고통을 고발하는 시를 지었지만, 온정균은 그런 경향이 없었다.

온정균 시의 특징은 색채감이 진하고, 詞句가 화려하며 對句가 교묘하다. 그의 산수시, 회고시, 객수를 읊은 詩는 감개가 크고 청신하며 대범하다는 평을 듣는다. 온정균은 시인보다는 다음 宋代에 크게 성행한 詞(宋詞)의 작가로 먼저 인식되고 중요한 지위를 차지하고 있다.

온정균은 재주가 많고 똑똑하였지만 동시에 주색잡기에도 일가견을 가졌었다. 때문에 그의 품행과 그 예술적 성취를 함께 평가할 수는 없지만 그의 시가 기녀들 사이에 인기가 높았던 것은 사실이다.

碧澗驛曉思(벽간역효사)

孤燈伴殘夢, 楚國在天涯.
月落子規歇, 滿庭山杏花.

새벽에 벽간역에서 생각하다

외론 등불 아래 희미한 꿈길,
楚의 땅은 하늘의 끝에 있다.
달이 지자 자규도 울지 않고,
마당 가득 개살구 꽃이 피었다.

| 詩意 | 새벽에 꾸는 꿈은 그 줄거리도 잘 생각나지 않으니 殘夢(잔몽)이라 표현했을 것이다. 평담한 묘사에 정감이 느껴지지만 結句에는 왠지 쓸쓸한 느낌이 엄습해오는 것 같다.

嘲三月十八日雪(조삼월십팔일설)

三月雪連夜，未應傷物華.
只緣春欲盡，留著伴梨花.

삼월 십팔일에 내린 눈을 비웃다

삼월 눈발이 밤까지 이어져도,
응당 만물의 생기를 꺾지 못하리라.
다만 봄날이 끝나는 때이기에,
쌓인 눈송이 배꽃처럼 보인다.

| 詩意 | 음력 삼월 십팔일이면, 보통 4월 하순 내지 5월 초순일 것이다. 長安이 우리나라 木浦와 같은 위도인 것을 고려한다면, 음력 3월 18일의 눈은 분명 비정상적 날씨이다.

物華는 만물의 精氣 또는 아름다운 景物이란 뜻이기에, 여기서는 봄의 생기로 의역하였다.

《全唐詩》 583권에 수록.

贈少年(증소년)

江海相逢客恨多，秋風葉下洞庭波.
酒酣夜別淮陰市，月照高樓一曲歌.

젊은이에게

山河를 떠돌다 만나니 나그네 시름 많은데,
추풍에 낙엽은 지고 동정호엔 물결이 인다.
술 취해 밤중에 淮陰의 저잣거리를 떠나며,
달빛이 비추는 누각서 이별의 노래 부른다.

| 詩意 | 동정호에 파도가 친다는 표현은 楚辭를 인용하여 秋景을 묘사한 것이지 실제 동정호를 내려다 본 것이 아니다.

淮陰(회음)은 韓信의 고향으로 江蘇省의 북부지역이다. 회음의 저잣거리에서 한신은 불량배의 사타구니 아래를 기어가는 수모를 당했었다.

여기서는 그 전고를 인용해 소년의 장래 무한한 가능성을 암시하였다.

전고를 인용했으면서도 시는 매끈하고 멋진 경치 속에서 상봉과 이별의 정이 살아 있는 것 같다.

《全唐詩》 579권 수록.

瑤瑟怨(요슬원)

冰簟銀牀夢不成，碧天如水夜雲輕.
雁聲遠過瀟湘去，十二樓中月自明.

요슬의 한

시원한 대자리, 銀침상서도 꿈을 못 꾸고,
하늘은 푸른 강물이니 밤 구름 가벼이 떠간다.
기러기 울며 소수, 상수를 넘어 멀리 날고,
酒樓의 열두 누각에는 달만 덩그러니 밝다.

| 詩意 | 瑤는 아름다운 옥 요. 瑤瑟(요슬)은 옥으로 장식한 25현, 또는 16현의 거문고 계통의 현악기이다. 이 시는 여인의 적막함을 하소연한 일종의 閨怨詩(규원시)이다.

시에 나오는 瀟湘(소상)은 瀟水(소수)와 湘水(상수)로 長江의 큰 지류인데, 소상은 중국 湖南省의 대칭으로 쓰인다. 또 '十二樓'는 신선들이 산다는 5城12樓이지만, 여기서는 玉瑟을 타는 여인의 거처를 의미한다.

여인의 怨은 여러 가지이다. 여기서는 보고픈 사람을 만나지 못한다는 그리움을 怨이라 하였다. 怨은 願(원, 바램)이고 恨(한)이다. 만나보면 사라진다. 물론 이별한다면 또 원이 생길 것이다.

여인의 원은 瑟에 실려 하늘로 날아간다.

1구에서는 잠을 못 이루는 그리움이고, 2구에서는 밤하늘에 보내는 여인의 원을, 3句에서는 기러기 편에 먼데 있는 임에게 하소연 하고픈 怨이다.

그리고서 4句는 여인이 있는 집이다. 달만 밝고 같이 볼 사람이 없다. 空想의 세계를 날다가 현실로 돌아왔다. 오늘밤 옥으로 장식한 瑟(슬)을 타는 여인은 어차피 '夢不成' 할 것이다.

蔡中郎墳(채중랑분)

古墳零落野花春, 聞說中郞有後身.
今日愛才非昔日, 莫抛心力作詞人.

채옹의 무덤

황폐한 옛 무덤에 봄날 들꽃이 피었는데,
중랑장 채옹의 後身이 있다는 말이 전한다.
지금의 인재 사랑은 옛날과 같지 않다지만,
心力을 다해 詩 짓는 사람을 버리지 마십시오.

| 詩意 | 이는《全唐詩》579권에 수록되었다.

詩題의 蔡中郞은 後漢 말의 名士인 蔡邕〔채옹, 133 - 192, 字는 伯喈(백개)〕이다.

채옹은 후한말의 才女인 蔡琰(文姬)의 부친으로 박학하여 辭章, 산술, 천문, 음률에 박통했고, 左中郞將을 역임했기에 채중랑이라 불렀다.

王允(왕윤)은 董卓(동탁)을 주살한 뒤에, 동탁이 능력을 인정했던 채옹도 죽였다. 채옹의 무덤은 毗陵(비릉, 今 江蘇省 남부 常州市)에 있다.

承句의 '聞說中郞有後身' 은 설명이 필요하다.

후한 제일의 천문학자이며 지진계를 발명한 張衡(장형, 78 - 139)이 죽던 해에 채옹의 모친이 임신하여 채옹을 출산했는데, 채옹은 그 모습과 재능, 학문이 장형과 비슷하기에, 사람들은 채옹을 장형의 後身이라고 생각하였다.

이러한 이야기처럼 채옹도 그 후신이 있을 터인데 누구냐? 라는 뜻이다.

관직 생활에 뜻을 얻지도, 능력을 발휘하지도 못한 온정균은 채옹의 무덤을 지나면서 감회가 많았을 것이다.

楊柳(양류) 八首 (其八)

織錦機邊鶯語頻，停梭垂淚憶征人.
塞門二月猶蕭索，縱有垂楊未覺春.

양류 – 버들 (8 / 8)

비단 짜는 베틀 가까이 꾀꼬리 자주 우니,
북을 쉬고 눈물 흘리며 변방의 임을 그린다.
변방 요새 삼월은 아직도 스산할 것이니,
설령 버들 있어도 봄인지도 모르리라.

| 詩意 | 변새에 나가 고생하는 사람이 봄이 왔는지도 모를 것이니, 꾀꼬리 울음소리에 남편을 그리워하는 아낙의 수심을 모를 것이라는 말은, 여인의 자기 위안이 아니겠는가? 하여튼 여인의 春愁를 세심하게 그려낸 시이다.

咸陽值雨(함양치우)

咸陽橋上雨如懸, 萬點空濛隔釣船.
還似洞庭春水色, 晚雲將入岳陽天.

함양에서 비를 만나다

함양의 다리에 내리는 비는 매달려 내려오는 듯,
수만의 빗방울, 희미한 구름 속 낚싯배에 내린다.
모두가 동정호의 봄날에 오는 비와도 같으니,
해질녘 구름은 岳陽의 하늘을 덮으려 한다.

| 詩意 | 咸陽橋는 일명 便橋(편교)라고도 불리는데, 장안성의 북문 밖 渭水(위수)에 있다. 함양에서 비를 만났지만 시인은 남쪽 동정호의 봄날을 연상하고 있다.

彈箏人(탄쟁인)

天寶年中事玉皇, 曾將新曲教寧王.
鈿蟬金雁今零落, 一曲伊州淚萬行.

箏(쟁)을 연주하는 사람

天寶 연간에는 玉皇(玄宗)을 섬겼었고,
新曲을 지어 寧王(영왕)을 가르쳤다.
鈿蟬과 金雁의 장식은 지금 떨어져 없지만,
악곡 伊州(이주)를 타며 눈물을 줄줄 흘린다.

| 詩意 | 天寶는 현종의 연호이니, 천보 14년에 안록산은 반란을 일으킨다. 玉皇은 明皇, 곧 玄宗이다. 寧王은 예종의 장남으로 현종의 친형이었는데 현종에게 제위를 양위했었다.

鈿蟬(전선) 金雁(금안)은 쟁을 꾸몄던 장식물이다.

伊州(이주)는 악곡 이름이다.

箏(쟁)을 연주하는 사람의 화려한 영광의 시절과 퇴락한 지금을 서술하였다.

商山早行(상산조행)

晨起動征鐸, 客行悲故鄉.
雞聲茅店月, 人跡板橋霜.
槲葉落山路, 枳花明驛牆.
因思杜陵夢, 鳧雁滿迴塘.

새벽에 商山을 지나며

새벽에 일어나 말방울 울리며,
나그네 가는 길 고향이 그립다.
수탉이 우는 초가 객점에 뜬 달,
서리가 내린 널판 다리의 발자국.
산길에 가득한 떡갈나무 잎,
역참의 담장엔 치자 열매가 환하다.
그래서 그리운 장안 杜陵의 집이니,
굽어진 연못엔 물오리만 가득하다.

| 詩意 | 온정균은 서리가 내린 늦가을에 商山(楚山. 지금의 陝西省 남부 商洛市 동남)의 초가집 객점을 출발한다.

새벽닭이 울었고 하늘엔 조각달이 아직 남아 있다. 널판으로 만든 다리에 서리가 하얗게 내렸는데, 시인보다 먼저 떠나간 사람의 발자국이 찍혀 있다.

시인은 鷄聲, 茅店, 月, 人迹, 板橋, 霜 등을 하나의 동사도 없이 단어만을 나열하여 詩句를 만들었다. 나머지, 곧 풀이나 상상은 모두 독자에게 일임하였다.

독자는 머릿속에서 깊은 가을 새벽의 객점과 나그네의 모습을 생생하게 연상할 수 있다. 이 시에서 여러 가지 色과 聲이 화면을 보듯 또렷하다. 그리고 意境은 적막하고도 처량하니, 쟁쟁한 음운에 갖출 것은 갖추어진 意象이 있어 기억으로 남는다.

산길에는 떡갈나무 잎이 가득하고(槲은 떡갈나무 곡) 역참의 담에는 치자나무 꽃이(枳花, 枳는 탱자나무 지) 환하게 피었다. 枳(지)는 우리나라에서 보는 '가시가 있는 탱자나무' 가 아닌 것은 확실하고, '호깨나무' 라는 사전적 뜻은 실물에 대한 설명이 없다. 치자나무는 '여름에 꽃이 피어 가을에 담홍색 열매가 맺힌다.' 하여 치자나무로 번역하였다.

'明' 이란 글자에는 구체적인 색상은 모르지만 환하게 밝은 느낌이니 비슷할 거라는 생각이 들었다.

나그네는 언제나 서글프다. 그런저런 서글픈 감정에 長安의 두릉 옆에 있는 집 생각이 나고, 집 생각을 모르는 기러기나 물오리 같은 물새들이 굽어진 연못에 가득하다고 하였다.

送人東遊(송인동유)

荒戍落黃葉, 浩然離故關.
高風漢陽渡, 初日郢門山.
江上幾人在, 天涯孤棹還.
何當重相見, 樽酒慰離顏.

友人의 東遊를 전송하며

무너진 수루에 단풍잎만 가득한데,
우인은 의연히 고향땅을 떠나가네.
秋風은 한양의 나루터에 불고,
떠오른 해는 영문산을 비추겠지.
강가에 마중할 사람도 거의 없고,
하늘 이쪽에서 배 한 척 돌아가겠지.
언제쯤에나 서로 다시 만날까?
한 통의 술로 떠나는 사람 위로한다.

| 註釋 | ㅇ 〈送人東遊〉 - 〈友人의 東遊를 전송하며〉. 友人이 누군가는 未詳.

ㅇ 荒戍落黃葉 - 荒戍(황수)는 무너진 戍樓(수루). 黃葉은 가랑잎.

ㅇ 浩然離故關 - 浩然은 浩然之氣의 浩然. 正大剛直(정대강직). 故關은 살고 있는 고향의 관문.

ㅇ 高風漢陽渡 - 高風은 秋風. 漢陽渡(한양도)는 한양의 나루(津).

漢陽은 武昌, 漢陽, 漢口와 함께 武漢三鎭이라 불렀다. 지금은 전체가 湖北省 武漢市이다.

○ 初日郢門山 – 郢은 땅이름 영. 郢門山(영문산)은 荊門山. 지금의 湖北省 枝城縣 서북. 우인의 목적지는 漢陽인 것 같다.

○ 江上幾人在 – 江上은 友人을 전송하는 곳. 幾人在(기인재)는 몇 사람이 있다. 사람이 거의 없다. 한양에는 마중 나올 사람도 거의 없을 것이라는 뜻.

○ 天涯孤棹還 – 棹는 노 도. 배. 孤棹는 배 한 척. 友人이 타고 가는 배.

○ 何當重相見 – 何當은 언제쯤. 重相見은 서로 다시 만나다.

○ 樽酒慰離顔 – 樽은 술통 준. 慰離顔(위리안)은 떠나가는 얼굴을 위로하다.

| 詩意 | 이별의 시이다.

시 전체적으로 수식도 없고 강건한 기풍이 느껴지니 온정균의 다른 詩나 詞와는 느낌이 많이 다르다. 전체적으로 강개하면서도 이별의 슬픔이 강하게 밀려온다.

떠나는 사람의 '浩然離故關' 하여 별로 마중할 사람도 없는 그 곳에 '天涯孤棹還' 하겠지만 이별의 처량한 느낌보다는 결연한 의지가 느껴진다.

頷聯의 '高風漢陽渡, 初日郢門山' 의 구절은 단순하다. 각각 '高風' 과 '初日' 에 地名, 곧 實字만 있을 뿐, 아무런 수식이 없다.

그래도 實景(실경)이 눈에 보이고 雄渾(웅혼)함을 밀려온다. 이런 여유 있는 風格은 왜 느껴지는가? 이것이 바로 시의 風格인 것이다.

이별의 현장에 '한 잔의 술' 이 아니라 '한 통 술(樽酒)' 라 한 것을 보면 약간의 豪氣가 드러나면서 가을의 감상적 분위기를 바꿔준다.

三洲詞(삼주사)

團圓莫作波中月，潔白莫爲枝上雪.
月隨波動碎潾潾，雪似梅花不堪折.
李娘十六靑絲髮，畫帶雙花爲君結.
門前有路輕別離，唯恐歸來舊香滅.

삼주사

물속에 비친 달도 둥글기만 하고,
가지에 내린 눈은 하얗기만 하다.
달빛은 물결 따라 살랑대며 부서지고,
흰 눈은 매화 같아도 꺾을 수가 없구나.
열여섯 李氏 낭자의 실단 같은 검은 머리,
두 송이 꽃을 수놓은 띠는 임을 그려 매었다.
문앞에 길이 있다고 쉽게 떠나 버렸는데,
꽃향기 사라지면 그때야 오시려는가?

| 詩意 | 《全唐詩》 576권 수록되었다. 이 노래가 양주 기녀들 사이에 유행했고 온정균 또한 거기에 묻혀 지냈을 것이다.

어느 날 술 취해 통금을 어겼고, 순라군에게 거만한 대꾸를 하다가 방망이로 얻어맞아 이가 부러졌다는 이야기는 후세 사람들이 언제든지 지어낼 수 있는 이야기일 것이다.

온정균의 관직 생활이 불우했던 것은 그의 성격과도 무관하지는 않을 것이다. 매사를 좀 삐딱하게 보는 성격이 천성적이라면 그것도 어쩔 수 없는 것이다.

좋게 말하면 '비판적인 건전 사고' 이지만, 실제로는 '열등의식이나 불평불만의 또 다른 표출' 일 수도 있다.

당 宣宗(선종, 재위 847 – 860)은 미복으로 장안 시내 잠행을 즐겼다고 한다. 어느 날, 평복으로 잠행을 나온 선종과 온정균이 客店에서 마주쳤다.

온정균은 황제를 본 일도 없었지만 실제로 전에 보았다 하더라도 객점에서 만나니 못 알아볼 수도 있었을 것이다. 하여튼 온정균은 좋은 옷에 은은한 기품이 흐르는 객인을 보고 약간 질투를 느꼈던 것 같다. 온정균이 다짜고짜 물었다.

"뭐하시는 분이요? 司馬나 長史 같은 小官인 것 같은데?"

그러자 선종은 아니라고 대답했다. 그러자 온정균은 "그렇다면, 文學이나 參軍, 아니면 主簿(주부)나 縣尉(현위)가 틀림없겠군!" 라고 말했다.

그러자 선종은 "그렇지 않습니다." 라고 말하면서 자리를 떴다.

좋은 옷을 입고 풍채가 있어 보이면 자기가 모르는 고관일 수도 있는데, 그런 상대방에게 미관말직의 관직명을 대면서 확인하려고 물어보는 것은 일종의 심술이거나 아니면 상대방을 무시하려는 행위이다.

뒷날 온정균이 方城(지금 河南省의 지명)의 縣尉(현위)로 폄직될 때 그가 받은 조서에는 다음과 같은 내용의 글이 쓰여 있었다고 한다.

'孔門 제자들은 德行을 제일로 치고 文學을 末技(말기)라 생각했다. 너의 덕행은 취할 것이 없는데, 文章이 좋다 하여 어디에 쓰겠는가? 뛰어난 재주를 가진 것은 확실하지만 지금 적당히 쓸만한 인물은 아니로다.'

온정균은 자신이 황제를 희롱했었다는 사실을 그때서야 깨달았다고 한다. 그러다 보니 그는 각지를 많이 떠돌았다.

그가 나그네로 떠돌며 지은 紀行의 詩는 名品이라 아니할 수 없다.

利州南渡(이주남도)

澹然空水對斜暉, 曲島蒼茫接翠微.
波上馬嘶看棹去, 柳邊人歇待船歸.
數叢沙草群鷗散, 萬頃江田一鷺飛.
誰解乘舟尋范蠡, 五湖煙水獨忘機.

이주에서 南으로 강을 건너며

잔잔한 넓은 강물에 지는 해를 마주하고,
曲島는 아련하게 푸른 산안개에 닿았다.
강가의 말은 가는 배를 바라보며 울고,
버들가 객은 쉬며 배를 기다려 돌아간다.
곳곳의 모래 풀더미로 물새들 흩어지고,
드넓은 강가 논에 해오라기 홀로 나른다.
누가 알리오! 배 타고 범려를 찾아가듯,
五湖 물 안갯속 홀로 機心을 잊으리라!

| 註釋 | ○ 〈利洲南渡〉 – 〈利洲에서 南으로 강을 건너며〉.

利洲(利州)는, 지금의 四川省 북부의 廣元市로, 嘉陵江(가릉강)의 상류지역이며 唐 則天武后의 고향이다. 利洲는 강의 북쪽에 있기에 제목에서 '南渡'라 했다. 나루터에서 배를 기다리며 감회를 읊었다.

○ 澹然空水對斜暉 – 澹은 담박할 담. 澹然(담연)은 물이 맑고 고

요한 모양. 空水는 탁 트인 수면. 暉는 빛 휘. 斜暉(사휘)는 夕陽.

○ 曲島蒼茫接翠微 – 曲島(곡도)는 강 가운데의 구부러진 섬. 蒼茫(창망)은 흐릿한 모양. 翠微(취미)는 푸른 기운이 도는 아지랑이.

○ 波上馬嘶看棹去 – 嘶는 울 시. 棹는 노 도. 棹去는 배가 지나가다.

○ 柳邊人歇待船歸 – 柳邊(유변)은 나루터 버드나무 아래. 歇은 쉴 헐.

○ 數叢沙草群鷗散 – 叢은 모일 총. 무더기. 떨기. 數叢(수총)은 풀이 무성한 여러 곳. 沙草(사초)는 모래밭의 풀. 鷗는 갈매기 구. 물새.

○ 萬頃江田一鷺飛 – 萬頃(만경)은 아주 넓은 경작지. 鷺는 해오라기 노(로).

○ 誰解乘舟尋范蠡 – 誰解(수해)는 누가 알겠느냐? 蠡는 좀먹을 여(려). 范蠡(범려, 범리)는 越王 勾踐(구천)을 도와 吳를 멸망시켰다. 월왕에게 西施를 골라 美人計를 쓰라고 건의한 장본인, 越의 패업을 이룬 뒤 곧바로 구천 곁을 떠나 齊나라에 가서 이름을 숨기고 保身하며 장사를 해서 거금을 모았다.

보통 陶朱公(도주공)이라고도 부르는데, 중국 상인들은 그를 '돈(錢)의 神', 곧 財神으로 떠받든다.

'忠以爲國, 智以保身, 商以致富, 成名天下' 한 사람으로, 중국 順陽 范氏(범씨)의 先祖로 받들어진다.

○ 五湖煙水獨忘機 – 五湖는 太湖 및 그 부근 4개의 호수. 忘機(망기)는 機心(기심)을 버리다. 吳王 부차가 멸망하자, 범려는 미인

西施를 데리고 齊나라에 가서 숨어 장사를 했다는 이야기와 서시와 함께 五湖에 은거했다는 이야기가 있다.

| 詩意 | 지금 시인은 나루에서 배를 기다리고 있다. 그리고 보이는 그대로 차근차근 써 내려갔다. 遠景을 먼저 읊고 가까이 보이는 나루터를 묘사했다. 遠近과 水陸(수륙)을 망라했고, 動과 靜을 모두 그려내었다. 특히 對(마주보고), 接(닿았고), 嘶看(울면서 보고), 歇待(쉬며 기다리고), 散(흩어지고), 飛(날아가다) – 이러한 동사가 구절마다 자리를 잡고 있어 그림 같은 詩가 동영상으로 나타난다.

頸聯에서 떼를 지어 흩어지는 물새들과 홀로 나는 해오라기를 대비시킨 뜻은 무엇일까? 四川 땅에서 五湖는 수천 리 먼 길인데, 왜 五湖와 범려를 떠올렸을까?

시인이 세속을 떠나 은거하고 싶은 마음이 그만큼 간절하다는 뜻이다. 범려는 자신의 뜻대로 정치적 성공을 거두었다.

보통 사람들은 그 공적만으로도 영화를 누릴 것이라 생각했을 것이다. 그러나 범려는 월왕 구천을 '고생을 같이할 수는 있지만 영광을 같이할 수 없는 인물' 로 보았다. 그러기에 타국 齊나라로 가서 다시 큰돈을 벌었고, 그 다음에 재물을 흩어 버리고 五湖에 은거했다. 시인은 범려의 그러한 達觀을 부러워했을 것이다.

蘇武廟(소무묘)

蘇武魂銷漢使前, 古祠高樹兩茫然.
雲邊雁斷胡天月, 隴上羊歸塞草煙.
回日樓臺非甲帳, 去時冠劍是丁年.
茂陵不見封侯印, 空向秋波哭逝川.

소무묘

蘇武는 漢使를 다시 만나 정신이 없었고,
소무의 사당과 큰 나무는 모두 무심하도다.
구름 저편 胡地의 달 너머 소식도 끊어졌었고,
언덕의 양들은 구름 낀 변방 초원으로 돌아온다.
그가 돌아온 날 누대엔 武帝는 죽고 없었는데,
떠날 때 冠 쓰고 칼을 찬 蘇武는 장년이었다.
武陵의 주인은 封侯의 인수를 보지 못하리니,
공연히 가을 물 보며 덧없음을 슬퍼하노라.

| 註釋 | ○ 〈蘇武廟〉 - 蘇武(소무, ? - 前 60)는 漢 武帝 天漢 元年(前 100)에 中郎將의 신분으로 흉노에 사신으로 나갔다. 그러나 흉노는 소무를 억류하면서 투항을 요구하였다. 소무가 끝까지 거부하자, 흉노는 소무를 北海(바이칼 호) 근처로 보내 羊을 키우게 했다. 소무는 양을 키우면서도 끝까지 지조를 지켰다.

武帝가 죽고(前 87) 昭帝(소제)가 즉위하였는데, 몇 년 뒤 匈奴

와 漢朝에 和議가 성립되자 漢에서는 蘇武를 돌려보내달라고 요구하였다. 흉노는 蘇武가 죽었다고 거짓말을 하였다.

뒤에 漢의 사신은 소무의 부하를 만나 그간의 사정을 들었다. 漢의 사신은 漢 天子가 上林苑에서 사냥을 하다가 큰 기러기를 잡았는데 다리에 소무의 편지가 있었다고 거짓말을 하자, 흉노에서는 소무가 살아있다고 하였고, 결국 소무는 부하 9명을 데리고 기원전 前 81년 봄에 長安으로 돌아왔다. 蘇武는 80여 세를 살고 宣帝 神爵 2年(前 60)에 죽었다.

○ 蘇武魂銷漢使前 – 銷는 녹일 소. 漢使는 나중에 昭帝 때 흉노에 파견된 사신.
○ 古祠高樹兩茫然 – 古祠는 오래된 사당. 蘇武의 사당. 茫然(망연)은 아득한 모양. 무심한 것 같다.
○ 雲邊雁斷胡天月 – 雁斷(안단)은 소식이 끊기다.
○ 隴上羊歸塞草煙 – 隴은 고개 이름 농(롱). 地名.
○ 回日樓臺非甲帳 – 回日은 蘇武가 돌아오는 날. 非甲帳은 '무제가 사용했던 가장 좋은 휘장(甲帳)이 없었다.' 곧 武帝는 죽고 없었다.
○ 去時冠劍是丁年 – 去時는 蘇武가 사신으로 출발할 때. 冠劍(관검)은 冠 쓰고 칼을 둘렀을 때. 丁年은 20세에서 50세, 곧 壯年.
○ 茂陵不見封侯印 – 茂陵(무릉)은 漢 武帝의 능. 封侯印은 諸侯로 封한다는 印綬(인수).
○ 空向秋波哭逝川 – 秋波는 가을의 강물. 逝는 갈 서. 흘러가다. 哭逝川(곡서천)은 강물이 흘러가는 것을 보고 통곡하다. 세월이 가는 것을 탄식하다.

| 詩意 | 수련의 1구는 옛일을 말했고, 2句는 시인이 바라보는 현재의 일이다. 古今을 연이어 말하여 時空을 좁혔다. 3句와 6句는 蘇武가 흉노 땅에 있을 때, 4구와 5구는 귀국 이후를 묘사하였다. 7, 8구는 세월이 흘러가며 인생이 덧없음을 말했다.

그 고생을 하며 지킨 지조였다. 가지고 갔던 사신의 깃발이 모두 낡아 색이 다 퇴색했지만, 蘇武는 '白髮丹心' 그래도 지킨 것은 지조와 충성심이었다. 그를 보낸 武帝는 죽고 없었고, 蘇武는 돌아온 뒤에 영광과 보상을 받았다. 그런 전후를 알고 있는 시인으로서는 인생의 허무를 느꼈을 뿐이다.

공자께서도 '흘러가는 물을 보며 인생은 이와 같으니 밤과 낮으로 그치지 않는다(逝者如斯夫, 不舍晝夜!)' 고 탄식했었다.

034
段成式(단성식)

段成式(단성식, 803? - 863, 字는 柯古)인데, 재상 段文昌의 아들로 관직은 太常少卿를 지냈다. 詩歌와 駢文(변문, 駢儷文)에 능했고 이상은, 온정균과 함께 세 사람의 형제 서열이 모두 十六이라서 '三十六體'라 불리었다. 唐代 筆記小說인 《酉陽雜俎(유양잡조)》를 지었다.

漢宮詞(한궁사) 二首 (其一)

歌舞初承恩寵時，六宮學妾畫蛾眉.
君王厭世妾頭白，聞唱歌聲却淚垂.

한궁사 (1 / 2)

가무로 처음 은총을 입었을 때,
六宮이 나를 따라 눈썹을 그렸었다.
君王이 세상 버렸고 나도 이제 늙어서,
들리는 노랫가락에 그만 눈물 흘린다.

| 詩意 | 위 시에 나오는 厭世(염세)는 '세상을 버렸다', 곧 죽었다는 뜻이다. 漢宮이라 했지만 당연히 唐宮이고, 六宮은 황제가 거느리는 비빈의 총칭이다.

《全唐詩》 584권 수록.

漢宮詞(한궁사) 二首 (其二)

二八能歌得進名，人言選入便光榮.
豈知妃后多嬌妬，不許君前唱一聲.

한궁사 (2 / 2)

나이 열여섯에 노래를 잘하여 이름이 났고,
궁에 뽑혀가니 영광이라 사람들이 말했었다.
어찌 알았으랴! 后妃의 교만과 질투가,
임금 앞에서는 노래 한곡 못 부르게 할 줄을!

| 詩意 | 결국 황제의 사랑을 받지도 못하고 늙어버린 궁녀의 한이 아니겠는가!

'부인 열 명에 아홉은 질투를 한다(十個婦人九個妬).' 고 하였으니, 질투는 여자의 힘이다. '질투를 치료할 처방은 없다(療妬無方).' 는 말은 여자의 질투는 불치병이란 뜻이다.

또 '여인들은 눈물로 사랑을 얻고(婦人以泣市愛), 소인은 울면서 간사한 짓을 한다(小人以泣售奸).' 고 하였다.

《全唐詩》 584권 수록.

折楊柳(절양류) 七首 (其一)

枝枝交影鎖長門，嫩色曾沾雨露恩.
鳳輦不來春欲盡，空留鶯語到黃昏.

버들가지를 꺾다 (1 / 7)

엇갈려 그늘진 버들가지, 대문은 잠겨 있고,
고운 모습은 비와 이슬을 맞아 더욱 새롭다.
귀한 수레는 오지 않고 봄은 가려 하는데,
괜한 꾀꼬리 노랫소리, 해는 저물어 간다.

| 詩意 | 봄날의 버드나무들을 노래했지만, 사실은 어제와 오늘의 영화와 몰락을 읊은 시이다. 長門永巷은 사람이 찾아오지 않는, 늘 닫힌 문을 뜻한다.

《全唐詩》 584권 수록.

〈저자 약력〉

도연 진기환(陶硯 陳起煥)

서울 대동세무고등학교장 역임

《三國演義》 원문읽기 (2020년), 《新譯 王維》 (2016년), 《唐詩絶句》 (2015년), 《唐詩逸話》 (2015년), 《唐詩三百首 (上·中·下)》 (2014년. 공역), 《金瓶梅 評說》 (2012년), 《上洞八仙傳》 (2012년), 《三國志 人物 評論》 (2010년), 《水滸傳 評說》 (2010년), 《中國人의 俗談》 (2008년), 《儒林外史》 (抄譯) 1권 (2008년), 《三國志 故事名言 三百選》 1권 (2001년), 《三國志 故事成語 辭典》 1권 (2001년), 《東遊記》 (2000년), 《聊齋誌異(요재지이)》 (1994년), 《神人》 (1994년), 《儒林外史》 (1990년)

《완역 漢書》 八表 / 十志. 5권. 近刊 예정, 《正史 三國志》 全 6권 (2019년), 《완역 後漢書》 全 10권 (2018 - 2019년), 《완역 漢書》 全 10권 (2016 - 2017년), 《十八史略》 5권 중 3권 (2013 - 2014년), 《史記人物評》 (1994년), 《史記講讀》 (1992년)

《孔子聖蹟圖》 (2020년), 《論語名言三百選》 (2018년), 《論述로 읽는 論語》 (2012년), 《중국의 神仙 이야기》 (2011년), 《아들을 아들로 키우기 / 가정교육론》 (2011년), 《三國志의 지혜》 (2009년), 《三國志에서 배우는 인생의 지혜》 (1999년), 《中國人의 土俗神과 그 神話》 (1996년)

唐詩大觀(당시대관) [6권]

초판 인쇄 2020년 12월 10일
초판 발행 2020년 12월 18일

편　역 | 진기환
발 행 자 | 김동구
디 자 인 | 이명숙 · 양철민
발 행 처 | 명문당(1923. 10. 1 창립)
주　소 | 서울시 종로구 윤보선길 61(안국동)
우체국 010579-01-000682
전　화 | 02)733-3039, 734-4798, 733-4748(영)
팩　스 | 02)734-9209
Homepage | www.myungmundang.net
E-mail | mmdbook1@hanmail.net
등　록 | 1977. 11. 19. 제1~148호

ISBN 979-11-90155-56-4 (94820)
ISBN 979-11-90155-50-2 (세트)
25,000원